IS SHE A HEARTLESS KILLER, OR AN INNOCENT VICTIM?

護士

A NOVEL

THE NURSE

J. A. CORRIGAN

J. A. 柯瑞根 著

李麗珉 譯

前言

皇后醫院，德比郡，二〇一五年五月

這個新的空間太安靜了。沒有音樂，沒有嘰嘰喳喳的交談聲在背景裡，什麼也沒有。那名年輕的男子試著要張開他的嘴唇，詢問有沒有人可以打開收音機，不過，他臉上的肌肉卻不肯聽從他的指令。他可以呼吸，很顯然地，也可以聽到聲音，但是，他不能動，也不能說話。似乎連眼睛也無法張開。一個男性的聲音，他覺得是他的醫生，告訴他，他已經從麻醉的昏迷中被喚醒了，並且已經從加護病房裡被推出來了。他現在在這家醫院的特別加護病房裡。除了無聲之外，這個新房間裡還有一股濃濃的濕氣籠罩著他。他希望有哪個護士能幫他掀開被單。

他試圖要記起他自己的生活，任何事都好，但是，他腦子裡的那層霧卻讓他無法做到。他再度試著要動，然而，他的四肢根本就沒有反應。然後，一股熟悉的氣味飄進了這個陌生的房間。他想，是那個護士。她身上有肉桂的味道，對他說話的人就是她。他喜歡這樣。其他醫護人員從來都不開口；他們只是執行完他們的職責之後就離開了。

她正在他的床邊挪動，不過，她沒有說話。很久以前，他母親聞起來也有肉桂的味道，此刻，他的意識和潛意識彷彿正在創造另一個時空。一個破碎的記憶戳中了他。他母親曾經來看過他——之前，當他還在加護病房的時候——並且對他說了一些她以為他聽不到的話。她認為他無法熬得過來。

他努力在聽。除非對方開口，否則，他無法確定是誰在房間裡。

他母親對他說了什麼？她的話就在他腦子裡的某處。他會想起來的。很快就會想起來。

他放棄想要記起來的努力，轉而讓自己入睡，值得安慰的是，一片窗簾開始覆蓋過他的意識。然而，那股肉桂的味道卻阻止他拉上另一邊的窗簾。然後，一個聲音響起。

「對不起。」

他不確定這個音色，不確定說話的人是男是女，連那個味道也不確定，恐慌開始在他內心升起。事情很不對勁。

他的一生彷彿萬花筒裡的意象浮現在他的眼前，他看到了他的妻子，她那已經隆起的腹部，幸福洋溢在她黝黑的臉龐上，在他的生命逐漸消逝之際，他明白他想要尋求真相的努力全都付諸流水了。

窗簾拉上了，沒有一絲一毫的縫隙可以讓光線穿過。

他走了。

1

羅絲

二〇一五年十二月八日

我的視線掃過法庭，落在我丈夫身上，我接受我的人生已經結束了的事實。儘管他愛我，也許就是因為他愛我。

我看著那名女子，她很快就會宣布我的刑期。她很嬌小，很漂亮，身為一名法官，她確實有點太年輕了。在我的聽證會中，她的臉上閃過各種表情：對我所承認的事情感到厭惡，不過卻隱藏得很好，對我沒有交代自己為什麼那麼做感到沮喪，在面對被害人的妻子和幼兒時感到悲傷。不過今天，有那麼一瞬間，我看到了一絲同情。她沒有問題要問我了。我已經承認我殺了亞伯・杜肯。就這樣了。

一道冬日的陽光穿透高高在上的窗戶，從她左邊的臉頰橫切而過。她往前傾，一個銀色的十字架從她白襯衫的領口滑出來，在陽光底下閃爍。就在我對她是否應該把她的信仰戴在身上感到質疑時，她舉起手，將那個十字架塞回到那片絲滑的布料裡面。有時候，我們都需要為我們的決定承擔後果。

我再度看著我丈夫。我不忍心看到他如此痛苦，他的痛苦不僅反映了我自己的痛苦，也放大了我的痛苦。

他一直都支持著我。向來如此。

法庭裡面擠滿了人，我的目光轉向旁聽席上的一名男子，他正在緊緊地注視著我，眼神裡充滿了好奇。他有一身深棕色的皮膚，穿著一件敞開的North Face外套；他一定很熱。我多看了他幾秒，隨即挪開視線，將注意力放在法官身上。

她那雙深色聰慧的眼睛掃過法庭裡的臉孔，隨即對我的罪行做出總結：我所承認的罪行是預謀的、冷酷無情的行為。在亞伯．杜肯的妻子與家人的心痛之下，法官結束了她的陳述，他們的心痛是我造成的，而他的父母從頭到尾都沒有出現在我的聽證會上。對此，我感到很慶幸。

我等待著宣判。

二十年。

我幾乎鬆了一口氣。

2

二〇一六年三月十九日

我已經入獄三個月了，獄中的單調、一成不變，以及雖然失去自由卻莫名滿足的感覺，竟然出人意料地變成了一種自在的生活方式。不過，我有很多的時間可以思考和分析，而我的諮商師也鼓勵我在我們的會談中這麼做，雖然我們每次見面總是讓人筋疲力盡，因為我全程都在避免回答他的問題。我知道這讓他很沮喪。他感覺到了我沒有說出口的某些事，我懷疑法官也是。但是，那個答案會永遠保留在我的心裡。我被關在這裡，這裡是我應該停留的地方。被關在這裡是我自找的。而我也想要待在這裡。

我不安地站起身，往前走了幾步，來到這間小囚室的另一端。

透過關著並且上鎖的門，我聽到郵件被送到了我這層樓的房間。自從來到這裡之後，我就不停地收到各界人士的來信，他們渴望能和一名被定罪的兇手建立書信關係。

當我的門鎖被打開時，我抬起了頭。

「你的信，羅絲。」那名獄警說。

「謝謝。」我點點頭，從他手中接過那個厚厚的信封。當我聽到他的鑰匙再度把門鎖上時，我的胃一如以往地往下沉了一點點，儘管某部分的我——很大的一部分——很慶幸自己在監獄裡。

我坐在狹窄的床上，打開那封厚厚的郵件。在閱讀第一行時，我心想，我不會繼續往下讀的，不過，我還是往下讀了。

親愛的瑪洛女士，

我叫做西奧．海澤爾。我是一名小說家和紀實文學的作者。我對你的案子很感興趣，說句實話，也很好奇。

我曾經寫過幾本紀實文學的書，是關於因為謀殺而被定罪、乃至入獄的女性；你的案子引起了我的關注。

我很渴望能和你見面，聽聽你想說什麼。說白了，我很希望能撰寫你的故事。

信末，西奧．海澤爾列出了他出版過的五本作品。其中有三本是紀實文學。當我看到其中一本的書名時，一絲不尋常的笑意浮上了我的嘴角。我很感興趣，雖然我的心裡湧現一股對他的好感，不過，我絕對不會和他交談的。我不能。

他的信很吸引人，而他也很博學。他談及他生活中的很多細節；我知道，他這麼做是為了博取我的信任。在倒數第二頁和最後一頁之間有一張照片。也許，他是另一個瘋狂的「各界人士」。

我仔細看著照片。深色的長髮掠過他米色襯衫的衣領，外罩著一件拉上拉鍊的黑色North Face外套。我覺得他大約和我同齡，也許比我年輕幾歲。我再度看了一眼。沒錯，比我年輕。我很擅長猜年紀，我想，很多醫護人員都是，看著病人檔案上的生日，再看看旁邊的那張臉，這是多年來累積的經驗。我把他的年紀鎖定在四十四歲，也許四十五。比我小三或四歲。

深棕色的皮膚。我記得在哪裡看過這張臉，我開始在我的記憶深處挖掘。在我被判刑那天，坐在旁聽席的那名男子。

是他，我確定。

照片的背景有一座教堂，左下角有一塊墓碑。照片底下有一行電子數字。時間和日期。那是上週拍的照片。我把信從頭到尾再讀過一遍，很高興能在他的名字上增添一抹影像。

最近，我開始教幾名獄友基礎生物學。他們決定要加強他們履歷上的學歷。我很喜歡教書，不過，我也很喜歡待在監獄圖書館所賦予我的機會——使用電腦。

下次有機會的時候，我會在谷歌上搜尋西奧．海澤爾。

3

二〇一六年三月二十二日

我坐在床緣，想著西奧．海澤爾的那封信，不過，我的思緒卻飛到亞伯的妻子在法庭裡的畫面。還有他們的幼兒。我知道那個孩子的名字，同時又試著當作不知道。我的腦子裡彷彿有一柄錘子在用力地敲打。

我往前靠，瞪著牢房裡的藍色地板。我永遠都無法接受已經發生的事。但是，有其他的選擇嗎？不接受嗎？我沒有那麼勇敢，儘管我知道我的體內正在發生什麼事。

我無懼於死亡，但是，我不能尋死。

一股重重的罪惡感在拉扯著我。這種感覺在下午晚一點的時候總是特別嚴重，那個時間剛好是我想睡覺的時候，也是我不想活的時候；不過，這種現象已經持續了好幾年，並非只是在亞伯．杜肯死後才開始的。

亞伯死於晚上九點五十分。那天的那個時段刻在了我的靈魂裡。當亞伯被送進加護病房時，我已經在那裡兼職了四年，而我丈夫也已經在那裡當了八年的麻醉顧問。他是在我休假那天住進來的，在我終於輪班的那一天，我遇上了他那難得來探視兒子的母親，我不知道我們兩人是誰更吃驚，她還是我。

我注視著橫跨在牢房牆壁正中間那道討人厭的紅漆，那條紅線把房間繞了一圈，呼應著監獄的主題裝飾。

被關在這裡是在懲罰我所做過的一切，而不只是因為亞伯的事。

我躺在床上，把那條薄羽絨被拉過我的腿，蓋到我的下巴，然後閉上眼睛，以胎兒的姿勢轉向側面，滿腦子都是亞伯。我把雙手夾在大腿之間，讓指甲深陷在柔軟的肌肉裡，直到皮膚突然感覺到一陣撕裂的刺痛。然後，一股鹹味在我的臉頰內側湧現。

自由時間的鈴聲響了，我等待著有人來敲我的囚室門，為了準備迎接一天內象徵著某種自由的這段時間，我的囚室門早已經被打開了。我並不是特別喜歡自由時間，雖然，我確實喜歡看到我的朋友凱西出現，說曹操，曹操就到。她果然出現在我的房門外。

除了都被關在這裡之外，我們有什麼共通點？我的諮商師認為，我們都缺乏悔意。他實在錯得太離譜了。

從醫學系的學生到護士，我從來都沒有被神秘的精神醫學所吸引，然而，自從亞伯出現之後，我就一直沉迷於人類的心智是如何運作的問題，它是如何封閉起來的，它又是如何欺騙自己的；不管是我的、還是其他人的心智。

它是如何讓向來都是某個樣子的人，變成了另一個人。

「嘿，你。」凱西走進我的囚室。「偷懶假？」

我沒有回答，不過，我知道，我沉默不了多久。

凱西的臉上看不出任何表情，雖然，我已經知道這並不表示她感覺不到什麼。只不過，她的感覺和她的個體是分開來的，是單獨存在於她身體之外的。那個微小的獨立存在體知道，把自己的三個小孩獨留在家而去度假是很大的錯誤，但是，其他部分的她，也就是絕大部分的她，並不理解這一點。那就好像有兩個凱西存在一樣。

我曾經試著要理解為什麼我能看到這個部分的她。起初，我以為那是因為她認為我和她一樣——志同道合之類的——不過，後來我發現並非如此。

我擠出一絲微笑。

「這才像話，」她說著自顧自地笑了一下，雖然，我知道凱西的笑容向來都很表面。「如果你待在床上的話，唐恩會讓你吃快樂丸的。」

我坐起來，依然感覺腦子裡在咚咚作響。我笑了笑，不過，笑卻讓我頭痛。「那會讓他輕鬆一點。」我確實這麼想。我覺得我的諮商師並不是太喜歡我，我可以想像一個服用了抗憂鬱藥而變得麻木、沉默的羅絲，對他而言會是多麼好的狀態。

凱西的笑容早就消失了。她輕輕地推了推我，讓我挪動位置，這樣，她才能在我身邊躺下來。這種親密的感覺對她來說很陌生，我不禁再次對自己為什麼能吸引她感到好奇。大部分的時候，我都不喜歡我所得到的答案。

不過，即便凱西實際上就是這樣——那個絕大部分的她——我依然喜歡她只讓我一個人看到的那個她，或者只有我才能看到的那個部分的她。

說來諷刺，我在監獄裡竟然這麼有辨識能力。

「你丈夫才是你應該要談談的人。」她在被子底下說。這張床對兩個人來說實在太小了。

我腦袋裡的捶擊聲轉為了一陣起伏不定的擊鼓聲。

我那善良又專注的丈夫。那個拯救了我，同時也宣判了我死刑的丈夫。

✦

在凱西回到她自己的囚室後一個小時，我門上的那個小艙口打開了。「羅絲。會客時間到了。」一名獄警透過那個小洞說道。

我看了看日曆。今天不是我丈夫來探視的日子，然後，我想起來了。我同意我母親來看我。她的要求讓我很驚訝；我已經有二十幾年沒有見到她了。

「你聽到了嗎，羅絲？」他說。「你母親。瑪麗恩．特拉爾。」

「好。」當他把門鎖打開時，我站起身，然後跟著他穿過新近油漆過的走廊，在他領著我走向會客廳和我母親的時候，一路上，我都在他身後保持了一步的距離。

大會客廳裡有大約二十張桌子，她就坐在我丈夫每次來探視時的那張桌子。她注視著手中的小化妝鏡，並沒有看到我的出現，直到我們之間只相距了幾呎。當她抬起頭時，我看到了歲月摧殘的痕跡，這毫無疑問地反映出了我們的相似之處。雖然我並不想這麼做，但是，我認知到我們在外貌上有多麼相像。她為什麼在這裡？也許是我丈夫要求她來的。不，他不會那麼做的。

「哈囉，羅絲。」她說。

有那麼一瞬間，我以為她就要和我握手了，這讓我露出了一絲諷刺的笑意。時隔多年。一九九二年七月五日。那一天深深地刻在我的記憶裡。我去看她，那是一個臨時的決定，讓我那麼做的原因是我打算要結婚。無論發生什麼事，我都想親口告訴她。一個陌生人前來應門，我打了幾通電話，才發現她已經搬家了。當我終於在她的新地址找到她和我弟弟時，我在門外至少站了十分鐘，試著要弄清她怎麼可能負擔得起一幢位於西布里奇福德高級區的房子。那次的見面並不順利；我們發生了爭吵，不過確切的原因為何，我現在已經不記得了。我依然感到受傷，而她也依然堅持一切都是我的錯。我的突然造訪本身就是一場災難。

我覺得頭痛欲裂。「真是意外。」我拉開一張椅子坐下，然後立刻就開始撕扯我大拇指周圍的皮膚。

她試著不要看我的手。「別那樣，羅絲。」

「你看起來不錯。」

她沒有同樣地讚美我。「很抱歉，我之前沒有來看你。」

「你甚至沒有來參加我的聽證會。」我握緊雙手，試著要讓自己保持冷靜。

她把手伸向我。但是，我既沒有動，也沒有反應。

「你不應該在這裡的。」她說。

我無法忍受無止境的衝突，就在我打算伸出手，試著要講和時，她說：「你一直都有點不穩定，羅絲。你應該讓你的律師用精神失常來幫你辯護。」

我的手重新放回膝蓋上，我想要和解的心意也徹底毀了。「我不穩定？從你口中說出這種話還真可笑。」

她的目光不停地在房間裡游移。「你的防備心向來都這麼重。向來都很容易生氣。」

「我當然會有防備心。我已經超過二十年沒有見到你了。」

「那是誰的錯？」她說這句話的時候，目光一直鎖定在會客室後面的牆壁上。

「你一直在幫他工作。」

「那是一份工作。我需要工作。」

「你在哪裡都可以找到清潔工的工作。」我仔細看著她掛在椅子側面的外套。耶格❶。我母親什麼時候開始買這個牌子的外套了？也許從她搬家的時候開始吧。

「怎麼了，羅絲？我覺得我好像在被審判一樣。我又沒有做錯什麼。」

「你沒有嗎？」

她把她的椅子往後挪；她的外套因此掉落到地板上。她沒有起身。「是你主動和我以及你弟

❶ 耶格（Jaeger）是擁有百年歷史的英國奢侈服飾品牌。

弟斷絕關係的。」

「自從那件事發生以後……在那件事發生之前，我就沒有他的消息了。」

「你是說，自從你奪走一個無辜男子的性命之後嗎？」現在，她站起來了。「你在那麼做的時候，你的精神並不正常。」她穿上她的外套。「我早知道來這裡並沒有用。等你冷靜下來之後，我再找一天過來。」她停了一下。「我很抱歉，羅絲。」

「抱歉什麼？因為你那天晚上沒有幫我嗎？因為在我最需要你的時候，你不在我身邊嗎？」

「你把一切都歸罪於除了你自己之外的每一個人。」她吸了一口氣。「你殺了一個人，我不明白為什麼。」

我沒有回答。因為沒有意義。我看著她匆匆走向出口，然後低下頭。只見我左手大拇指的指甲正在流血。

4

二〇一六年三月二十四日

我坐在那張抵著囚室牆壁的小桌前面，貝拉．布里斯的信就攤開在我面前。那是一個很美的名字。她是曼徹斯特大學英國文學系的學生，在我收到那位作家西奧．海澤爾的來信之後不久，我就收到了她的來信，這讓我覺得意義非凡。在獄中，你會這麼做。把完全無關的事情連結起來。

我答應貝拉．布里斯來探視我是出於寂寞，也許也是對我母親最近來訪的一種反應。貝拉正在為她的論文進行研究，她的論文主題是關於以謀殺者作為女性主角的小說作品。一如西奧的信，她的信讀來也不像是一個瘋狂的人所寫的，所以，我在自己瞬間的瘋狂下答應了。我唯一的訪客是我丈夫，而我母親來的那次，我早就知道那會是一場災難。我昔日的大學室友也曾經來看過我一次。我很感激他們的費心，不過，我告訴他們不要再來了。我無法忍受他們的同情或恐懼。

那名獄警敲了敲我的囚室門，打開鎖，然後進來。

「計畫改變了，」他說。「貝拉．布里斯已經到了，不過，還有一名警探等著要和你說話。」

「警探？」

「偵緝警司艾莉森．格林伍德。她會在你和唐恩會面的那個房間見你。」

我想要問他，我是否有權決定誰可以和我談話，不過，繼而想想，我甚至懶得問她為什麼來這裡。

於是，我們沒有立刻到會客廳去見貝拉．布里斯，而是繞道去了唐恩的諮商室。

一名女子站在那扇小窗旁邊。偵緝警司艾莉森．格林伍德身材高挑；那頭又短又直的金紅色短髮讓她看起來十分幹練。她對我露出一個燦爛的笑容，儘管她的出現很突然，不過，我立刻就喜歡上她了。她有一張很誠實的臉。

「瑪洛女士。謝謝你同意和我見面。很高興見到你。」

我沒有說我來見她是因為我別無選擇；反正，她會知道的。「我也是，格林伍德警司。」

她從她的口袋裡拿出一本筆記簿，接著脫掉她的外套，掛在一張椅子上，然後坐了下來，同時示意我也這麼做。

「這不是正式的，瑪洛女士——」

「叫我羅絲。」

她點點頭。「我很關注你的案子和聽證會。」她暫停了一下。「我就直說了。我注意到你在一九九〇年代初期，曾經和亞伯．杜肯的父親丹尼爾．迪恩交往過。」她直視我的眼睛。「這點並沒有在你的聽證會上被提起。」

我的手指又開始摳起大拇指邊緣的指甲。一滴鮮血滲出我的表皮，讓艾莉森．格林伍德畏縮了一下。

「那並不相關。」

「是不相關。」

「你為什麼來此，格林伍德警司？」

「我之所以來這裡，是想要試著了解有關蒙特診所的事，那是位於諾丁漢的一間私人機構，丹尼爾．迪恩在一九九〇年代的時候曾經大量參與過蒙特診所的事務，當時，他也是布魯菲爾德私人醫院的經理。關於蒙特診所和丹尼爾．迪恩，在你……」她暫停下來，臉上出現一抹苦惱的表情。「和他交往的那段期間，你都知道些什麼，任何資訊都會對我們有所幫助的。」

她在椅子上往後坐，說完她的目的之後，她現在自在多了。她拉了拉身上那件合身的棕色裙子；她看起來不像是會穿裙子的女人。也許那是她對於處在男性主導的警察世界所做出的反抗。

「我從來都沒聽說過蒙特診所。」我仔細地看著她清晰的五官輪廓。「我想，我沒有什麼可以告訴你的。真的沒有。」

艾莉森．格林伍德試圖壓低她惱怒的嘆息。「我曾經試著要找出一九九二年一月，你在布魯菲爾德醫院住院期間的那些紀錄和病歷。那是你應該要在聽證會上提供給法官的資料。至少也要給你的律師。」她吸了一口氣。「它也許能對你被判處的嚴厲刑期造成一些影響。」

我垂下頭。「我猜，我的紀錄都不見了？」

「對，不過，看起來，那個時期的很多紀錄都不見了，不只是你的。你當時是個醫學系的學生；你有要求要看那些紀錄嗎？」

「有。它們都被整理得好好的。」

她清了清喉嚨。「你對於你在布魯菲爾德的經歷有任何疑慮嗎，在那之前、在那期間和在那之後？」

「沒有。當然沒有。」

這不完全是真的，因為我最後確實有些疑慮，雖然我的疑慮非關醫院。

「我沒有什麼可以告訴你的，警探。」我做了結論。

她闔上她的筆記簿，用手撫過她整齊的頭髮。「一個全然無辜的人被你奪走了性命，羅絲。為什麼？」

她緊緊地注視著我，我試著要在我們之間築起一道心理的屏障。我很高興艾莉森．格林伍德並沒有負責我的案子，因為，這個坐在我面前的女人有一種負責這個案子的警探所沒有的直覺。我想起了迪恩夫婦，這讓我渾身竄起一陣冷汗。這個房間太熱了。

她繼續往下說。「你在皇后醫院遇到亞伯的母親——丹尼爾．迪恩的妻子——之前，你從來沒有見過她，當時，她剛好去探視她兒子。對嗎？」

我的手自動地挪到我的肚子上。那股虛無的痛楚依然在那裡。

「沒有，我以前沒有見過她。」

她把椅子往後推，然後站起身。

「你和丹尼爾・迪恩在一起的那段時間，你有見過他認識的任何人嗎？任何和我們的調查有關、也許我們可以聯繫的人？」

我想起我在二十幾年前見過的人，但是，我不能把他們的姓名透露給艾莉森・格林伍德。那將會重啟一切，不光只是我的一切，還包括我身邊的一切。我想到了我丈夫。然後，我什麼也沒說。

在短暫的沉默之後，我兀自站起來。「沒有，我不記得任何人。」我看著她。她不相信我。她走到門邊，打開門，卻又突然轉身。「你有什麼要私下告訴我的嗎？」

「沒有，不過，謝謝你這麼好心。」

她點點頭，走了出去，把門在她身後關上。我聽到外面的警衛把門鎖上，隨即是那名警司的高跟鞋踩在走廊上漸去漸遠的聲音。我重重坐回到我的椅子上，聽著牆上的電子時鐘滴答在響，等著那名獄警來拯救我，帶我去見貝拉・布里斯。

5

在偵緝警司艾莉森・格林伍德短暫來訪，並且提到那間我從來沒有聽說過的諾丁漢私人機構之後，我感到憂慮不安。我利用等待那名獄警回來的那半個小時，讓自己振作起來。當他把門打開，準備帶我去會客廳時，我已經冷靜下來了。

他領著我來到貝拉坐的那張桌子。貝拉背對著我。她有一頭光滑的深棕色頭髮，穿了一件運動衫，衣服後面還印著她的大學校徽。我不應該同意和她會面的。凱西也這麼說。

當我走近的時候，她轉過身來。她認出了我，心形的臉蛋上立刻浮現一抹淡淡的紅暈。她的皮膚雪白，紫羅蘭顏色的眼睛散發著活力，不過，她顯然很緊張。我決定要讓她感到輕鬆一點，雖然，我不知道她想從我身上得到什麼。我會等著看。她面前的桌上擺著一本A4大小的筆記本，以及一份很工整的問題清單。

「貝拉，」我一邊坐下一邊說。「抱歉讓你久等。今天下午太忙了。」我笑了笑。「基於我的狀態，這實在有點諷刺。」我想要打破冷場。她看起來真的很害怕。

「謝謝你同意和我見面，瑪洛女士。」我幾乎可以聽到她放鬆地吐出了一口氣。「我沒有想到你會答應。」

我給了她一個我希望還算適切的笑容。她和我認識丹尼爾・迪恩的時候年齡相仿。非常的年輕。我審視著她的五官。「沒問題，不過，我不確定我能幫你多少。」

那抹紅暈現在幾乎吞噬了她的臉頰。

「沒關係的，」我繼續說。「我會試著幫忙。」她低頭看著她的清單。「如果你直接提出你想要問的問題來作為開始的話，也許會比較好？不要那麼正式？」

她緊張地看著我。「瑪洛女士——」

「請叫我羅絲。」

「羅絲……我來這裡不是為了我的論文。」

「喔。」喔。也許，她是個瘋子。我抬頭往上看，剛好和一名獄警四目相對，不過，他並沒有理睬我。「那你來這裡是為了什麼，貝拉？」

她不自在地挪動了一下。「為了別的事，不過，我不想在信裡寫出來。」她看起來很痛苦，這讓我對她感到同情，不管她來到這裡是為了什麼。她繼續說道：「是關於我哥哥。他正在和某個人交往，我想，你年輕的時候也許認識這個人。」

無論我預期她會說什麼，都絕對不是這個。「你哥哥交往的人是誰？」

「艾德．麥登。」

我的心臟宛如一塊大石頭掉了下去，我相信，如果我低頭的話，我一定會看到我的心臟正在會客廳鐵青色的磁磚上跳動。那個名字讓我動彈不得，即便在這麼許多年之後，他的名字依然有這樣的效果。我沒有回答。我無法回答。

「他告訴我哥哥……一件事。把這件事藏在心裡讓我哥哥很痛苦。所以，他告訴了我。」她盯著她的筆記本。「但願他沒有告訴我。」淚水蒙住了她誠實的眼睛。「但是，我希望你知道。」

「你希望我知道什麼？」一股恐怖的期待感向我席捲而來。

貝拉又開始坐立不安了起來。她把她的椅子往後推。

「別走。拜託你。」我懇求她。隨即趴在桌面上，把手放在她的筆記本上面。「我很感激你來。你哥哥告訴你的事情一定很重要——」

「我不應該來的。」

「可是，我需要知道……我不會說出去的，我保證。」

貝拉闔上她的筆記本，把它放進她的背包裡。然後，她把她的椅子往桌子拉近，將她的手臂放在那本筆記本剛才的位置。她的聲音小到我幾乎聽不到。「你母親——」她突然停下來，深深吸了一口氣。「我很抱歉，可是，我不能再多說了。」

「拜託你。」我說。

她站起身，臉上的神情混合了堅決和憤怒。「你所做的事很糟糕。可是，你應該知道……已經做了的事……」她轉過身就要離開。

到這裡來讓她付出了不少代價。我不希望她惹上麻煩，就算她惹上麻煩，也不會是因為我的關係。

她繼續說：「隨便你告訴誰，我再也不在乎了。我哥哥和我會搞定的。」

「我不會對任何人說任何事。」我暫停下來，注視著她的眼睛。她不打算告訴我，但是，她已經說得夠多了。「我母親知道某件事？」

她把她的袋子揹到肩膀上。「我想是吧。」

我在亞伯生命最後一天所感受到的那種感覺又回來了，我的胃在萎縮，彷彿正在把它自己包裹起來。

✦

我用偏頭痛作為藉口，從我和諮商師的會面中脫身，不過，我是真的感到偏頭痛。貝拉和艾莉森．格林伍德的來訪，在在都讓我不安。

在見到貝拉之前，我已經回信給西奧．海澤爾，告訴他我不會接受他想要和我聊聊的要求，不過，回到我的囚室之後，我又寫了一封信。

我試著要集中注意力在如何寫這第二封信上面。在變成作家之前，他是一名新聞工作者，而且，從我蒐集到的資訊來看，他是一名很不錯的新聞工作者，他的新聞堅持在他的紀實文學作品中顯而易見。根據書評，他的作品在調查和執行上都有出色的表現。他曾經從很久以前的人物身上發掘出一些事，這些人當中有部分人曾經被判有罪，有些人則沒有被定罪。我擔心自己也許已經錯失了他所提供的機會，不過，我得要確保他會來探視我，因為，我覺得他可以幫助我。我注視著牆壁，往後靠回到椅子上，觸摸著我右邊的胸部，這是多年來，我的心裡首度出現了一絲目的感。

我甚至萌生出想要預約去看獄醫的念頭。

我要怎麼讓西奧．海澤爾上鉤？他想要一個故事。他想要開啟他的事業生涯。關於他，我真的只知道這些。

我需要用我的故事來利誘他，讓他知道我願意把一切都告訴他。或者幾乎一切。最終，我希望他可以幫我查清貝拉告訴我的是否為真。

我開始為他寫下我的故事開端。

我和丹尼爾．迪恩的第一次見面，就在諾丁漢的一家餐廳裡。

一九九一年春天的某一天。那天，我深深地陷入了愛河。

6

一九九一年三月二十九日

我靠在服務台上，往後仰頭，吞掉一杯雙份濃縮咖啡。老天，我希望諾亞看不到我。值班的時候，我絕對不應該飲食的。通常，我會偷溜到貯藏室去喝，但是，我沒有空。今天太忙了。我的那一區坐滿了人。耶穌受難日，諾丁漢的地產大亨全都出來點安吉拉捲和香檳了。真是噁心的組合，就像大部分坐在那裡的男人一樣。有些人是和同事一起來的，有些是和女友，還有些則是和情婦。他們似乎從來都不帶老婆來。

當我掃視著桌子時，我的視線轉向那些可以眺望停車場的落地窗，最後落定在一輛閃耀的白車上。那輛車的車頂是降下來的。深紅色的皮椅。那輛車一個月的分期付款就相當於我一整年的醫學院獎學金。我縮緊小腹，準備滿足他們所有的要求。微笑和一個為他們提供服務的機會。做這份工作完全是為了鉅額的小費。對於穆塞爾的顧客來說，現在是最好的時機，即便對全國其他地方的人而言並非如此。超高的利率把這個國家分成了四分之一的人和其他四分之三的人。那四分之三的人不會到這裡來點超小份的安吉拉捲和香檳，而且說實在的，他們才是明智的一群。

我的心情不好，這不是什麼不尋常的事。醫學院第四年的課程壓得我透不過氣來，而且我已經開始跟不上了；即便我具有過目不忘的記憶能力，我也遠遠稱不上是天才。我得要辛苦工作，為了生存，我把太多時間都花在了穆塞爾。不過，當我蹓躂到我那一區的時候——無時無刻都要讓工作看起來很輕鬆的模樣，這是諾亞在我第一次當班時給我的建議——我承認，剛才那個想法並不完全屬實。在財務上，我可以生存下來；不能生存下來的人是我母親。一筆三十英鎊的小費就足夠支付她一個星期的買菜錢了。

我從眼角瞄到邁爾斯舉起手臂要引起我的注意。他沒有坐在他慣常的靠窗雙人座位上；今天，他坐在一張四人座。他一定是在等人。我很好奇他等待的人是誰。邁爾斯是一個相貌堂堂、而且不多話的傢伙，他在這裡的一間私人醫院工作，也是經常光顧穆塞爾的好客人之一。他向來都穿著外套、打著領帶，頭髮剪得恰到好處——搭配著長瀏海的短髮，而那撮瀏海總是被他賞心悅目地撥到一旁——此外，他也是彬彬有禮的紳士典範。有時候，我會注意到他有一點點古怪；不是什麼讓人毛骨悚然的行為，只不過他偶爾似乎會有些心不在焉，讓言語和表情出現了不協調，彷彿喝醉了還是什麼的。不過，他並不是一個酒鬼——他只喝柳橙汁或者純水。

我向他走過去。「嗨，邁爾斯。你今天在等人？」

他抬起頭，給了我一個燦爛的笑容。他真的長得不難看。只不過不是我的菜。而且對我來說也太老了。「是啊，羅絲。事實上，我在等我老闆。你不介意我坐在這張桌子吧？」

「當然不會。你在等人的時候，要不要先點什麼飲料？」邁爾斯不是那種最自在的人，不過，他今天看起來甚至比平常還要緊張。

「柳橙汁就可以了，謝謝。」

「你老闆要喝什麼？」

「給丹尼爾一杯通寧水吧。」

我把飲料單放到吧檯。又服務了幾張桌子，然後才把那杯柳橙汁和通寧水送過去給邁爾斯。當我把兩杯飲料放在桌上，轉身要離開之際，我撞到了一個應該是他老闆的人。

「對不起。」我說。那個人露出一個親切的笑容，我的目光也在他冷靜且絕對不難看的五官上停留了一會兒。他的身高和我相仿，苗條卻不顯瘦。那身裝扮雖然休閒，不過顯然經過了精心的搭配。一件合身的灰色襯衫，沒有領帶，巧克力色的長褲，棕褐色的皮鞋。一切看起來像是拼湊而成卻又完全不違和。深色的眼睛，黑色的頭髮，只有右側的鬢邊有點花白，不過年齡應該不超過三十五歲。我的胃一反本能地感到不安。

他認真地看著我，看得我的胃都打結了。然後，他在那張桌子坐下來，端起他的飲料。「謝謝，邁爾斯。」

「乾杯，丹尼爾。」他們碰著彼此的杯子。

「兩位準備好要點菜了嗎？」我一邊問，一邊清走隔壁桌上喝剩的半杯酒。

「我不用了，」丹尼爾說。「你呢？」他問邁爾斯。

「一碗橄欖就可以了。」邁爾斯回答。

「好的。馬上來。」我很快地轉身，希望快點離開。邁爾斯的老闆讓我感到不安，雖然不是不好的那種不安，我得承認。

「哇，慢一點！」

我撞上了一名顧客，現在，那半杯酒已經灑滿了他的襯衫。「對不起。」我又道歉了——我今天實在太笨手笨腳了——而且開始白費力氣地擦拭著襯衫上的酒漬。

「嘿，我喜歡這樣。」他抓住我的臀部，手指十分貼近我大腿根部靠近胯下之處，讓我大為震驚。我一把將他推開。該死的嫖客。

直到此時，我才注意到他手指上紋滿了蛇的刺青。真是令人感到噁心。他漲紅的臉是個警訊，他將來一定會心臟病發作的跡象明顯地寫在了他的臉上；應該活不過六十歲。我真心希望這個統計數字是對的，雖然，我並不喜歡這麼想。一個即將成為醫生的人不應該有這種想法。

「你的手規矩一點。」邁爾斯的老闆嚴厲地說。

那個刺青男點點頭，然後眨了眨眼。「她走路應該要小心點。」他在漫步離開之前留下了這麼一句話。

「你不應該容忍這種人渣的。」丹尼爾看著我，一臉擔心的模樣。

「沒辦法，這份工作就是這樣。你認識他嗎？」

「不，我不認識。感謝老天。我為男人這個物種向你道歉。不是所有的男性都是那樣的。」

「我知道。」我看著邁爾斯。他絕對就是那些好人之一。

「也許，我們可以找個時間聊聊這點？」丹尼爾說話的同時，那雙深色的眼睛不停地在閃爍。

「我不和嫖客出去的……我是說顧客。」

「對了，我叫做丹尼爾．迪恩。」

「羅絲。」我也報上自己的姓名。

他把椅子往後又往旁邊推開一點，遠離桌子，如此一來，他就可以面對我而無須轉頭。「你幾點下班，羅絲？」

過去，我太常聽到這句話了，而我的標準回答就是*我不確定*。那也是幾個月前，我給邁爾斯的回答。

「六點。」

「我會在外面的停車場等你。」

「好。」我看到他對我的回應感到驚訝。我自己也很驚訝。不過，也不盡然。他給人一種說不出來的感覺。

我瞄到邁爾斯臉上帶著冷淡的微笑，那讓我覺得難過。

「太好了。」丹尼爾轉向他。「我們要不要直接到醫院去？在那裡談？今天這裡有點吵。」

邁爾斯點點頭。「好啊。」他已經站起來了，同時遞給我一張二十英鎊的紙鈔。

「可是，我甚至都還沒有把橄欖送過來給你。而且還要找錢。」

「沒關係，羅絲，那是你的小費。」他已經朝著門口走去了。

在我下班之前，我把我今天小費的十分之一貢獻給了廚房，我看到諾亞在對著我笑。剩下的則全歸我母親。

我在六點整的時候離開了餐廳。紅通通的夕陽低垂，我瞇著眼睛掃視著前院。完全不見丹尼爾．迪恩的蹤影。我不禁覺得滿心失望。我繞到餐廳的後面，那裡還有一個停車場。只見他正在那兒等待。我屏住呼吸，不確定是因為高興還是焦慮。他坐在一輛藍色的福特蒙迪歐裡面。我猜，那是公司車。

他打開車窗，朝我咧嘴而笑。「很高興你來了。我以為你不會出現。」

他談不上英俊——他的鼻子有點寬，下巴有點小——雖然我並不算是外貌協會。但是，他很有魅力，而且不同尋常。丹尼爾．迪恩身上散發著一股強烈的性吸引力。那是毫無疑問的。

他往前靠，打開乘客座的車門，於是，我上了車。

他的車子有一股刮鬍水和皮革亮光劑的味道。一支手機和一只棕色皮夾以完美的對稱方式擺放在中間的置物箱。一條口香糖靜靜地躺在那只皮夾的正對角線上。還有一件藍綠色的外套吊在車後一只厚實的木頭衣架上。他看著我打量著一切；他沒有漏掉我的任何一個動作，我喜歡那樣，因為我很高興自己也沒有漏看任何東西。然而，我還是往旁邊移動了一下，並且把手放到門把上，心裡在想，他把我鎖在車裡了。我的腦子裡立刻就開始播放起一部迷你電影。車子長途跋涉來到一個荒郊野外，虐待、強暴，以及一些不堪入耳的行徑。

但是，車門打開了。

「你隨時可以離開。」他再度咧嘴而笑。他的五官有點不對稱；也許，那就是他為什麼喜歡把其他的東西都整齊排列的原因。他一定很愛曬太陽，因為他的膚色黝黑，而那雙深棕色的眼睛就足以證實這點。我猜，他應該有一點點中東的血統。

我把車門關上，然後說：「我通常不會這麼做的。」

「很高興聽到你這麼說。」他說話的時候雖然神情有點過分認真，不過，眼神卻帶著促狹。

我仔細考慮著是否要告訴他，但隨即放鬆地說出了我的地址。拜託，我都已經坐上他的車了。「我以前在穆塞爾沒有看過你。」我說。

「你住在哪裡，羅絲？」

「我在幾個星期前看到你。我花了好一陣子才鼓起勇氣坐到你服務的那一區。」他把車開出了停車場。一輛摩托車呼嘯而過，領先了我們。

「邁爾斯幫你工作？」

「我在這座城市管理一家私人醫院，他在那裡擔任麻醉醫生，不過，我認識他很多年了。」

「布魯菲爾德醫院？」

「對。」

我不知道他是否是一名醫生，或者只是一位管理專家。我看著他。「我們要去哪裡？」

「去吃晚餐。你想去嗎？」他看著我一身服務生的裝扮，突然之間，我發現自己剛才因為想到丹尼爾．迪恩正在等我，結果在匆忙離開餐廳之下竟然忘了使用體香劑。我覺得自己的臉在發燙。

「我打算繞道去你家，這樣，你就可以換衣服了。那就是我問你住在哪裡的原因。」

「去吃晚餐當然很好，可是，今天是銀行假日❷，我們這麼臨時去餐廳，會有空位嗎？」

「當然會有。那不是問題。」

語畢，他把注意力轉回到路上，專注地開車。我內心裡那個醫學系的學生注意到他頸部的椎間盤在活動幅度上受到了限制。那有可能是早期的關節炎，或者只是太過緊繃而已。骨科和骨頭的機制是我不感興趣的醫學範圍，可是，我母親相信，骨科賺的錢絕對比小兒科多。我不知道她是從哪裡聽來的，不過，她說的也許有道理。我想到如果我考試考砸的話，我就得要多花一年的時間受訓。我承擔不起這樣的結果。透過車窗，我望著街上成排的辦公大樓。在辦公室裡工作會要了我的命，可是，如果我沒有通過考試的話，我還有什麼選擇？護士？

那也會要了我的命。

「你有在聽我說話嗎，羅絲？」丹尼爾打斷我的思緒。

「抱歉。」

「我會坐在車裡等你。」我們幾乎快到我住的那條路了。

「我應該要好好打扮嗎？」我問。我已經在想我應該要穿什麼了，這實在不像我。

「除非你想要這麼做。」

他把車子停在諾丁漢非上流區的一座破舊的陽台前面。我們的房東一點用處也沒有。這棟房子從來都沒有進行過什麼維護。我很高興丹尼爾並沒有想要進屋。這讓情況變得單純多了。這是我喜歡他的另一點：他似乎知道該做什麼事。我認為那可能是因為他比較年長的緣故。他沒有問我是否有男朋友，那也是我很高興他待在車子裡的另一個原因。我的前男友是我的室友之一。湯姆和我已經相安無事了，不過，我們最近才剛分手，我並不想讓他感到尷尬。

「慢慢來，不急。」他的笑容讓他左臉的酒窩更深了。他真的很帥。

「給我十分鐘。」

❷銀行假日（bank holiday）指的是英國、部分大英國協國家和部分歐洲國家，以及部分英國前殖民地的公共假日，英格蘭每年有四個銀行假日，蘇格蘭則有五個。

7

西奥

二〇一六年三月三十日

尋找位於彼得伯勒的監獄比西奥預期的還要困難。他真的需要買一個新的衛星導航取代現在這個狀況不佳的舊導航，不過，他立刻就想到了他銀行帳戶裡的餘額，或者說缺乏餘額，以及兩張已經刷爆的信用卡，外加即將爆掉的第三張。他前妻的金援提議依然頑固地潛藏在他的腦子裡，不過，他絕對不會接受這個建議，儘管他很感激她的用心良苦。他們一週前在墓園見面時，她曾經提出這個建議，那次的見面一如以往，同樣是苦甜參半。

在兩度轉錯彎之後，他在紅燈前停了下來，他喝了一大口從加油站買來的拿鐵，想著他的兒子。就在淚水即將流下來之際，他把咖啡放在乘客座上。一股熱氣湧上來，讓他拉開了身上那件North Face外套的拉鍊。他總是會在艾略特生日那天哭泣，雖然，他通常都不准自己在其他的時候為他流淚。蘇菲和他一致同意，他們不能永無止境地悲傷下去。這是少數幾件他們彼此都認同的事情，雖然，自從他們分開之後，他們的關係比過去十五年結褵期間和睦了許多。他閉上眼睛，重新整頓了他的情緒。當他睜開眼睛時，他把思緒從他兒子和蘇菲身上轉開，回到他的工作以及他手上的任務。

他將會讓這本關於亞伯和羅絲的書大獲成功。他必須如此。而他也能做到，因為羅絲・瑪洛已經對他透露了一些事，他已經握有了少量的爆炸性訊息。在羅絲的聽證會裡，沒有人知道亞伯・杜肯的父親在一九九〇年代初期曾經是她的男友。西奧昨天和他的編輯談過，他聽到對方的聲音裡充滿了興趣，而他甚至都還沒有提及這層關係。截至目前為止，他還沒有把這個資訊告訴過任何人。

終於，他把車子停在監獄停車場裡僅剩的一個空位，那輛年久失修的Fiesta在一陣震動中停了下來。他解開安全帶，從乘客座位上拿起羅絲的檔案，再從檔案裡抽出她的來信。這著實是一個反轉。對於他一開始的要求，她委婉地拒絕了，但是，在他收到她第一封回信的一週內，她就寄來了第二封信，而且還包含了幾頁的手稿，敘述了她和丹尼爾・迪恩的首次見面。西奧幾乎無法相信自己的眼睛，直到現在，他都還不知道是什麼改變了她的心意——因為他的直覺告訴他有什麼事情讓她改變了想法。

他從檔案裡抽出他和瑪麗恩・特拉爾見面的筆記。建議他和瑪麗恩聯絡的人是羅絲。如果你是真的想要撰寫我的故事，我母親可以提供你關於我童年的資訊。

他把所有的東西都放回檔案裡，隨即轉動後視鏡，檢查著鏡中的自己，然後再把後視鏡調回原位，接著才從擁擠的車內伸出他痠痛的腿。他打開後乘客座的車門，拿出那只手提袋。羅絲要他幫她帶一些衣服過來，還特別指名要到英國時尚品牌Topshop購買樸素而單調的類型。尺寸十號，褲長三十四吋的牛仔褲。他表示，採購衣服的部分也許交給她母親或邁爾斯會比較好。我母親不會來看我，而我丈夫討厭購物。他很驚訝犯人竟然可以穿他們自己的衣物。

他幾乎可以從羅絲的故事裡嗅到矛盾，並且感受到有些資訊一定被遺漏了。這是很長一段時間以來，他對於他的職業生涯感到最樂觀的一次。他確實經歷了一段低迷的時期。非常低迷。在出版了四本銷售量很一般的作品之後，他的第五本書完全沒有受到矚目。隨後的幾年他過得並不如意，因為他寄給他編輯的作品全都不夠商業化。你的作品失去了敏銳度，那個老謀深算的編輯這麼對他說。

一本關於羅絲．瑪洛和亞伯．杜肯的調查紀實文學將是他的一大機會。

開始下雨了，他把一件外套披在頭上，再把那只手提袋掛在肩膀上，然後走向監獄入口，渾身濕透地和至少十名訪客一起站在那裡，等待著警衛來把門鎖打開。

西奧這輩子從來沒有到過監獄裡面，也不知道監獄的規定。他被告知要把他的手機、皮夾和口袋裡所有的東西都放進一個盒子裡。出來的時候再取走。那個手提袋將在搜查過後，直接被交給羅絲。

他跟在一名脾氣暴躁的獄警後面，穿過新近油漆過的走廊來到會客廳，只見裡面擺了一堆廉價的黑色塑膠桌，桌子兩邊則是更廉價的鐵青色椅子。接近房間天花板之處有兩扇窗戶，那是這個空間裡唯一的自然光來源。

大約有二十名囚犯在房間裡面，不過，西奧立刻就認出了羅絲。深色的金色捲髮。對稱的五官，寬眼距，那漂亮的鼻子彷彿用砂岩雕刻出來的一樣。不過，她的頭髮裡夾雜著白髮，比他上次在法庭裡看到的還要多，而她那正常來說應該是淡蜂蜜色的皮膚，現在也幾乎變成了灰色，彷彿英國的陰天一樣。她的神態謹慎而低落，不過，當她抬起頭時，那雙焦糖色的眼睛和他的目光相遇，讓他深受吸引。以四十八歲的年紀來說，她的美麗令人驚豔。她穿了一件洗白了的黑色牛仔褲和一件花色上衣，斑斕的色彩彷彿澳洲的珊瑚礁，在這個冷酷的地方顯得格格不入。

她在她的椅子上動了一下，活了起來。「西奧。很高興終於見到你。」她的聲音雖然很低，卻很清楚。

一陣興奮感在他的心裡油然而生，他不確定那是因為她已經開始和他分享的故事，還是因為他期待發現她為什麼改變心意要見他。

她和他握了握手；她的手既溫暖又柔軟。「你有去參加我的聽證會？」她問。「坐在旁聽席上？」

「是的。」他笑了笑。「我覺得自己像個跟蹤狂還是什麼的。」他停了一下。「你怎麼知道的？我沒有在信裡提起這件事。」

「我記得看過你。」

他不確定這是好事還是壞事。

她繼續往下說。「然後，你寄信給我，裡面還附了一張照片——我記得你的臉。」她看著他。「照片是在墓園拍的？」

「對。我前妻拍的。」他就是在那天告訴蘇菲，他想要撰寫羅絲．瑪洛和亞伯．杜肯的真實故事。她完全贊同，這點讓他很高興。即便現在，他依然需要她的認可。

「原來如此。」羅絲打斷她的思緒，她的聲音帶著溫柔和同情。

「我幫你帶了一些衣服來，」他說。「希望你會喜歡，是你的尺寸。」

「謝謝你。我不應該要求你的。很抱歉。衣服都很樸素和單調嗎？」她帶著一絲笑意地問。西奧的目光落在她的襯衫上。「我知道……我這身衣服並不是個合適的例子，對嗎？」她扯著指甲邊緣已經磨損的皮膚，讓皮膚滲出了鮮血。他不禁皺了皺眉頭。「請坐。」她安靜地說。

「很高興見到你本人，瑪洛女士。」

「叫我羅絲。我很高興你聯繫了我。」

「我也很高興自己聯繫了你。我得要感謝我的前妻。是她鼓勵我寫信給你的。」

「你們能和睦相處真的很好。」羅絲的話將他從他的思緒裡拉了回來。

他盤算著要告訴她多少訊息，最後，他決定要對她坦白，因為，他打算要求羅絲對他直言不諱。這是一種交換條件。「蘇菲和我每年都會在墓園見面，紀念我們兒子的生日。」

他看著她的表情，一絲罪惡感在他心裡湧起。他不需要告訴她這件事的。他從來都沒有告訴過任何人，除非他覺得有此必要。羅絲的臉往下一沉，沒有做出任何回應。

他繼續說道：「這並不悲傷。蘇菲和我試著不讓它感覺很悲傷。那是在慶祝艾略特的生命。

那是我們的習慣。」她很認真在傾聽，仔細聽著他所說的一切。羅絲．瑪洛是那種不僅會聽，而且還會聆聽的那種人。她會把注意力放在你身上。「我們這樣做已經有四年了……有個習慣也滿好的。」

「很遺憾。」

「別這麼說。一般而言，我不是一個會分享事情的人。也許，我做過頭了？」他笑著說。

羅絲回以一笑。那是一個很美的表情，有如室內的陽光一樣。「不，你沒有。」她微微往前傾靠，那抹陽光消失了，彷彿有一朵濃雲遮住了她臉上的那片天空。她再度撕著她的指甲，這回甚至更起勁了。「你和我母親見過面了嗎？」

「見過了。幾天以前，我在諾丁漢的一家咖啡館和她見了面。我問過她，她今天是否想要和我一起來，不過，她說她有別的事。」他並沒有說實話。瑪麗恩說她不想來。西奧同意，下次會到她家去和她見面。

「我想也是。」羅絲回答。

「老實說，當你建議我聯繫她的時候，我有點驚訝。我的意思是，我很高興你這麼建議，可是……」在她的回信裡，羅絲讓他明顯地感覺到她和她母親並不親近，而在他和瑪麗恩談過之後，他們之間的對話也證實的確如此。羅絲暗示她母親有精神上的問題——那在她年幼的時候曾經對她造成深刻的影響。看起來，她當時似乎曾經照顧過她母親以及她的弟弟。

「我以為她可以告訴你一些關於我童年的事情，」她說。「你知道的，從另一個觀點提供一些背景的訊息。」

「是啊，那是一個很棒的主意。」

她從椅子上往前靠。「你對她有什麼看法？」

說句實話，他不確定自己對瑪麗恩有什麼看法。「幾天之後，我會再和她見面。」他迎向她的目光。「我想，她希望你一切都很好。」

「你從曼徹斯特過來的路程很遠。也許，你下次和她見面那天可以再來看我。一石二鳥？」

「好啊。我也想再和你見面。」

「很好。」她真誠地笑了笑。「你的樣子和我想像中一模一樣。就像個作家。」

他聞言笑道：「作家看起來是什麼樣子？」

「女殺人犯看起來是什麼樣子？」

「說得好。」他不確定自己應該要笑，還是應該感到難為情。

「典獄長告訴我，他已經邀請你來教幾堂寫作課了。」她說。

「是啊。我很期待。」其實，他並不期待，不過，他覺得讓典獄長站在他這一邊也不是什麼壞事，況且，他們還會付費給他。

「除了我母親之外，你還和誰聯繫過？任何人？」

他覺得臉頰發燙。「亞伯．杜肯的妻子，娜塔莎。」他已經透過Skype和亞伯的遺孀通過話。她提供給他很多關於亞伯小時候的背景資料，這讓西奧確定了自己的懷疑為真，這個案子的內情必定比它一開始顯現的還要複雜。娜塔莎．杜肯同意在下次到倫敦出差的時候和他見面。她今天會從舊金山飛來。

「喔。」羅絲回應道。

「如果你感到不自在的話，請直說無妨。」

她往後靠回她的椅子上，揉著自己的眼睛。「告訴我關於她的事。」

「她似乎很高興有人可以聊聊。當她嫁給一個白人……亞伯的時候，她家人就和她疏遠了……」西奧停下來，審視著她的表情：熱切、專注而悲傷。她點點頭，示意他繼續往下說。

「我第一次用Skype打電話給她的時候很尷尬。」他露齒一笑。「有點像現在這樣，真的。」

「是什麼原因讓你決定要寫我……和亞伯的故事？」

「我是在峰區❸進行一趟徒步旅行時想到的。我訂的那家民宿，正是亞伯被送到醫院……你的醫院……那天，他原本下榻的民宿。我剛好和經營那間旅館的人聊了一下——這點我在信裡已經提到過了。」他解開另一顆襯衫的鈕釦。「你確定你想要聽嗎？」

「是的。我很抱歉在第一封信裡拒絕了你。」

他應該要問她為什麼一開始的時候拒絕了他的請求，但是，他忍住了。

❸峰區（the Peaks）是英格蘭中部和北部的高地，主要位於德比郡北部，也覆蓋柴郡、大曼徹斯特、斯塔福德郡和約克郡南部和西部等的部分地區，是國家公園所在地。

她繼續說道，雖然聲音很小。「那間民宿的老闆說了亞伯什麼？」

「親切、有禮貌，不過話不多。不太常和別人交談。他入住之後，隔天一整天都在走路，然後在第三天早上穿戴整齊地坐上車出門。他回來的時候很沮喪，而且很煩躁。那天晚上，他就生了重病。在晚餐的時候失去意識。民宿老闆打電話叫了救護車。在住院之後沒多久，他就在人工麻醉之下陷入了昏迷狀態——」

「他得了肺炎，」羅絲打斷他的談話，她的聲音彷彿在低語。「他需要緊急插管。我們所有照顧過他的人都認為他撐不過去的。」

「是的。」西奧說。他們說話的樣子彷彿他們談論的是其他人而非亞伯，那個遭到羅絲殺害、也讓羅絲因此而入獄的人。她的病人。「我決定要跟進這件事。我聯繫了娜塔莎，然後是你。接著，在你的建議之下，我聯繫了你母親。」

「你也會寫亞伯的故事？」

「那是我的計畫。你反對嗎？」

她搖搖頭，把一條修長的腿跨在另一條上面，她的動作既迅速又焦慮。

「你母親正在幫助我了解你的童年，不過，如果你能提供給我任何資訊的話也很棒。」

「讓她告訴你吧。能得知她的觀點應該會很有趣。」她握緊雙手，指關節因此變得蒼白。

「也許，她只是不知道要如何面對這一切？」他說。

羅絲鬆開雙手，把指尖插進她牛仔褲的口袋裡。「也許吧。」

「她好像打算要再來看你。」

「你覺得為什麼？」她打量著他的臉。

他把椅子挪向桌子。更靠近羅絲。「也許我會找出原因來。」

「那正是我希望你做的事，西奧。」

原來，這就是她之所以同意見他的原因。他內心裡那股蠢蠢欲動的好奇立刻轉變為一股想要一探究竟的衝動。

「我也在考慮聯繫丹尼爾・迪恩。」他說。

「如果你聯繫他的話，我們的訪談就取消了。等到我們結束訪談之後吧？可以嗎？」

「好。就這麼說定。」他真的不想把她嚇走。

「很好。我們要開始了嗎？」

「你在信裡告訴我的那些事都是很棒的資訊。」他從口袋裡掏出一支鉛筆。「很生動。」

羅絲深深吸了一口氣，然後繼續述說她和亞伯・杜肯的父親第一次見面的故事。從她口中聽到這些話，故事裡的人物都鮮活了起來，之前在信紙上出現的人名也變得真實了。西奧試著要做筆記，然而，不出多久，他索性把鉛筆放在桌上，專心地當起了聽眾。

8

羅絲

一九九一年三月二十九日

最終，我好整以暇地為了我和丹尼爾的晚餐而裝扮。我從來都沒有為湯姆費這麼大的功夫，當我打開前門進屋的時候，他剛好在走廊上。他看到了丹尼爾在車裡等我，不過，他看起來並不像我以為的那麼難過。

我終於又走回到屋外。我把乘客座上方的化妝鏡拉下來，用一張面紙輕輕地沾點著我的紅色唇膏，在此同時，幾縷髮絲掉落下來，讓我稍微分神了一下。我的頭髮自有生命，所以它才老是被綁起來。

丹尼爾轉過頭來。「哇。你看起來真可愛。你那頭美麗的頭髮遺傳了誰？」

「如果你每天都得要打理它的話，它就一點都不美麗了，」我大笑著說。「我的頭髮和我媽一樣。我相信，我弟弟一定很高興他沒有這樣的頭髮。」

他打開方向燈，車子立刻就活了過來，他把車子開離路邊，朝著北方駛離諾丁漢，向A60號公路而去，輕鬆地就超越了他前面遵守行車限速的車輛。

「你的小孩會很漂亮又很聰明。」他說話的同時，視線一直盯在路面上。

「這個讚美真令人驚訝。不過，我得先通過考試，還要打造我的職業生涯。」

「是啊，你確實有個職業生涯要……打造。」他笑著說。

「好吧，是去創建。」他很有幽默感。這點我也喜歡。

「我猜你是個學生？」

「醫學系。第四年。」

「啊，令人害怕的第四年。一大堆的臨床考試。」

第四年確實是令人討厭的一年，這個事實只有醫學院的人才會知道。「你是個醫生？」我問。

「我是。不過沒有執業。從來沒有。我比較擅長做生意，這就是為什麼我在經營醫院的原因。」

「布魯菲爾德的名聲很好。」我停了一下。「你不想執業？」

他聞言大笑，我可以聽得出笑聲裡的苦澀。「只怕我並不想，那讓我父親很失望。我所做的很多事、我決定不要做的事或者我不能做的事，都讓我父親感到很失望。」在我渾然不覺之下，我們已經停在一個豎立著圓柱的入口了。「這裡是河畔餐廳。」他說。

「看起來很高級。」

他轉向我。「我企圖要讓你另眼相看。」

「你達成任務了。」

「如果你不想進去的話，我們可以到別的地方去？」一絲擔心掠過他的臉龐。

「不，這裡看起來很不錯。」

在他把車停在鋪著石礫的車道時，我透過車窗往外窺視。稍早那個平靜的春日已經變得猙獰了。在過去的一個小時裡，風勢已經增強，細雨也開始落下了。天空已經從幾個小時前的超級明亮轉變為半天黑的狀態。我裹緊了身上的亞麻薄外套，我的肚子也開始咕嚕叫；我知道那是源於焦慮，不過，丹尼爾卻不這麼想。

「走吧，」他說。「我們來把你餵飽吧。」

當我們下車的時候，天空開始適時地解放它自己，讓我們不得不加快腳步，爬上寬敞的石階。

✦

一名梳著一只閃亮的金色髮髻、穿著體面的女子把我們帶到一張桌子前面。我們一就座，她就消失了，只留下一本沒有價目表的菜單給我們。我的酒量並不是很好，不過，當一名服務生走過來，把兩杯琴酒的調酒擺在桌上時，我很高興地吞下那嚐起來就像純酒精的液體。我又想到了恐怖的結局，強暴和虐待，然後決定從此刻起要小心自己喝了多少。

「羅絲，你可以輕鬆一點。」

我陷入椅子的軟墊裡。「好。我會的。」

「你想吃什麼？」

「我什麼都吃。」

「很好。」

儘管發誓不要再喝酒了，我依然在幫他消耗一瓶嚐起來像醋栗和香草的高級紅酒。

他往後坐在他的椅子上，研凝著我。「豐富多采的經驗會讓生活充滿樂趣。也許可以嘗試一些你平常不會點的東西。」

「我想我會的。」光是坐在這裡，我就已經在做不同於平常的事了。我已經好幾個月沒有外出了。

點完菜之後，我們很輕鬆地聊天。和他在一起，我覺得很自在，我試著要分析為什麼。我想，那是因為他表現得如此坦率，一派自若，而我喜歡那樣，因為我自己通常不會那麼輕鬆自在。

我發現他是半個摩洛哥人。他父親是一名醫生，現在已經退休了，他娶了一名英國女子。他們有兩個孩子——丹尼爾和他姊姊。

「你父母住在本地嗎？」

「他們搬回摩洛哥了。」他看著我，我是說真的注視著我。「他說，他受夠了等待抱孫子。家人對他來說很重要。」

「你母親也在等著抱孫子嗎？」

「我母親死了。」

「抱歉。」

「很久以前的事了。」

「你的名字很英國。」我試著要轉移話題，因為，剛才的對話顯然是個痛苦的回憶。

「我沿用了我母親的姓氏，我父母幫我姊姊和我取了英文名字。」

「你姊姊讓你父親有孫子抱了嗎？」

「沒有。」他的語氣在突然之間聽起來很悲傷。

「你接下來是不是要告訴我，他期待你生個兒子繼承家族的姓氏。」我沒有等他回應，直接笑著又說：「雖然，那不會是他的姓……真複雜。」

他沒有說話。

「我只是在開玩笑。」

他的臉展露出一抹純粹的笑容。「我知道。人們對其他的文化向來都有很深的刻板印象。」

「呃，你是第二代，但完全就是個英國人。」

他點點頭。「不過，你知道的……能有孩子的話會很好。」

我又啜了一口酒，希望我沒把我的唇膏弄得太糊。「總之，回到父母的話題。他們可以很有趣，我不是指那種搞笑的有趣。」

他拾起一顆橄欖，整顆含進嘴裡。「他們確實可以。告訴我關於你父母的事。」

「我父親在我弟弟出生之後就離開了。我母親一個人把我們撫養長大。」

「那一定很辛苦。」

「是啊，我想是吧。」

「不過，你表現得很好。」

「還不夠好。」

「你和你母親很親近嗎？」

「不算是。」我安靜地回答。我母親很努力工作，不過，說句真話，有時候我並不喜歡她，雖然我當然是愛她的。

他沒有回答，但他的臉上浮現一絲溫柔的表情。他笑的時候是如此迷人。不笑的時候也同樣迷人。我的身體失去了重量，處在了一種只想看著他的狀態。他的肩膀很寬闊，脖子很修長。他側坐在椅子上，一條結實的腿跨在另一條腿上，大腿的輪廓隱藏在那件深棕色的亞麻長褲底下。我的目光往上游移到他的腰部，然後很快地落在我面前的空酒杯上。他端起他自己的杯子輕啜了一口，同時小心地將雙腿挪到桌子底下，在這整個過程當中，他的眼神一直都沒有離開過我。

「你為什麼不在醫學界積極發展呢？」我打破那股令人愉悅的沉默問道。

「不適合我。」

「有道理。那是一種使命。」

「你的使命？」他問。

「我唯一的使命。」

「你還有空間給其他的東西嗎？」

「有的，終究會有的。」我舉起我的杯子和他乾杯。

✦

當我們起身離開的時候已經幾近午夜了，在知道自己喝了多少酒之下，我的思緒不再想著虐待和強暴，而是酒醉撞車。那名金髮領班前去拿取我們的外套。身為一名服務生，我理解她的細心和周到。像這種地方的服務費可能是一筆極大的數字。

丹尼爾轉向我。「我要請她叫計程車。我喝太多了。」

「好主意。不過，我需要先去洗手間。五分鐘後回來。」

我走向標示著女盥洗室的門。這間餐廳實在太老式了。一面巨大的鏡子佔據了盥洗室後面的整面牆壁。我打量著自己的倒影；我的臉上洋溢著幸福。我以前從來都沒有想過自己會有這樣的感覺。

一走出那間舒適的洗手間，我就看到丹尼爾在對我比手勢。「計程車到了。」

「謝謝你帶我來這裡，」我對他說。「遠離我的書本和穆塞爾真是太暢快了。」

「謝謝你來。我會讓計程車先送你回家。」

✦

我在計程車裡打了個寒顫，丹尼爾於是將他的外套披在我的肩膀上。

「謝謝，今晚好冷。」

「是啊，這會是一個冰冷的復活假週末。顯然是因為下週天氣要變暖了。」

「那很好。」我在回答的同時轉頭看著他。在喝了那麼多的酒精飲料之後，他看起來更像他實際的年齡。他對我來說太老了，我在醫學訓練時念過的那一點點心理學閃現在我的腦海裡。我父親在我七歲的時候離開了——我弟弟當時才一歲大。如果我在找尋的是一個父親的形象，丹尼爾倒是個不錯的選擇。我喜歡他如此自制的樣子。那表示我無須自制，而我很享受那種無需理智的感覺。我感到自己的嘴角上揚，露出了笑意。

「什麼東西引發了你的幻想？」他問。

「沒什麼。」不過，這不是真的，因為引發我幻想的就是丹尼爾。一股深深的直覺告訴我，丹尼爾是需要、而非想要什麼。他的外表看起來輕鬆自若，就像潺潺的溪水——雖然，我懷疑他是漩渦——而那就是讓我感興趣的地方。

我有一股想要治癒丹尼爾・狄恩的強烈渴望。在計程車裡，坐在他身邊，一股溫暖的感覺在我的胃裡綻放。

我從不暗戀別人，但是，那天晚上，我絕對暗戀上了一個人。

9

西奧

二〇一六年三月三十日

當羅絲敘述著她和丹尼爾·迪恩在幾乎剛好滿二十五年之前的第一次約會時，會客時間結束的鈴聲比西奧預期的還要早就響了起來。她拿起桌上的水瓶，喝光裡面的水，然後看著他，將那只塑膠瓶捏在纖細的手指之間。

他蹺起腿。「這麼說，你是在穆塞爾認識邁爾斯的？」

「是的。我和他交談過很多次，因為他總是坐在我服務的那一區。他曾經約過我一次，但是我拒絕了。我告訴他，他對我來說太老了。結果，我和丹尼爾約會，他和邁爾斯年紀差不多。」她仔細盯著西奧的臉孔。「丹尼爾就是有一股特質吸引了我，不過，我是真的喜歡邁爾斯。他和丹尼爾不同。」她把那只瓶子放在桌上，往前靠向他。「非常不同。」

西奧稍微把他的椅子往後推，放下他的腿，將雙腿伸直。「也許，你之前應該告訴你的律師，你認識亞伯·杜肯的父親？」

「我不希望人們挖掘我的過去。而且，很明顯地，當時，丹尼爾並不希望任何人知道我們的關係。」她側著頭，依然和他四目相對。「我希望你知道，我對已經發生的事情感到後悔。每一天。每一晚。」她重重地陷入她的椅子裡。

西奧專注地看著她。「我真的認為你應該在你的聽證會上把這點說得更清楚，羅絲。」

「沒有意義。已經結束了。我承認我殺了亞伯。就是這樣。」

西奧舉起雙手，有點像每當他和蘇菲爭執時，他知道自己贏不了的時候那樣。「再次謝謝你同意和我談一談，」說著，他看了那名獄警一眼，只見後者正在敲著他的手錶。「現在，我真的可以開始著手你的故事了。我很期待下次的見面，以及下一集的故事。」

「謝謝你聽我說，」她笑了笑，整張臉都亮了起來。「能聊聊真好。」她伸直那雙修長的腿，站起身來。「我希望你和我母親下次的會面順利。」她遲疑了一下才又說：「我相信，她對你來說會是一個資料的寶庫。」

他嘆了一口氣地看著她。「你希望我從她那裡查清什麼，羅絲？」

她狠狠地把指甲掐進掌心裡。「她是否和丹尼爾．迪恩有聯繫。」

「她為什麼要和他聯繫？」

「你問她。」

「如果我不知道所有的事實，我要如何弄清楚任何事？」

她挺起肩膀，開始走開。西奧的目光緊緊跟隨著她。這一切感覺都不太對勁，包括羅絲暗指她母親的那件事。在消失於安全門那頭之前，羅絲再度轉身，生硬地對他揮了揮手，然後將不服貼的頭髮塞到她的耳後。

他站起身，環顧著其他的囚犯。沒有人像他前來訪問的那個女人一樣，他對自己承認，他對羅絲的故事越來越著迷了。對羅絲這個人也一樣。他發現自己幾乎無法接受這個殘酷的事實——她殺了亞伯·杜肯。這點為什麼如此難以令人相信？

在回程途中，他一直都在思考答案。

他不確定自己會喜歡這個答案的可能性。

10

羅絲

我站在我囚室的那扇小窗旁邊，想著西奧。他現在已經滿肚子問題了，這樣很好。我看到他富有創意的腦子正在填補空白。那些存在的空白，以及不存在的空白。那是我想要的，雖然，我到現在還因為談及我母親而感到劇烈的頭痛。我需要他去和她談談，去弄清楚貝拉告訴我的是否屬實。

西奧想要他的故事，不過，我感覺得到他也想要幫我。他並不笨；如果有任何人可以得到答案的話，那一定是他，而我知道，我已經打開他的胃口了。他很有自信，也很有把握，不過也有著一絲隱藏的脆弱。在這點上，他讓我稍微聯想到了我丈夫。不過，不是的。西奧不像邁爾斯。他很堅強，雖然他自己並不知道。然而，在今天第一次和他見面之後，我看出了這點。西奧．海澤爾是那種我希望自己很久以前就能遇到的人。

我躺在床上，想著這一切。我想到了亞伯——我總是在想亞伯——以及那個可怕的日子。

自由時間的鈴聲響了，我的門也被打開了。我等著凱西前來。她只問過我一次關於貝拉．布里斯來訪的事情，而我也很快地就轉移了話題，雖然，這只是讓她更加好奇而已。

現在，她就坐在我的床上。「快點。告訴我有關西奧・海澤爾的事。」

我現在安全了。她現在感興趣的是西奧。

「沒什麼可說的。」我說。

「我已經報名他的創意寫作課了，」她說。「他本人和照片一樣好看嗎？」

「我想是吧。」

「你打算告訴他嗎？那就是你之所以和他見面的原因，不是嗎？」

「告訴他什麼？」

她把腿抬到我的床上。「真相。」

「我對你說的都是真相，凱西。」

她把頭往後仰，下唇微微往下抿，然後盯著天花板上破裂的油漆。「你還沒有告訴我貝拉・布里斯的事。」

「沒什麼好說的。我只是幫她做她的研究而已。」

她跳起來。凱西充滿了無窮的精力。她往前靠，親吻了我的額頭，宛如一個我從來沒有過的姊妹一樣。

我愛凱西，儘管她有很多缺點。我愛她，因為她看到了我最好的一面。她沒有把我當成我自己所知道的那個怪物。

11

西奧

二〇一六年三月三十一日

西奧把腳蹺在書桌上。他用腳跟把一疊筆記推開，結果卻在這個不順利的一天即將結束之際，把已經變涼的茶灑在了他乾淨的白襯衫上。自從昨天去採訪羅絲至今，他一直都在想著她和丹尼爾．迪恩。在知道關於丹尼爾和羅絲的關係之前，西奧覺得亞伯的父母沒有出席那場聽證會是可以理解的。現在，他不這麼想了。他應該要求和亞伯的父親訪談，可是，羅絲叫他不要那麼做。他只能先按捺住。

這個故事真的是一份禮物，也是他擺脫掉一身債務的機會，至少在他真正見到羅絲之前都還是，因為，他現在不確定他能寫出具有下流暗示的內容，而他懷疑那會是他的編輯想要的。

他嚥下那杯加了太多糖的剩茶，把馬克杯放在他的桌上，然後拾起剛寫好的那幾頁關於羅絲和亞伯的故事。他已經開始下筆了，柯波帝[4]那本已經被他翻到捲邊的冷血告白一直都在他的案頭上。他借鑑了柯波帝的寫作技巧，用他最初和娜塔莎Skype所得來的資訊，開始勾勒出被害者的生活軌跡，並以此作為故事的開場。

好的作家借鑑別人的想法或技巧，優秀的作家則將別人的想法或技巧吸收消化為自己的創意；T．S．艾略特❺曾經這麼說過。這讓西奧覺得自己沒有那麼糟糕。

今天稍晚的時候，他將會在尤斯頓的總理客棧和娜塔莎首度見面。她明天和一名編輯在羅素廣場有約，他們要敲定一本童書的最終合約，因此，他和娜塔莎的會面時間正好配合了她的其他安排。他並沒有把這個計畫告訴羅絲——他覺得時間和地點都不合適他說出來——不過，至少他很誠實地讓她知道他和娜塔莎保持了聯繫。

他把那幾頁放回桌上，他的思緒在一時之間離開了羅絲，眼神也飄向了另一個地方，每當罪惡感來襲時，他的眼神總是落在那裡。那是一張裱框的照片，是四年前艾略特在十五歲生日之後沒幾天拍的，他坐在他那輛全新的腳踏車上，只是不到幾個月，他就永遠也無法再坐在腳踏車上了。他往前靠，食指的指尖撫摸著相框上的玻璃。一縷灰塵在書房的晨光裡閃爍，他轉過頭，渴望著逃離。向來如此。他想要看著他的兒子，卻又不想感覺到那份痛苦。

他把那張照片放進抽屜裡，再將那只檔案櫃踢回書桌底下，讓艾略特的記憶滑向他思緒的最深處。大部分的時候，這都是最好的方法。

❹楚門．柯波帝（Truman Capote, 1924 -1984）是美國作家，著有多部經典文學作品，包括《第凡內早餐》與《冷血告白」（*In Cold Blood*）。在《冷血告白》中，柯波帝開創了真實罪行類的紀實文學，被視為大眾文化的里程碑。

❺T．S．艾略特（1988-1965）是出生於美國的英國詩人、評論家、劇作家和諾貝爾文學獎得主。

他看著時鐘，從椅子上跳起來。「該死。」

計程車會在半個小時內抵達，載他到曼徹斯特的皮卡迪利車站，他將要從那裡搭乘火車前往倫敦，而他卻連一件行李都還沒有收拾。

12

火車比原訂時間提早十五分鐘抵達了尤斯頓，由於身上只有一只背包，西奧便步行前往旅館。在下午六點三十分整的時候，他已經在點百威啤酒了。他一口喝光了那杯啤酒。

「很渴嗎？」吧檯後面那個女孩咧嘴一笑地問。

「有一點。再給我一杯。謝謝。」語畢，他把一筆豐厚的小費放在那只空杯旁邊。

就在他即將喝完第二杯的時候，他的手機響起了簡訊的通知聲。

我在總理客棧的酒吧裡。

他原地轉身，立刻就看到了娜塔莎正在揮手；她不算是在笑，不過也很接近了。在經歷過她所經歷的一切之後，誰還能再度露出笑容？因為她有米婭。他不知道她是否把她的小女兒也帶來了倫敦。也許沒有；娜塔莎給他的印象，並不像是會把一個睡覺中的孩子單獨留在總理客棧房間裡的那種女人。

他從凳子上下來，朝著她走過去。

「娜塔莎。很高興見到你。你要喝點什麼嗎？」

「我想來杯血腥瑪麗。好好善用米婭不在我身邊的時光。」現在，她是真的露出微笑了。

他點點頭，回到吧檯，點單之後又走回來。「米婭和你的朋友待在一起嗎？」他問，從他們的Skype對話中，他知道那個小女孩不可能和娜塔莎的父母在一起。

酒保走過來，把飲料放在她面前。

「謝謝。」娜塔莎說完看向西奧。「我妹妹在照顧她。」

「你父母一直都沒有來？即便在事發之後……」

「沒有，雖然我不確定他們以後會不會來。不過，我不會期待的。他們說，發生在亞伯身上的事情，是上帝的報復。」她解開她身上那件又薄又寬鬆的黑色開襟衫鈕釦。「根據我父母的說法，所有的壞事都是上帝的報復。」她僵硬的笑容透露出她對上帝的看法。西奧的想法和她大同小異。

「我很遺憾。」他看著她說。娜塔莎．杜肯的皮膚完美無瑕。她沒有化什麼妝，也不需要。那頭黑色的長髮估計是燙直的。小巧的耳垂上優雅地垂吊著一對銀色的小耳環；她顯然不想打扮得過分誇張。修長合身的黑色長褲和一件搭配開襟衫的黑色翻領毛衣。低跟靴。「不過，你的書倒是個好消息。」

「是啊。」她抬起頭，那雙眼睛充滿了生命力，不過，他卻在她的眼裡看到了一層淚光。「但願亞伯能在這裡和我一起分享我的成功。他向來都在我背後支持著我。對我們來說，事情才剛開始改善而已。」她輕輕地拍了拍她扁平的腹部，彷彿她女兒還在裡面一樣。「懷孕讓我們兩個都欣喜若狂，而當我們發現我們的孩子沒有羅患和亞伯一樣的鬆皮症時，我們也鬆了一口氣。」

「鬆皮症？」

「先天性結締組織異常。亞伯在剛滿一歲之後被診斷出這個疾病。他很晚才學會走路，是一個體弱多病的孩子。不過，他調適得很好。那並沒有阻止他做到他想要做的事。他隨身都帶著一張卡片，所以，醫院才能那麼有效地治療他。救了他的命，只不過……」她的聲音逐漸消失了。西奧沒有說話。她扭動著她的手指，又把開襟衫的袖子拉過雙手，然後輕輕地拭著她的眼睛。

「他父親很介意他的健康問題。」

「怎麼說？是遺傳嗎？」

「是的，不過，只有父母雙方都帶著這樣的基因時才會遺傳；所以才稱之為體染色體隱形遺傳疾病。基本上，那表示丹尼爾和他妻子都帶有這樣的基因，但是，他們自己並沒有出現症狀。」她停了一下。「丹尼爾．迪恩是一個完美主義者，西奧。他不喜歡他兒子並不完美的事實。當他發現亞伯羅患這種疾病有一半要歸因於他時，他也許就更不高興了。孩提時代的亞伯絕大部分的時候都在生病。他和他父親的關係並沒有很好。不過，很幸運地，他和他父系這邊的祖父薩卡里亞很親近。他很愛薩卡里亞，薩卡里亞的去世對他來說是個重創。」

西奧在他的筆記本上寫下薩卡里亞。「你不介意我做筆記吧？」

她露出一絲憔悴的笑容。「我早就預料到了。」

「你和亞伯的父母親近嗎？」

「不親近。我和他母親見過幾次面，他父親則只見過一次。他和我自己的父母一樣，都反對我們的婚姻。」她捲起開襟衫的衣袖，露出纖細光滑的前臂。

「你停留在英格蘭的期間有打算和他們見面嗎。」

「沒有。我也不想見他們。」她啜飲了一口她的飲料。

西奧考慮著是否要把關於羅絲以及她和丹尼爾．迪恩的關係告訴娜塔莎。這些事雖然是羅絲私底下告訴他的，但是，他眼前的這名女子有權知道事實。

「娜塔莎，我已經和羅絲．瑪洛見過第一次面了。她那麼做絕對有可能有她的動機，不過，我不想背叛她對我的信任。」

一絲不確定掠過她的臉，但很快就被默許的神情所取代。「那就不要告訴我。我能理解。」

「這麼說吧，丹尼爾．迪恩對羅絲而言並不是個陌生人。她在一九九一年就認識他了。」他希望娜塔莎能把事情聯想在一起。

「我們結婚的時候，亞伯隨了我的姓。那顯示出他對他父母的不滿。丹尼爾並沒有去醫院探視他，一次都沒有。所以，我看不出羅絲和亞伯之間有任何關聯……如果有的話，那就一定是透過亞伯的母親，丹尼爾的妻子。」她往前傾靠，因為專注而皺起了額頭。「羅絲．瑪洛對你承認她的動機是……因為她認識他父親？」

「沒有，她沒有，不過一定有關係。」

她神情哀傷地點點頭。

「亞伯和他母親的關係如何？」西奧問。

「也不太親近。雖然相當富裕，不過，他的童年卻很寂寞。這是常有的事，不是嗎？」

「是啊。」

她繼續往下說。「亞伯告訴我，在迪恩夫婦早期的關係中，也就是在他出生之前，他母親非常崇拜丹尼爾。但是，在他的童年時期，情況卻有所改變。我不清楚細節，不過，丹尼爾有很多外遇，他的妻子不僅知情，並且也默許。我不知道那是不是因為她崇拜他，因此願意忍受一切來維持這段關係，或者是因為她也喜歡如此。我想，也許他們有……一種開放式的婚姻。不過，亞伯從來都無法確切明瞭他們親子關係中的問題所在——這件事一直讓他很困擾，一直如影隨形地影響著他。」她暫停了下來。

「亞伯真可憐，」西奧回應地說。「不過，他遇到了你。」

「是啊。我們在美國很快樂。」

他嚥了嚥口水。有時候，那股和艾略特有關的痛苦不由分說地就會出現，而且是在最意想不到的時候。「對了，亞伯當時幾歲，在他……」

「他原本要在二〇一五年九月過他的二十三歲生日。他生於一九九二年九月。」她從手提包裡拿出幾張照片。「這是他在前往英格蘭之前的幾個星期拍的。就在我告訴他我懷孕的那天。」

她開始哭泣了起來。

西奧輕輕地把手放在她的手臂上。「我們不需要繼續……」

「沒事的，我想要繼續說。」她用開襟衫的袖子擦了擦淚濕的雙眼。

西奧看著那張照片。一名嚴肅但英俊的男子回視著他。他的頭髮梳理得很整齊，露出了完整的髮際線，一派年輕的模樣。他又看了看另一張照片。那是一張側面照。亞伯那頭長長的捲髮綁成了一束馬尾。「有點嬉皮？」說完，他笑著遞給她一張從口袋裡找出來的乾淨面紙。

「也許吧。我想，那是他盡可能想要展現他不同於他父母的另一種方式。他即將拿到他的醫學系文憑。他被看好會成為一名優秀的醫生，而他原本也會成為一個優秀的醫生。」她的目光落在他身上。「你有孩子嗎，西奧？」

「有一個。他死了。」

「我很遺憾。」

他的某些部分想要和娜塔莎多分享一些事情，因為娜塔莎也和他分享了那麼許多，然而，他做不到。

她把一縷頭髮塞到耳後，並且坐得更挺直，然後轉換了話題。「你打算怎麼處理你這本書的結構，西奧？」

「我想講述亞伯和羅絲的故事。」他觀察著她的反應。「被害人和——」

「行兇者？我可以想見你為什麼想要用這種方式。我想，你會寫出一本好書的。」她往前傾，讓手肘靠在膝蓋上。「我喜歡你的作品。」

「你這麼說真是意義重大。」他往她靠近一些。「亞伯為什麼來英格蘭？」

「他想試著和他父母緩和關係。在他告訴他母親說我懷孕之後，她母親曾經想要來美國看我們，但是，亞伯拒絕了。我想，他無法面對他母親要來的事，不過，後來他完全改變了心意，決定要去英格蘭。他想要和他們和好，因為他自己也將為人父。」她停下來，側著頭。「當我接到電話說他人在德比郡的醫院時，我很驚訝。他父母的家位於賀里福德郡。可是，他卻在峰區健行，如你所知。他從來沒有對我說過那是他的計畫，而我們向來都對彼此無話不說。」

「也許他到那裡是為了別的事，而不是單純的健行？」西奧猜測。

「我想是的。他是為了去找艾德．麥登。」

「艾德．麥登？」

她點點頭。「艾德．麥登，是的。在九〇年代時，他和丹尼爾非常要好，雖然他和亞伯的母親也很親近。他現在住在德比郡。不過，在二〇〇三、也許二〇〇四年之前，他一直都住在赫里福德郡，而且離迪恩家很近。在亞伯死後，我才從他的物品中發現麥登在德比郡的地址。他不喜歡麥登，但是，也許他認為麥登可以告訴他一些關於他母親和父親的事情。麥登知道關於他父母的一切。」

「原來如此。」

娜塔莎拿起她的袋子，在袋子裡摸索了一下，然後掏出一條乾淨的手帕。「我想，亞伯是為了找出和他的童年、以及和他父母有關的事，而他相信麥登也許可以幫到他。」她擦了擦她的眼睛。

「那也許是他那天回到民宿時為什麼如此沮喪的原因……這是那間民宿的老闆告訴我的，他說亞伯很沮喪。」

「也許吧。」

「當他住院時，你有到英格蘭來嗎？」

「我原本打算要來，但是我沒有辦法立刻趕來。懷孕後期的時候，我害喜得很嚴重；幾乎無法旅行。而且，當我打電話到醫院時，他們告訴我說，他已經脫離昏迷了，而且他不會有事的，那讓我稍微鬆了一口氣。」

西奧啜了一口他的啤酒。「在亞伯住院期間，你有和他父親或母親交談過嗎？」

「我不和丹尼爾溝通的。不過，我有和他母親通過幾次電話。有好幾天，他的狀況都很危急，但是，等他一穩定下來，她就向我保證說，我不需要過去了。」

娜塔莎緊緊地把雙臂交叉在胸前。「還有一件事。在亞伯脫離昏迷，並且被移轉到特別加護病房之前，他在醫院裡待了十天。我最後一次和他母親通電話的時候，她聽起來不太一樣。很煩躁的感覺。當時，我沒有多想，因為我實在太擔心亞伯了。不過現在，我覺得很奇怪。她為什麼煩躁？發生了什麼變化嗎？在你剛才告訴我羅絲．瑪洛和丹尼爾的關係之後，我在想，那是因為她見到了羅絲嗎？」

「這顯然值得深究。」

「還有一件事。亞伯曾經對我提過，他小時候到薩卡里亞位於摩洛哥的家時，曾經發生過一個事件。他聽到他祖父和他母親在爭執。亞伯當時正在睡覺；他發了高燒。他說，他覺得他聽到他們在談論什麼關於他的事，不過，他一直都記不得是什麼事，事後，他以為那可能只是一個惡夢。他當時才六歲，而且，那個事件他只提過兩次，第一次是在我們認識之後不久，第二次是在他飛往英格蘭的前一個晚上。我相信，不管在摩洛哥發生了什麼事，都是他來這裡的原因。他是為了要和他父親談一談，而且他想去找艾德．麥登。」

西奧喝光他剩餘的啤酒。「亞伯知道某些事，對嗎？」

「我想是的。」她仔細地看著他。「你應該去找丹尼爾．迪恩以及他的妻子談談。」

「羅絲堅決要我不要聯繫迪恩。還不要。直到她把她的故事全都告訴我為止。」

「那麼，我想你應該遵照她的要求。」

「我同意……娜塔莎，你介意我問你一個問題嗎？」

「說吧。」

「你對羅絲．瑪洛有什麼感覺？」

她陷入那張皮沙發裡。「有一小部分的我為她感到難過。很傻，對嗎？」

她的回答讓他對坐在他面前的這名女子有了更深的了解。

13

二〇一六年四月一日

翌日早上，西奧搭乘八點零五分的火車回返曼徹斯特，並且在午餐之前回到了他座落在科爾頓的公寓。他在前一個晚上和娜塔莎聊了整整四個小時，她給了他很多關於亞伯和他兒時的資訊，不過，持續盤據在他腦子裡的卻是艾德·麥登的話題。

他打開他的電腦，用谷歌搜尋著麥登的訊息，搜尋的結果將他帶到了公司註冊處。麥登是布里斯室內設計公司的董事總經理。另一名董事總經理是雨果·布里斯。那家公司有一個很漂亮的網頁，並且在德比郊區的一個村莊有一間小展廳，那間展廳的照片就放在網頁的左上角。西奧把他們的電子郵箱和電話號碼都抄錄下來。

他把注意力從電腦螢幕上挪開，轉而拿起截至昨天為止，他所寫下的故事開篇。他往後靠在椅子上，瀏覽著那些字句。一點都不像柯波帝。他把紙張放回書桌上，拾起他的筆記本，裡面記載著昨天晚上娜塔莎告訴他的一些事；以及亞伯和娜塔莎分享的一些事件和想法。

亞伯顯然從來都不愛他的父親，不過，在他小時候，他曾經崇拜過他——直到他成長到懂得問問題的時候，那大概是小學二年級的年紀。艾德大約也是在那個時候離開了他們家附近的那幢農舍，那是艾德住了很久的地方。當艾德從他們的生活裡消失的時候，亞伯曾經很開心。他母親試著要說服他留下來，但是，艾德的心意已決。艾德對他的父母具有某種掌控權，那是亞伯一直無法了解的。

西奧把筆記本放在腿上，然後從書桌的第一個抽屜裡拿出一個檔案，開始閱讀著檔案的內容。他記下了羅絲第一次和丹尼爾·迪恩見面的一切，以及她所敘述的關於邁爾斯和艾德的一切。這些人是這個故事的主角，雖然西奧強烈地懷疑亞伯的母親也是關鍵性人物。

但願羅絲明天會繼續闡述她的故事，她的故事加上娜塔莎與瑪麗恩所提供的訊息，將會成為他這本書紮實的基礎。在見過羅絲之後，他會直接前往瑪麗恩位於諾丁漢的家。

他再度閱讀著關於亞伯的筆記。

要了解一宗罪案，潛入被害者的想法絕對和看透殺人者的心思一樣重要。

14

二〇一六年四月二日

隔天，在谷歌地圖的幫助下，西奧從曼徹斯特導航到彼得伯勒只花了三個多小時的時間。他步履輕快地走過監獄的停車場。他的樂觀不僅是因為想到羅絲的故事已經有所進展，還有一股再次見到她的期待。他這輩子只陷入過愛河一次。他是什麼時候知道他和蘇菲已經結束了？完全地結束了。是在她告訴他，她已經愛上別人的時候嗎？*我們要結婚了*。四十歲的蘇菲要嫁給一個比她年輕五歲的人，那個人還帶著兩個女兒，一個五歲，一個八歲。他居然還蠢到問她獲得兩個新孩子的感覺如何。她沒有猶豫。*我已經愛上她們了*。西奧告訴她，他為她高興，而他確實為她感到高興。他們其中一個人值得得到幸福。

在把口袋裡的物品放進盒子之後，他走過被日光燈照亮的監獄走廊，當有人叫了一聲「海澤爾先生」時，他驚訝地停下了腳步。

他轉過頭；唐恩．懷廷，羅絲每週要見面兩次的諮商師正朝著他走來。西奧第一次來的時候曾經短暫地見過他，但是，當時他為了要避開交通的尖峰時間，因此並沒有駐足和他寒暄。

不過，唐恩看似一個好人。西奧稍微繞道地走向他。「很高興再次見到你，懷廷先生。」

他點點頭。「請叫我唐恩。你有五分鐘的時間可以聊一下嗎？」

「當然有。」

於是，他們在排滿走廊另一邊的椅子上坐下來。

「你和羅絲的訪談還好嗎？」唐恩問。

「我才來第二次，不過，我想，第一次進行得很順利。」

唐恩往後靠在椅子上。他的長褲太短，而且，褲腳很可能是他自己縫的。只見一片被熨斗壓平的布料服貼在他佈滿毛細血管的小腿下半部。「如果你能和我分享她可能告訴你的任何事，那就太好了。」

「我不確定羅絲會怎麼想。」西奧回應他。

「我想要幫助她，西奧，而不是想要知道什麼故事。」唐恩往前彎身，拉扯著褲腳的褶邊。

「我也想要幫她，」西奧說。唐恩嘆了一口氣，雖然這名諮商師的話有點尖銳，西奧還是萌生了一股同情。「如果她告訴我任何和她……身心健康有直接關係的事，我一定會告訴你的。」

唐恩鬆了一口氣。「很好。很顯然地，我不能和你分享她在我們的諮商過程中對我吐露的任何事。」

「這點我理解。不過，我想要問你一件事，但是，如果你不能回答的話，我也可以理解。」

「說吧。」

「除了她丈夫和母親之外，羅絲最近還有其他的訪客嗎？」

唐恩微微地低下頭，撫摸著他襯衫最上面的鈕釦。「我想要知道你所知道的任何事，西奧。」

「我一定會告訴你的。」他暫停了幾秒鐘。「唐恩。」

「一個來自曼徹斯特大學的學生。自從她來過以後，羅絲就變得不一樣了。」

「她有再來過嗎？」

唐恩搖搖頭。

「這名訪客叫什麼名字？」

「我真的不能說。」

西奧等了幾秒鐘才說：「唐恩，我真的覺得，如果你從羅絲和她母親的關係切入的話，很可能會有所幫助。」他得要提供些什麼訊息給唐恩。

「一名英國文學系的大學生。貝拉・布里斯。」唐恩雖然有點尷尬，不過依然保持著優雅的姿態。「我沒有告訴你這件事。」語畢，他擦了擦眉頭。

布里斯。這是一個關聯。

唐恩繼續說道：「羅絲有對你提過她來訪的事嗎？」

「沒有。」不用說謊的感覺真好。

「你對羅絲有什麼直覺嗎？」唐恩問。

「說實在的，我唯一的『直覺』是，」西奧說，「儘管媒體向來都偏好報導發生在醫界的事件，然而，事實上，對於一名受過訓練的護士、而且是一名曾經在醫學系受訓要成為醫生的女性來說，殺害一名她正在照顧的病人真的很不尋常。羅絲在殺害亞伯．杜肯那天，她的神智一定不可能是正常的，而她的辯護律師竟然沒有鼓勵她爭取減輕刑責，這實在是太糟糕了。」

唐恩用力地搖搖頭。「人類的能耐是很驚人的。你不能根據你表面上看到的來判斷事情。」他撫平他的褲子，然後瞄了一眼手錶。

西奧從椅子上跳起來。「很高興和你聊天，唐恩。」

「我也是，西奧。」

✦

西奧在他幾天前才坐過的那張椅子上坐下來，並且在心裡想著，說來奇怪，習慣的養成竟然如此之快。羅絲今天看起來並不一樣。多了些冷靜，少了些煩躁。也許，談論過去的事有所幫助，雖然，那原本應該是唐恩的職責。西奧有種感覺，他覺得唐恩並沒有把他的工作做好。也許，等他更了解羅絲的時候，如果會有這樣的時候，他可以探討一下何以如此。並且問她關於貝拉．布里斯的事。

今天，羅絲穿了一件洋裝。那是一件黑色的長洋裝。蘇菲會把這種款式叫做超長裙。她的腿從桌子底下斜伸出來。那是一件交叉式的連衣裙。他想要告訴自己，她穿這件衣服是為了他。

「很高興再見到你。」她說。

「我也是。」他知道自己盯著那件洋裝看得太專注了。

她笑了笑。「稍後，我和典獄長有一場面談。也就是進度報告。為了一次見面而費心裝扮，還真是舊習難改。」

「你這樣很好看。」他不敢相信自己竟然這麼說。

一陣沉默瀰漫在他們之間，雖然氣氛很友善。羅絲首先打破了沉默。「我要繼續說我的故事嗎？」

「請說。丹尼爾叫計程車送你回家。我猜，你又和他見面了？」

「我確實和他再見面了，西奧。」

於是，羅絲繼續講述她的故事。

15

羅絲

一九九一年三月三十一日

我在熟睡之中聽到臥房的門響起一陣輕敲聲。我試著要起身，但是卻很難爬起來。過去兩個晚上，我幾乎都沒有睡覺。

「羅絲，你醒了嗎？」

那時，我已經醒了。完全清醒了。「進來吧，湯姆。」

我的前男友暨最好的朋友打開房門。「你還好嗎？」

「我沒事，只是很累而已。」我是真的很累。我之所以無法入睡，是因為我以為丹尼爾再也不會和我聯絡了。在他搭計程車送我回家之後，我精神奕奕地讓自己整夜都埋首在複習功課之中，並且喝了一堆咖啡。早晨來臨的時候，我已經複習了許多功課，而那天晚上，我在穆塞爾又多輪了一個班。我想要去上班，因為我以為丹尼爾會出現。不過，他當然沒有出現，雖然，邁爾斯倒是提前來吃了一頓晚餐。我真心希望他沒有看出我的失望，因為坐在那張桌子的人是他，而非丹尼爾，不過，我估計他一定也猜到了。他有問我，前一天晚上，我是否和丹尼爾共進晚餐。我企圖要縮短我們的對話，由於當時很忙，因此，要這麼做很容易。當我點頭承認時，邁爾斯看起來有點惱火。

昨晚，我又沒有睡覺了。

「你不應該輪那麼多班。」湯姆靠在我臥室牆上那張愛因斯坦的海報上面說道。

「我知道，可是餐廳很忙，因為復活節週末之類的。諾亞要我多上一個班。」我從羽絨被底下瞄著他，考量著他的平凡和天賦。他站在愛因斯坦旁邊很適合。

「你就是在那裡認識他的嗎？」湯姆繼續說。

「誰？」

「少來了，星期五晚上在門外等你的那個傢伙。」

我從床上坐起來，拿起一杯隔夜的水，咕嚕咕嚕地喝下肚。「你在嫉妒嗎？」

他笑了笑，眼神掃過我的書桌。他並沒有嫉妒，那讓我受到了一點衝擊，雖然我很高興他已經往前邁進了。「怎麼樣了？」

「複習？很費力。」

「你不會有問題的。你照相般的記憶能幫到你很多。」他轉過頭，研凝著我。「他是誰？」

「他叫做丹尼爾。他管理布魯菲爾德，城裡的那間私人醫院。」

「你要去嗎？」

「什麼意思？」

「你以後想在私人醫院工作嗎？」

「才不是！」

他心不在焉地點點頭。「他是醫生還是專業管理人？」

「醫生，不過沒有在執業。」

他再度低下頭，顯然已經對我們的對話感到無聊。「昨晚，你去工作的時候，你媽媽打過電話來。」

我套上一件毛衣。快四月了，但是天氣依然很冷。那個沒用的房東一直都沒有把暖氣修好。「她說了什麼？」我母親向來都會和湯姆聊天。她不希望我定情於湯姆，因為湯姆是個窮學生，不過，她喜歡他。每個人都喜歡湯姆。

「她說，山姆不打算參加他的GCSE會考[6]，因為他想要去從軍，而殺人是不需要GCSE的。你媽媽問你能否和他聊一聊。」他靠在我的床邊。「喔，還有，你為什麼不住在家裡？這樣你就可以省下租金。」

我伸出兩條腿。「天哪，你能想像嗎？」

「不能，我想像不到。」

我找到我的牛仔褲穿上。湯姆別開頭。當我們還共蓋一床棉被時，他絕對不認為自己需要這麼做。他在我的空床上躺下來。

「你還是我的朋友，不是嗎？」我突然覺得自己需要知道答案。

「我當然是。拜託，羅絲，我在你那個瘋狂的母親面前，表現得就像是你的秘書一樣。」他從枕頭上抬起頭，咧嘴而笑地看著我。

我很擔心我母親。我知道她工作的那間工廠已經減少了加班的機會，而她在那裡每週工作三天的模式已經行之有年了；我知道這會促使她重拾偷竊的老習慣。我身上所背負的家庭壓力，彷彿一只鐵砧壓在了我的胸口。

「我和凱茜今晚要去看電影。」湯姆說。

「我很想去，可是——」

「我不是在邀你。」他又咧嘴笑了笑。

「喔，是嗎……你和凱茜？」他已經往前邁進了。真是太好了。很完美。我喜歡凱茜。

「她很有趣。」

「是啊。」我走向床邊。他現在已經坐起身了。「你可以幫我複習我的臨床生化學和骨科嗎？」

「當然可以。」

❻ GCSE是指中等教育普通證書，是國際認可的學歷證明。於英格蘭、威爾斯和北愛爾蘭等地區的中學修習兩年的課程後取得。

我聽到門鈴響了。那是這間房子裡唯一還正常運作的東西。

「我去開門。」湯姆說。

他走下樓去，我也趕快把衣服穿好。

「羅絲，」他大聲地喊。「是丹尼爾．迪恩。那個私人醫院的經理。」他特別強調了「私人醫院」幾個字。

天哪，湯姆，夠了。不過，我也感到鬆了一口氣。我衝進浴室，刷牙、梳頭髮，然後趕緊下樓。

湯姆依然站在走廊裡。「你想要複習生物化學和骨科時就告訴我。」他的聲音裡帶著一絲幽默。

「謝謝，湯姆。」我看著他走向廚房。

「抱歉突然跑來。」丹尼爾看著湯姆消失的背影說道。

「我很高興你來了。」光是看著他，我就緊張了起來。

「你會再和我出去嗎，羅絲？」

我重重地在樓梯最後一個台階上坐下來。他穿得很休閒，不過，他的牛仔褲卻熨燙過了。我怎麼能對一個穿著筆直牛仔褲的男人抱有幻想？然而，我就抱持了幻想。真的。「你對我來說太老了。」

「不要有年齡歧視。」

我笑了笑。「你要來杯茶嗎？」

「你要不要準備一下，我帶你出去。想去紐斯特德修道院嗎？銀行假日期間他們有開放。」

「我喜歡這個建議。我已經好幾年沒去那裡了。不過，你怎麼會覺得我還沒準備好？」

「你下巴還有牙膏。」說著，他用食指抹去牙膏。「除此之外很完美。」

「到起居室去吧。」我說。老天，希望湯姆和凱茜沒有把起居室搞亂。凱茜比湯姆還要糟糕，也還要宅。她是一個有很多時間看書的藝術系學生。有時候，當我上完一整天的課回到家時，家裡看起來就像當我和湯姆都不在時，她一個人獨自開過了一場派對一樣。我用腳推開起居室的門。一股大麻的味道迎面而來。我看到丹尼爾皺起了鼻子。挺可愛的。

「我在走廊等你。」他說。

「是凱茜，我們的室友。她說那會讓她提出充滿原創性的哲學。」

他在台階上坐下來，看起來和這個環境有點違和感。「不管那能對她產生什麼作用。哈草對身體都不好。」

我笑了。我不記得最後一次聽到有人說哈草是什麼時候的事了。我從他面前走過。「你說得沒錯。我需要十分鐘。」

我重新爬上樓梯，臉上掛著微笑。丹尼爾有點老派，不過，他是對的。我一直都叫凱茜要戒掉。凱茜和湯姆。太棒了。他們這一對比湯姆和我還要適合，我對他所懷抱的罪惡感全都煙消雲散了。如果有人可以讓凱茜戒掉她罪惡的愉悅感，那個人一定就是湯姆了，而且，在沒有大麻的情況下，她依然可以寫出一篇驚人的哲學論文。凱茜很有天賦。也很幸運。她的某些方面讓我羨慕，不過，我一直不確定那到底是什麼。

我注視著掛在我床邊的那面小鏡子。我把頭髮梳成一個凌亂的髮髻，滿心希望我的髮量沒有這麼多；然後走到浴室裡，重新又刷了一次牙。並且確定這回我的下巴沒有沾上任何牙膏。

在下樓的途中，我把我的保暖大衣從樓梯的柱子上拿下來；丹尼爾依舊坐在台階上等待著。他轉過頭，往上看著我，我又一次地注意到他脖子出現的僵硬感。他不像他想要表現的那麼放鬆。也許，在這裡讓他感到緊張。他站起身，一股刮鬍水的味道瀰漫在我們之間的空氣裡。他散發著令人愉悅的氣息，我的內心也湧起一股隨時會被點燃的複雜情緒。我對他瘋狂地著了迷。

「走吧。」我說。「到修道院喝茶。」

走到門口的時候，我轉過身，看到湯姆和凱茜透過前廳的窗戶正在看著我。我揮了揮手。凱茜也朝我揮揮手。但是湯姆並沒有。也許，不管他剛才說了什麼，他還是有點嫉妒丹尼爾。

✦

我們邊走邊聊了好幾個小時，吃著包著塑膠袋的三明治，喝著咖啡館裡走味的茶。丹尼爾從禮品店買了一本拜倫的詩集和拜倫的馬克杯送我。當四周微微起風的時候，他還買了一條定價過高的彩色圍巾給我。

等我們走回停車場的時候已經三點了。他把車停在一棵巨大的橡樹底下，就在我們走近車子的時候，他看到掉落在他嶄新引擎蓋上的鳥屎，隨即大聲地笑了出來。「該死的鴿子。」

上車之後，他轉向我，溫柔地捧起我的臉，將他的嘴貼在了我的唇上。他的舌頭探進我的嘴裡，他的動作是如此地和緩、如此地迷人，他的手也落在了我的肋骨上，一股愉悅感流竄過我的體內，然而，他很快地就放開了我。

「美麗又充滿活力的羅絲，我要拿你怎麼辦？」他的聲音裡不只充滿了熱情。

我把手放在他的大腿上。他再度親吻了我，這次吻得更久，也更緩慢。當我們終於往後退開時，我們各自望著窗外，看著下午的陽光彷彿液態的玻璃般在林間閃爍，我們似乎企圖要弄清楚剛才發生了什麼，因為確實發生了什麼。當我看著丹尼爾的時候，我知道他也有同樣的感受。

16

一九九一年四月六日

自從一週前去過修道院之後，我就沒有再見過丹尼爾了，雖然那是我的選擇，而非他的。我告訴他，在復活節假日期間，我真的需要全心準備我的大學課業。不過，我已經開始希望自己沒有那麼固執了。我真的想見他。

我決定要去我母親家，雖然我們的關係並不好，不過，我想告訴她關於丹尼爾的事。我敲了敲那扇熟悉的門。沒有人來應門，因此，我用我的鑰匙把鎖打開，讓自己進門。屋裡的味道聞起來就像窗子已經有好幾星期沒有打開過了，在我踏進廚房之前，我就知道自己會看到什麼了。一團混亂。髒碗盤、雜誌和衣服四處散落。山姆向來都和我母親一樣髒亂。我四下環顧。眼前的狀況比平時還要糟糕。我看了看多年來一直掛在廚房牆壁上的時鐘。當我還小的時候，曾經有多少次，我看著那個時鐘，希望我母親會從床上起來？太多次了。時鐘停在了兩點。我看著我的手錶；已經快十點了。我聽到樓上有些雜音；她果然就在我認為她會在的地方。我開始處理那些待洗的碗盤，心裡在想，不知道山姆是否在家。終於，我母親穿著一件曾經是白色的灰色睡袍出現在廚房裡，她的頭髮蓬亂，彷彿一座爆發中的火山。

「哈囉，親愛的。復活節快樂，雖然現在說有點晚了。」

「你也是，媽。」

「我沒有聽到你進門的聲音。」她的目光掃過廚房。「我打算今天早上清理的。」她看著我。「山姆真是個惡夢。」

「他在家嗎？」

「最近幾個晚上都沒有回來。」

「他真的不參加中等教育普通證書的考試嗎？」

「他是那麼說的。」

「他不會喜歡軍隊的。」

「不過，這樣他就可以不用再被我管了。」她拉起睡袍的袖子。「你和他談談吧，羅絲。」

「我會的，」我說。「你這星期要工作嗎？」

「只有星期五。」

「喔，媽媽。」我上前去想要擁抱她，不過她卻挪開了。任何情感的表達在我們之間向來都顯得很尷尬；那就好像我們在剎那之間赫然決定還是算了吧。

「我找到了一份新的工作，從下週末開始。全職的。薪水很好，」她說，她的眼神在廚房裡打轉，卻連一次都沒有停留在我身上。「所以，我放棄了工廠的工作。那裡的工作太不固定了。」

「那很棒。是什麼工作？」

「打掃。」她開始拉扯她的頭髮，起初，她只是抓著幾縷鬆散的髮絲，接著卻開始扯起一大坨的頭髮。她把睡袍緊緊地裹在身上，我注意到她繫著的是另外一件睡袍的腰帶，另一個年代的腰帶。她在一張椅子上坐下來，然後又站起來。

「真的是個好消息。」我說。

「你的語氣聽起來並不是這麼回事。打掃是一份值得尊敬的工作。」

「你又在亂想了，媽。每次都這樣。」

「不是所有人都能像你那樣。」她不打算就此罷休。不過，突然之間，她又不說下去了。那就是我母親典型的行為。她換了一個語氣說道：「把那些碗盤放下來吧，親愛的。」她把手堅定地放在我正忙著刷盤子的手臂上。

我脫下橡膠手套。「你有吃你的藥嗎，媽？」

「當然有。」她的臉皺了起來。她才四十歲，但是看起來卻總是比實際年齡老了十歲。那是因為她對所有的事情都感到擔心的緣故，而我也真的試著想要去了解她。她沒有吃藥；屋裡的狀況和她的態度都透露出了這個事實。她拿起一只我剛剛洗好的玻璃杯，在杯子裡裝滿水。她啜飲了幾口，然後突然仔細地打量我，瞬間又改變了態度。「你看起來不一樣。」

「是嗎？」我回應道。

「是的。」

「我認識了一個人。」

她笑了，不過，那個笑容歪向一邊，和她整張臉的其他部分都不協調。我母親今天不太對勁，這是我第一百次在想自己是否應該搬回來。光是想到這點，我就感到渾身一陣寒意。我沒辦法這麼做。

「感謝老天，」她說。「湯姆是個好孩子，不過，他不適合你。」

我從她旁邊走過，不小心擦到她的肩膀。她為什麼要那麼說湯姆？

「又生氣了，」她安靜地說著，然後跟著我走進起居室。我坐到那張老舊的長沙發上，她也重重地在我旁邊坐下。「他叫什麼名字？」

我的怒意已經消退了。她就是那樣，所以，我告訴自己，她只是希望我擁有最好的。

「他是學生嗎？」她繼續追問。

我嘆了一口氣。「不，他不是。」

「那是一項加分。他有名字嗎？」

「丹尼爾。」

「不錯，」她對我露齒一笑。「如果他不是學生的話，我能問他是做什麼的嗎？」

「這重要嗎？」

「不，不重要。」

「我很高興你找到新工作，媽。」

「我也是。要來杯茶嗎？」

「不了，我不能久留。」我把手插進我的牛仔褲口袋。「這是給你的。」

她看著那疊鈔票。穆塞爾這幾週的生意不錯。

「收下吧。」她不再猶豫地收下了，我可以看到她在心裡數著那些鈔票。「八十元。」我靜靜地說。「你要確保自己不會被……偷東西所誘惑。那對山姆來說是個很糟糕的示範。」

「你也稍微認可我吧。」

「我試著要認可你，媽。真的。」

她站起身，開始用她睡袍的袖子擦拭壁爐架上的擺飾。

我對著她的背影說道：「幫我問候山姆。」

她沒有轉身，也沒有回答。

帶著一如既往的那股空洞感，我離開了那幢房子。雖然，我告訴丹尼爾這陣子先不要和我聯繫，可是，我真的好想見到他。

✦

我滿心沮喪地趕上了返回我公寓的巴士。我母親不太對勁，她的腦子生病了，我懷疑她是為了安撫我才捏造了那份新工作。我弟弟將要放棄他的考試。而我呢？我那即將來臨的考試看起來也結果堪慮。我下了巴士，疲憊地沿街而行，然後在看到丹尼爾的車子時猛然停下腳步。我振作起來，慢跑過距離前門的最後幾公尺，當我開門進屋時，迎接我的是他的笑容。他正坐在樓梯最後一級的台階上。

「你在這裡做什麼？」我環顧室內。「誰讓你進來的？」

「凱茜。她說她得出去買牛奶。」一抹焦慮取代了他的笑容。「你介意嗎？」

「介意什麼？凱茜去買牛奶？」我很高興他來了。

「不是，介意我在這裡。」

「我當然不介意。」我在他身邊坐下來。「你被罰坐在這裡嗎？」

「我希望不是。我只是在等你。」他轉過來面對著我。「我一直都很想念你。」

「你幾乎不認識我。」

「我覺得我已經認識你一輩子了。」

我假裝把一根手指插進喉嚨，狀似要嘔吐的模樣，不過，他並沒有笑。

「我真的這麼覺得。」說著，他把我拉向他。

我率先站了起來。我拉著他的手帶他上樓，我不敢相信自己竟然如此大膽。

「這就是你的小窩？」他站在我那間小臥室的門口問道。

「對。」我一邊說，一邊把門關上。

「我就像牆壁上的愛因斯坦。」他站在那張海報前面，試圖想要欣賞，不過，房間太小，以至於他的動作有點困難。

我把堆疊在我辦公椅上的衣服搬下來。「坐吧。」我坐在自己的單人床上，距離他只有一呎之遙。「你為什麼到這裡來，丹尼爾？」

「來問你……我不確定要怎麼說。」

「直說無妨。」

「我想要和你在一起。」

「你是要我當你的女朋友嗎？」

「我想是吧。」他站起來，坐到我旁邊，將我拉近，然後吻了我，那個吻的感覺就像在紐斯特德修道院停車場的那個吻一樣。他的手游移到我的T恤底下，解開了我的胸罩；他的唇滑到我的脖子，我的胸口，當他脫去我的上衣時，剛才那趟回家之行帶給我的各種念頭全都消失了。一股想要忘記一切的強烈渴望——我母親、我的功課、我即將來到的考試——淹沒了我。有好一會兒的時間，我真的忘了一切。

他的臉靠在我的頸窩上，他炙熱的呼吸愛撫著我的肌膚。他的手溫柔地褪去我的內褲。我蠕動著掙脫掉內褲，將我的臀部頂向他，一股熾熱的感覺吞沒了我。

「我不希望這件事是在這種情況下發生的，羅絲。」

我凝神著他溫柔的棕色眼睛。「你是說在愛因斯坦的注視下嗎？」

一抹笑意掠過他的臉，他的節奏也逐漸增強。伴隨著我低聲的呻吟，他的呻吟也隨之響起。

幾分鐘之後，他躺在我旁邊，他的背貼在潮濕的牆上，手掌則托住我的臉頰。「你對我做了什麼，羅絲．特拉爾？」

「我也想問你同樣的問題。」

「我原本希望它很特別的。」

「是很特別。」我的一根手指沿著他的眼睛滑到他的嘴唇，然後，我把頭靠在他的胸口，不過，雖然那股極致的愉悅感依然縈繞著我，但是，我也逐漸意識到我們已然犯下了錯誤。

「丹尼爾，我沒有吃避孕藥。」

他從我身邊挪開了一點，扶起我的頭，一抹深深的憂慮浮上他的臉。「我說的是認真的。我想要和你在一起。」

我撐在一只扁平的舊枕頭上。「這是我的錯。是我把你帶上來這裡的……」

「我和你親熱的結果不會是世界末日。」

「這麼說真的很貼心，不過，對我來說，那會是一場大災難。我需要吃事後的避孕藥。」

他點點頭，神情十分嚴肅。「不過，我希望你知道，對我來說，那不一定是最糟糕的事。」

我打趣地捶著他的手臂。「你想用這種方式讓我們的關係變得合情合理嗎？」

「我們的關係是合情合理的。」

「是嗎？」

「我想，我迷戀上你了，羅絲。」

我不知道要說什麼。我並不天真，我也不是一個幻想家，但是，我相信他。他不是在說謊。他不需要說謊，當下並不需要。實際勾引他的人是我。他把我拉向他，擁著我，直到我們聽到前門打開的聲音，凱茜帶著牛奶回來了。

✦

稍後，丹尼爾和凱茜以及湯姆在我們的小廚房裡聊天，我希望這表示湯姆已經對他稍微友善了一點。他只是具有保護性，而那樣的保護性讓他對丹尼爾產生合理的懷疑。我理解，而且說句實話，我覺得他這樣相當貼心。

那天晚上，丹尼爾留下來過夜，我們兩人擠在我的床上。我們沒有再一次親熱，不過，不知怎麼地，這反而讓我覺得和他更加親近。

隔天早上，屋簷上鬆動的雨水槽撞擊我臥室窗戶的聲音把我們吵醒了。丹尼爾說，他會聯繫我房東，我也樂於讓他這麼做，這樣一來，我就不用自己去找房東了。也許，那個混蛋會因為他比較年長而認真對待他的要求。至於我們前一天所冒的風險，我就不那麼開心了，一想到這點，我立刻跳下了床。

「我需要去看我的全科醫生。」這句話聽起來既不帶感情，也很不自然，不過，昨晚，當我躺在他溫暖的身邊時，我們衝動行事的後果一直盤旋在我的腦子裡，整夜都揮之不去。

「可是，今天是週日。你沒辦法看診的。我一直在想這件事。我來打個電話給邁爾斯。他可以開立處方箋，然後到布魯菲爾德的藥局幫你拿藥。這樣會省下很多麻煩。」

「這麼做好像不對。」

「邁爾斯是個醫生。那裡是一間醫院。這是我們的業務之一。你可以用自費病人的方式掛號，如果這樣會讓你覺得好過一點的話。我會確定幫你開立處方箋和幫你看診的人是邁爾斯。我們每個月都開出很多事後避孕藥。我們很主動積極地在做……預防的工作。」他對我笑笑。「讓你的生活輕鬆一點，而不是更困難，羅絲。」他停頓了一下。「把所有的情況、醫療史都寫下來，任何邁爾斯應該要知道的資訊，不過，他可能會要求你要到醫院去見他。那就是邁爾斯。謹慎行事又遵守規範。」

「我喜歡他這樣。好吧。」我把我的醫療史寫下來，然後把那張紙遞給他。

「詳細的健康紀錄，」他咧嘴笑道。「把你房東的電話也給我。我會幫你處理房子的事情。聽起來，他好像很需要被教訓一下。」

「沒錯。」我把我的聯絡簿扔到床上。「他的資料在B的分類底下。」

「B代表什麼？」

「代表混蛋的意思。」他聞言而笑。我在他的臉頰上匆匆一吻。「我要去沖澡。」

邁爾斯願意幫我開處方，不過，條件是我得要盡快掛號去讓他看診。丹尼爾開車送我到布魯菲爾德去拿藥，不過，在我們抵達之前，邁爾斯就已經離開了。

這一切感覺都不浪漫，但這麼做卻是明智之舉。而且，這是我們一起付諸的行動。

17

一九九一年四月九日

湯姆在叫我。「羅絲！丹尼爾在門口。」

我從我的書桌前面跳起來，用力闔上基礎解剖學，很高興可以離開那堆支持臀部關節肌肉的神經名詞。我已經有幾天沒有見到丹尼爾了，雖然我已經見過了邁爾斯；我按照丹尼爾的建議，在布魯菲爾德約了診，很慶幸地，那次看診並沒有我想像中那麼尷尬。邁爾斯的表現非常專業。

在我下樓的半途中，丹尼爾踏進了走廊裡。

「很高興再見到你。」湯姆在經過他身邊時說。不過，他的意思完全相反。

我走到樓梯底下時，前門依然開著。湯姆已經沿街在慢跑了。

「我想，湯姆不喜歡我。」丹尼爾說。

「他具有保護性。」我笑著對他說。「不過，別擔心，凱茜很喜歡你。」

「那很好。你感覺怎麼樣？」

「還好。沒有什麼副作用。我沒有不舒服。所以，一切都很好。」我在他的臉頰上親吻了一下。

「好。」他暫停了一下。「我以後會更小心的。很抱歉，羅絲。」他撥開我臉頰上的一縷髮絲。「你讓我毫無防備。」

「你也讓我毫無防備。」

他把手探進他的外套口袋，拿出一盒Jiffy牌的保險套。然後將手在我面前攤開來。

「草莓口味的？」

他的臉漲紅了。這是我第一次看到他尷尬，直到此時，我才意識到這一切進展得有多麼迅速。

「你很幸運，我喜歡草莓。」我說。

他的臉亮了起來。「我希望你能到我家來看看，羅絲。」

「我很樂意。」

「那就走吧。」

✦

丹尼爾的家座落在諾丁漢綠色莊園的北部高地。那是一棟喬治亞式的建築，雖然並不龐大，不過對一個人獨居來說依然算大。

「你一個人住在這裡？」

他點點頭，把車開到路邊。「是的，不過目前有個朋友和我同住——但並非永久性的。」他轉向我。「我等不及要讓你看室內了，看看我所做的一切。」

當他說話的時候，一名男子出現在車道入口。我猜他是丹尼爾的朋友。那名男子穿著灰色的法蘭絨褲和一件淡紫色的襯衫，襯衫的袖子捲到了手肘。我想，他的年紀大概在四十歲左右，雖然，我並沒有父親可以拿來和他做比較，但他看起來就像一個父親；他的臉上有點皺紋，還有一抹惱怒的神情，多年以來，我在我朋友們的父親臉上也看過類似的神情。他甚至可能是丹尼爾的父親；不過，他當丹尼爾的父親顯然過於年輕了。此外，丹尼爾的父親也不住在英格蘭，而我面前這名男子看起來也不像一名醫生。真是個愚蠢的想法；醫生看起來應該是什麼樣子？也許，丹尼爾曾經想要當一名稱職的醫生，他也努力過，但是最終失敗了，只是他並不想要承認這個事實而已。我多少察覺到了一股父子之間的對立，就像潛藏在我母親和我之間的那種對抗一樣。這份想像中的連結讓我更加喜歡他了。

直到此時，我才看到那輛小跑車，紅色的車身在大片的水漬下閃閃發亮，一只水桶就放在它的旁邊。那名高捲袖子的男子顯然正在洗車。我猜這輛漂亮的紅車屬於丹尼爾。

「看起來你把車子洗得很乾淨。」我對那名男子說。

他完全無視於我的存在，我不禁懷疑自己是否失禮了，因為丹尼爾還沒有正式介紹我們認識。丹尼爾清了清喉嚨，他發出的聲音遠大於必要的音量。「艾德，老兄，謝謝你幫我這麼做。這車有點被遺棄了。」

「沒什麼。那是我分內之事。」

他抓住我的手臂。「艾德，這是羅絲。」他轉頭看著我。「她讓我神魂顛倒，所以你要對她好一點。」

艾德甚至連看都沒有看我一眼。這種全然的冷漠還真令我佩服。

「你不在的時候，有三通來自赫里福德郡的電話，丹尼爾。」他自顧自地說著，依然忽略我的存在。「還有一通木匠打來的，他說他明天沒空。」

丹尼爾點點頭。「抱歉，勞煩你幫我接電話了。」

「沒關係的。」艾德說完，他那對清澈的藍眼睛終於落在我身上。

一般認為，要成為一名優秀的醫生，你需要具備客觀、務實和理性的特質，確實如此，不過，正如我的藥理學講師所言，最優秀且最有效率的醫生對於人類的心理也擁有與生俱來的直覺。診斷並非僅僅關乎定量的事實。一位出色的醫生也能抓住定性的本質。我的講師告訴我，我具備這樣的能力。

我可以看出艾德並不喜歡我。

「我快要洗好了，」他對著車子比劃著手勢說道。「然後，我就要走了。」

丹尼爾低下頭。「東西都帶齊了？」

「是啊。」艾德回答。

丹尼爾調整了一下他那件黑色翻領襯衫的領口，然後笑了笑。艾德拿起那只水桶，直接走向屋子的前門。

「很可愛的車子。」我說。

「一九六七年的MG敞篷車。那是我對自己的縱容。喜歡嗎？」

「非常喜歡。」

「我很樂意帶你兜一圈，可是，我把它借給艾德了。他會離開幾天去看他的父母，因為他母親生日。這車需要跑一下長途，那對引擎有幫助。」說著，他用手撫過車子的引擎蓋。

「你是怎麼認識艾德的？」

「我是在八〇年代早期認識他的。我母親和父親搬回了摩洛哥，當時，我剛開始在布魯菲爾德工作。那時候，我還沒有住在這裡——我是在幾年前才買下這裡的。艾德是一名上門推銷的銷售員；他到我當時承租的房子敲門，打算推銷吸塵器。」

「你是在和我開玩笑，對吧？」

「不，是真的。我們變成了朋友。艾德現在失業了，因此，他幫我處理一些事情。布魯菲爾德的事情讓我應接不暇。他是一個好人。讓我的一切都井井有條。他也很會打理家務，也許那就是他銷售吸塵器的原因。」

「你真的很搞笑。」

丹尼爾的神情一轉，嚴肅地往下說：「在我認識艾德之後不久，我也認識了他妹妹。」他仔細地看著我。「我們開始交往。」

「啊……」

「我只是希望你知道關於我的事。」

「發生了什麼事？」

「我們交往了一年，然後就分手了。不過，艾德和我依然是朋友。」

「她怎麼了？」

「她搬到國外去了。也和艾德失去了聯繫。她是一個不安定的靈魂。正因為如此，我們才交往不下去。」

「你愛她嗎？」

「當時，我覺得我是愛她的。」

「當我和湯姆開始交往的時候，我以為我會和湯姆情定終生，可是，我發現我們還是當朋友比較好。而且，他和凱茜更相配。」

「有些事並不是注定的。」他靠在車身上面。「不過，我注定要遇見你。」

「是啊，我想也是。」我露齒笑道。「我真的需要去洗手間。」

「穿過那扇門，右手邊有一間洗手間。」

當我走進屋子時，我回頭看到丹尼爾把一只粉紅色的信封放在MG的乘客座上；我猜，那是給艾德母親的生日賀卡。

我推開洗手間的門，感覺膀胱已經在壓迫我的牛仔褲腰帶了。我走向窗戶，探出頭；只見丹尼爾就站在很近的地方。

「窗戶無法關上，」他說。「我正在等木匠來修理。你只要把窗簾拉下來就可以了。」他帶著笑容補充道。

「我會的。這麼可愛的房子，但是洗手間的窗戶卻關不上！」

「我喜歡你的幽默，羅絲。那正是這幢房子所缺少的。」

我解放完畢，重新回到走廊上，終於可以好好地看清室內。屋子裡的樣貌令人印象深刻，而且全都是新的裝潢。

艾德不知道從哪裡冒了出來。他已經穿上了一件灰色毛衣。他腦後和兩側的短髮都抹上了造型液，左邊的分髮線筆直到彷彿是用量尺劃分出來的。他把腿往兩邊岔得更開，彷彿在增強他底盤的支撐力一樣。然後將兩臂交叉在胸口。每一個動作都做得十分緩慢。

「不要太把這裡當自己家了。」他目光炯炯地盯著我。「羅絲。」

「你看起來好像就把這裡當自己家了。」

在我來得及三思自己的言行之前，這句話已經脫口而出了。

過了很多年以後，我才想到那句話是否決定了我的命運。

18

西奧

二〇一六年四月二日

西奧在走回車子的時候陷入了沉思，他想得太過認真，以至於完全走錯了方向。他咬牙切齒地咒罵了一聲，隨即掉轉過頭，終於找到了他的Fiesta。

在他要離開羅絲的時候，他想要碰觸她，然而，在這些探訪中，所有的肢體接觸都受到了限制，而且，反正也不適合那麼做。他才剛認識她；她因為蓄意謀殺一名正值青春盛年的年輕人而入獄，然而……

基於消防演習，探視的時間在毫無預期之下被減至一個小時，而非原本的兩小時。他們被告知盡快結束對話，因此，在訪談最後，他們根本沒有時間多談。

他坐進車裡，今天最後一部分的故事一直在他的腦海裡揮之不去。艾德．麥登在這個故事裡絕對是一個關鍵人物；一切都將他導向這個結論。在亞伯失去意識、並被送到醫院之前，他也是最後和亞伯談過話的人之一——如果娜塔莎的想法和猜測夠準確的話。

瑪麗恩也是一個重要的人物。

他從他的背包裡拿出他的筆記本，開始匆忙地書寫。

對於和我見面的事，羅絲的態度一百八十度大轉彎——和貝拉．布里斯來探視她有關？是什麼關聯？

羅絲對她母親的執念

貝拉和布里斯的老闆有關聯嗎——雨果？待查

雨果是麥登的商業夥伴……

亞伯生病之前見過麥登（？）——他發現了什麼？他有發現任何事嗎？

他闔上筆記本，繫上安全帶，在谷歌地圖上輸入瑪麗恩的地址，隨即朝著諾丁漢而去。

✦

當西奧抵達瑪麗恩家的時候，他把車子停好，審視著這幢獨棟的房子。屋子保持得很好，很整潔；他估計這棟房子在目前的市場上應該價值三十萬英鎊。那扇令人驚豔的前門敞開著；她一定一直在那扇巨大的凸窗旁邊等待。她揮揮手，沿著小徑向他走來。「很高興再見到你，西奧。」

在他們握手之後，他仔細地看著她。一個矮小的女人，六十歲中旬，對那樣的骨架來說，她身上的肉似乎太多了。一張佈滿皺紋的臉，乾燥的皮膚斑塊在過度拔除的眉毛上方明顯可見。穿著體面卻有點不自在，不過，一如他第一次和她在咖啡館見面時一樣，她似乎感到不自在，如果不是因為她的皮膚，那就是因為她的穿著。她的衣服，雖然明顯地價格不菲（她那件黑色耶格毛衣的白色吊牌彷彿一只方形的耳朵那麼顯眼），不過並不適合她。

「能再見到你真好，瑪麗恩，還有，謝謝你邀請我來。」

「請進。我正在燒開水。」

「太好了。」

他跟在她身後走進前門，聞到了她身上濃濃的香水味。很好。在他們的財務狀況變得窘迫之前，他都會在蘇菲生日時買這款香水送給她。透過羅絲故事裡關於丹尼爾．迪恩的部分，他知道她有一個貧窮的童年。他不禁再次瞄了一眼瑪麗恩的裝扮。

「和羅絲的見面順利嗎？」

「很順利。」他停了一下。「你打算再去看她嗎，瑪麗恩？」他問，雖然他知道她可能沒有這個打算。

「我有點忙，」她回答說。「我為羅絲感到難過，真的。可是，她不希望我去……我會去的。很快。我得先做好心理準備。而且，你知道的……日子還是要過下去。」

「是啊，」說著，他將視線挪向鋪著實木地板、裝潢完美的走廊。他猜牆壁的油漆應該是

Farrow & Ball[7]的牌子。「很漂亮，」他說。「我應該脫鞋嗎？」

她大笑著回答：「不用了。我們到廚房去吧。」

他跟著她走向廚房。「這裡真的很不錯。」

「你聽起來很驚訝。羅絲讓你以為我住在茅舍裡嗎？」

「不，她沒有。」瑪麗恩的態度可以如此輕易、如此突然地瞬間從溫和轉變為無禮。他們現在已經在貼著水綠色磁磚的白色廚房裡了。廚房左邊還開了一扇巨大的天窗。「我們沒有談論到你。」他說了謊。

她沒有回答。

他繼續往下說。「我想，她對於你沒有和我一起去感到很失望。」又一個謊言。

「我相信她並沒有感到失望。」她重重地嘆了一口氣。「羅絲和我都很不好過。」

「我了解。」他說，雖然他其實並不了解。還不了解。

她在沖茶時手邊的動作一直沒有停下來過。先是拿下她脖子上的銀色圍巾。然後又圍回去。接著又摘下來，扔在那張優雅的紅柳桉木桌上。她調整著毛衣的衣袖，又撥開遮住她右眼的一撮捲曲的白髮。最後，她終於把一杯茶遞給他。

「你今天要開車回家嗎？歡迎你今晚留下來。我家有很多房間。」

[7] Farrow & Ball是英國知名的油漆品牌。

她這麼說很好心，不過，他覺得如果自己接受的話，她可能會很尷尬。「我會開車回去，不過，謝謝你問我。」

她的頭微微地動了一下。沒錯，她鬆了一口氣。

「你在曼徹斯特有妻小嗎？」她問。「像你這麼帥的人，應該有吧。」

所幸，她家的電話響了，這讓他無須給出每每讓他的心再次受到撕扯的答案。

她讓電話轉到答錄機，一個男性的聲音響起。

「媽，你能打電話給我嗎？很緊急，是關於馬約卡島❽的事。」

她看著他。「我兒子，山姆。」

「你可以回電給他，我不介意。」

「不急。」

「羅絲說，她有一陣子沒有見到山姆了。他沒有去探視她嗎？」西奧差點就說成「他也沒有去探視她嗎」。

「沒有，他沒有。他已經很久沒見過她了。」

「我可以坐下來嗎？」

「請坐。聽著，西奧，我們之前見面的時候，我不想說太多，不過，別讓羅絲把你扯進來。她說的話不能完全相信。」

「她看起來……很穩定，考慮也很周到。」

他觀察著瑪麗恩的反應。她伸出手臂，掌心向上，同時聳了聳肩。

「她丈夫經常去看她嗎？」他問。

「我想是的。我和邁爾斯沒有任何瓜葛，從來都沒有，這點我之前就告訴過你了。羅絲和我並不常見面，自從……」

根本就不見面吧，西奧開始明白。「自從什麼時候？」

「自從她嫁給邁爾斯以後。」她把話說完。

「你一定對他多少有點認識。」

「對，」她同意。「羅絲和他結婚讓人有點驚訝。總之，她就是在那個時候搬出去的，而且完全改變了。」她咕嚕咕嚕地喝了一口茶。「我只是很高興她找到了對象。邁爾斯是個不錯的人選。她很幸運能嫁給他。」瑪麗恩絕對稱不上是現代的女性主義者。

「不管是什麼原因，在羅絲需要你的現在，你們能和好是很棒的事。」他轉而看著她，希望自己露出了最誠摯的笑容。

「我會再去看她的。」

他點點頭。「我想要稍微聊一下丹尼爾・迪恩的事。羅絲把她和他的關係告訴了我。她真的應該把這件事告訴她的辯護團隊。」他吸了一口氣。「你認識他嗎？」

❽馬約卡島（Majorca）是西班牙巴利亞利群島的最大島嶼，位於西地中海，是歐洲著名的度假勝地。

「我認識。羅絲沒有提到他們的關係，那顯然是羅絲的選擇。那是她的權利，西奧。」

他聳聳肩。

「你說，你想要我告訴你關於羅絲早年的事？」瑪麗恩的聲音裡流露出一絲苦澀。「是為了你的書嗎？你要在書裡講述羅絲的真實故事？我想要盡我所能地幫忙。」

「你想要幫忙，」他說。「那很好。」

她搖搖頭。「她已經讓你著迷了，是嗎？小心，西奧。她會美化她所告訴你的每一件事。聽著，羅絲在殺害亞伯．杜肯的時候並不正常。她應該要以精神失常為由來做辯護，可是，她沒有。」她看著她的手錶。「我想，我們上次講到她中學時候的部分？她在普通考試裡拿了A。十一個A，一個B。」

「很優秀。」他並不驚訝。

「是啊，沒錯。不過，她一直都很讓人費心，從一開始就這樣。陣痛了三天才生出來。襁褓時期很愛哭。很不讓人省心。她弟弟就完全不同。」她停下來，用力地嘆息。「羅絲向來都很難搞。我想，女孩子都這樣吧。」

當她說話的時候，西奧仔細地看著她，同時對她自己的童年感到好奇。「羅絲提到你出生於愛爾蘭。」他試著要轉到這個話題。

「是的。我在那裡認識了我丈夫，我們一起搬到了英格蘭。然後，他就離開我了。」

「你想念愛爾蘭，想念你家人嗎？」

「天哪，不想。我父親在我兩歲的時候死了。我母親很難相處，也許，那就是我那麼年輕就懷孕、那麼年輕就結婚的原因。為了離開。」她瞄著西奧。「我的童年很慘澹，因此，不管羅絲告訴你她有什麼樣的童年，相比我的，她的都是一個美夢。我母親是個酒鬼。我從來都沒有酗酒的問題。」她揉了揉脖子。「而且，我從來都沒有羅絲所擁有的機會，那些被她扔掉的機會。」

「很遺憾聽到這些，關於你的童年。」

她吐了一口氣，然後繼續述說著更多關於她女兒的事。

✦

離開她母親的時候，他對羅絲的同情更深了。一股悲傷淹沒了他，但他不是很確定為什麼。羅絲確實承認自己殺害了亞伯。沒有審判，只有一場聽證會。她的辯護律師想要訴請一項混合命令，亦即二〇〇八年精神保健法案的45 A部分（西奧也查閱了那項法案），基於此一法案，她將會在醫院的精神科住院一小段時期，然後再被關入一般監獄服刑一段更短的時間。刑期可能是七年，而非法官不得不在她直接認罪之後所判定的二十年。但是，她拒絕了。

這是一個令人不安的故事，而他懷疑將有更多內情會被揭露。這個謎團在他的意識邊緣徘徊，充滿魅力卻又難以捉摸，但是，它就在那裡。羅絲的經歷令他著迷，一如羅絲本人一樣，雖然，瑪麗恩在她女兒的拼圖裡所扮演的角色，也同樣引發了他的興趣。他猜，羅絲知道他會感興趣的。

他試著不去想關於金錢與債務的事，不去想他公寓裡那疊沒有拆開的信封，並且甩開他也許得要搬回去和他父親同住的可怕想法——他很愛他父親——但是，拜託，他已經四十四歲了。

不，他今天不會讓自己去想他的財務狀況。他強迫自己的思緒回到羅絲的身上。她的世界一定發生了什麼改變。

他打開車裡的收音機，讓他的思緒隨著音樂的節奏起舞。

✦

一個小時之後，他在一個加油站停車，買了飲料和一個三明治。他把他的食物帶回車裡，放在座椅上。當他看著儀表板上的時鐘時，他才發現自己從今天早上五點開始——十二個小時之前——就一直沒有吃過東西，不過，在他忍著餓意的時候，他想到了一個主意。他從乘客座上拿起他的手機，按下瑪麗恩的號碼。她立刻就接了起來。

「嗨，瑪麗恩，我是西奧。」

「你沒事吧？」

「我很好，抱歉。」

「喔，我以為發生了什麼可怕的事，因為你才剛離開不久。」

他從她的聲音裡聽出她有些恍神，甚至也許有一點煩躁。他開始聽得出她情緒上的波動。有時候，她會喋喋不休，頭腦十分靈光，任何事情都不會錯過，但是有些時候，她卻又遲鈍而健忘。

「如果現在不方便的話，我可以明天再打給你？」

「沒關係的。我正在安排一趟馬約卡島之旅。我很興奮，還以為這通電話是旅行社打來的。」

「啊，抱歉！你要去度假？真好。」

「是啊。那是一幢靠近馬加魯夫[9]的別墅，很漂亮。這段日子實在太難過了。」

「我相信出去走走對你會有幫助的。」他回應道。

「是啊，而且山姆和他妻子會負擔所有的費用。」

她為什麼覺得有必要告訴他這麼多細節？

她繼續往下說，聲音裡微微透露著一絲焦慮。「也許，你不要告訴羅絲我們要出遠門會比較好。」

「我當然不會說。或許，我下次去探視她的時候，你可以和我一起去？」

「再說吧。」她清了清喉嚨。電話線那頭瞬間安靜了下來。

「瑪麗恩？」

[9] 馬加魯夫（Magaluf）是馬約卡島上重要的度假小鎮。

「接下來的幾個月裡，我不會太常待在這裡。山姆正準備要買下那幢別墅。它座落在山丘上，你知道嗎？」

西奧不知道；他這輩子從來沒有去過那座島嶼。

瑪麗恩浮躁地說：「他和他妻子會需要我幫忙他們把那裡打理好，因為那房子實在太大了——四間臥室和一個游泳池。我說我會的，而且，山姆也希望我不要坐在這裡，讓自己越來越沮喪。」她一口氣把話說完了。

「聽起來對你是件好事。」他等待著，以為她會再多說些什麼。當她沒有開口時，他繼續說道：「總之，我們下次見面的時候，我會帶你到諾丁漢市中心新開的一家餐廳，我希望我們很快就會再見面。我請你吃午餐。我是為了告訴你這件事才打來的。」

「你是說那家叫做緋聞的餐廳嗎？哇，我很想去那裡。它是米其林一星的餐廳。」

「下週三如何？」

「他們不會已經被訂滿了嗎？我聽說他們一直高朋滿座。而且很貴。」

「沒問題的。」他大學時代的一個朋友認識餐廳的主廚。「我會在中午的時候去接你。」

「你的書已經簽約了嗎，西奧？」

瑪麗恩今天絕對很清醒。「簽約了。」

他沒有。還沒有。不過，他會的。他必須簽下來。他的公寓貸款已經遲繳了三個月；第四個月銀行就會取消贖回權了。在他和蘇菲離婚之後，他急著找其他地方住，因此，當他買下這間價格過高的公寓時，他的情況並不是太好。蘇菲叫他再等一段時間，不要倉促決定，但是，他無視於她的建議，依然買下了房子。之後，她表示願意將離婚財產協議的部分金額還給他，但他拒絕了。他希望她拿到所有的錢。那就彷彿只要這麼做，在某種程度上，他就可以獲得赦免。對於艾略特的死，他一直都感到嚴重的自責。

「那麼，週三見了。」瑪麗恩的話打斷了他的思緒。

「很期待，抱歉再度打擾你了。」語畢，他結束了通話。

身為一個自雇的貨車司機（羅絲告訴他，山姆從未入伍），山姆怎麼負擔得起一幢位於馬約卡島的別墅？這個問題一直在他腦中打轉，直到他的思緒回到羅絲本人的謎團上。他拉開他在加油站買的那瓶芬達汽水，試著要將她的臉孔從他的腦海中抹去。

要達到這個目的，他需要的遠不只一罐汽水。

19 羅絲

西奧已經離開了，我朝著我們被指示的火災集合點走去。我一邊走，一邊在思考。我很好奇，西奧和我母親見面的實際狀況為何，因為我懷疑他並沒有把一切都告訴我，雖然，那也許是因為他認為我並不想聽到所有的事。

我向他吐露了我的過去，他會因此看到過去的我是什麼樣的人。他可以看穿展現在他面前的一切；我相信那是他所擁有的天賦。然而，我覺得他對我的故事存有疑慮。一如我聽證會上的那名法官一樣，他知道我隱藏了某些事，一想到此，我的思緒就飛越到了一個我努力想要躲開的地方。二十二歲的我，埋首在書本和學業裡，還要照顧我母親和山姆。丹尼爾是一家私人醫院的經理，那家醫院與這座城市的國民保健署醫院具有合作關係。我試著不要緊抓住我們親熱的畫面不放，但是，我卻忍不住這麼做。一個又一個的畫面。

我太愚蠢了。艾德是怎麼說我的？無知？

在特別加護病房裡的那天又浮現在我的腦海裡。我對於觸摸到亞伯的肌膚有什麼感覺；事情發生之後，我又有什麼感覺？我搖搖頭，想要擺脫掉從那天開始出現的那股不安的感覺，而這個感覺在貝拉來訪之後又重新被點燃了。

我和西奧今天的會面時間太短了，我很難過，因為我真的喜歡他。他在邁爾斯來過之後來探訪我，這對我來說無疑是一種安慰，邁爾斯來探視我的時候總是填滿了空洞的沉默和未說出口的話。但是，他依然會來，每週都來，從不間斷。而且，每週他都要問我，是否已經和監獄的醫生預約好了。拜託你改變心意，羅絲。邁爾斯和我之間的連結，遠遠超過我們的結婚誓言。

終於，我走到了我的目的地，和其他大約六十名女子一起等待著獄方指示我們在監獄發生火災時應該怎麼辦。場面有點混亂，似乎沒有人知道發生了什麼事，不過，火警的警鈴突然停止了，我們也被指示回到我們的牢房。

我唯一想到的一件事就是，西奧原本可以待久一點的。一名住在我隔壁的犯人開了一個玩笑，她說今天是四月一日。我覺得典獄長沒有這種幽默感，或者沒有另類到這個程度。

一名獄警打開我的門，讓我走進囚牢裡。我看著釘在牆上的行事曆，發現今天其實是四月二日。在監獄裡，時間是很奇怪的。幾分鐘之後，我聽到他轉動鑰匙的聲音。我躺到我的床上，思緒飄過我剛才對西奧所說的故事。我注意到，當我提到艾德・麥登和我共處在丹尼爾家的走廊時，他聽得有多麼地入神。他真的認真在傾聽每一件事。

我深深地吸了一口氣。我知道，我通常都不夠冷靜，也總是讓我的脾氣控制了我。在這種自知之下，特別加護病房的記憶又開始在我的腦海裡燃燒，雖然我並不想要想起。我試著要保持冷靜，然而，他母親所說的話讓我無法承受，她完全不近人情的態度也讓人嘆為觀止。

他看起來是那麼地平靜。

我翻過身，趴在床上，把頭埋入枕頭裡，彷彿企圖要讓我自己窒息一樣。

到丹尼爾家對我來說是一切結束的開始，雖然，早在我和湯姆與凱茜同住的那棟房子裡，在我那間狹小的臥房裡，在艾爾伯特·愛因斯坦的注視之下，一切就已經開始結束了。

20

西奧

二〇一六年四月六日

西奧赤裸地面對浴室的鏡子，欣賞著自己身上重新回復的腹肌。對四十四歲的年紀來說，這樣還算不錯。很不錯，雖然自從他展開這個新的工作計畫以來，他的運動習慣就宣告結束了，更別說他的健身房會員效期也已經截止了。

一整個早上，他的思緒都在瑪麗恩身上，企圖要想出和她相處的最佳方式，不過，他也在思考著羅絲和她最後所敘述的那一部分故事情節。她和丹尼爾．迪恩親熱的部分是他不願意花太多時間去思考的畫面。她顯然沒有對自己和丹尼爾的第一次親密接觸有過多的描述，但是，他感受到了她對丹尼爾的熱情，甚至是迷戀。羅絲是一名進入中年的女子，一名在監獄中的女子，一名看似已經放棄生活的女子，然而，儘管如此，他還是看到了她的本質；即便到了現在，她內在的本質依然還在那裡。她是一個具有性慾、並且沉醉其中的女人；她對此並不感到羞愧，同樣地，她對丹尼爾的感覺也沒有讓她感到羞愧。

他承認，他和羅絲之間的連結屬於心智的層面，然而，毫無疑問地，他對她的感覺也包含了肉體的成分。他無法否認。

在一股無以名狀的沮喪下，他走出浴室，踏進兩步之外的臥房。他套上一件內褲，再穿上一條乾淨的牛仔褲以及昨天晚上熨燙好的襯衫。他從衣架上拿下一件灰色的亞麻外套（他還沒有時間去買衣櫃，主要是因為他負擔不起），然後走出前門。他大學時代的老朋友向他保證，他們會幫他保留一個安靜的座位。平常日的時候，顧客向來都不多，他的朋友這麼說。

西奧把手機和皮夾放進口袋裡，離開了公寓。

✦

三個小時以後，他把車停在瑪麗恩的房子外面。她一定已經在那扇巨大的凸窗旁邊徘徊許久了，因為，不到幾分鐘，她就打開大門走了出來。她的頭髮看似並沒有梳理；灰色的捲髮散落在她的鬢邊。她穿了一件駝色大衣。一件紅色的裙子從大衣底下探了出來，在她的膝蓋旁邊擺動。她沒有化妝，臉龐因為焦慮而緊皺。這和他上次見到的瑪麗恩判若兩人。也許她收到了什麼壞消息，他心想，也許和羅絲有關，不安的漣漪立刻在他心裡蕩漾開來。

她打開車門上車。今天沒有香水的味道；事實上，當她關上車門時，西奧聞到了一股不太迷人的味道。

他轉頭看著她。「嗨，瑪麗恩。你還好嗎？」

「我很好。今早有點忙。」

「和羅絲沒有關係吧？」

她繫上安全帶，然後說：「羅絲？不，和羅絲一點關係都沒有。你怎麼會這麼想？」

「沒什麼。真的沒什麼。」他在駕駛座上重新坐好。「我們可以取消今天的行程，改天再去，如果你覺得這樣比較好的話。」他真的不想改天再去。

「我很期待今天的安排。」她說。

他對她笑了笑。「很好。」語畢，他發動引擎，把車子駛離路邊，讓她有時間振作起來。直到他把車子停在了餐廳的停車場，他才開口。「你想聊聊嗎？」

「我今天早上收到了一個消息。」

「壞消息？」

「對。」她把中指放在兩側的鬢邊。「我會沒事的。」說完，她拉下遮陽板，注視著上面的鏡子。「我看起來糟透了。」

「你看起來並沒有糟透了。」

「你又去看過羅絲了嗎？」她一邊問，一邊依然在看著鏡中的自己。

「我下週會再去看她。」

「很好。」她停了一下。「你的功課做得如何了？」

「還不錯。我和亞伯．杜肯的遺孀見過面了。」

「喔，我不知道……」

「她告訴我關於亞伯的事。我告訴過你，沒有嗎？這本書也是他的故事？關於他的童年。娜塔莎．杜肯現在就在幫忙我這個部分。」

「沒有，我不記得你曾經告訴過我。」

他承認沒有告訴過她，這個事實似乎讓她更鬱悶了；他對自己沒有告訴她這件事感到難過。

他打開車門，試著要讓她高興起來。「你需要那個假期。去曬曬太陽對你會有好處的。」

「要買那幢別墅的事情告吹了。現在，我們不去度假了。」

「很遺憾。我想，在海外置產很困難。」他不知道還能說什麼。對瑪麗恩來說，情況似乎崩潰了。

她點點頭，然後下了車。

他繞到乘客座的那一邊，攙扶起她的手臂。「走吧，我們去吃一頓，也喝點酒。你會覺得好過一點。」她的步履有點不穩。「你還好嗎？」

「只是分神了。」

西奧不確定她的分神是否是因為在經過這麼多年的疏遠之後，她在監獄見到了羅絲所引起的。也許，這突然影響到了她的精神健康。或者是因為其他的原因？

等到他們在餐廳裡那個事先允諾好的位子就座之後，主廚很快地出來和他們打招呼，然後又消失在了廚房裡。不過，瑪麗恩似乎並不在意，而且已經一口喝下了等待著她的迎賓雞尾酒。西奧事先為自己點了無酒精的飲料。他需要保持清醒，而且，他還得開車。他示意女服務生再幫瑪麗恩送上一杯。

「我通常不在白天喝酒。」她指著她的空杯說。

「我請客。喝吧。偶爾，當你焦慮的時候，喝酒會有幫助。」

那名女服務生把一杯馬丁尼放在她面前。瑪麗恩將杯子推到一邊。「我只能喝一杯。」西奧的腦子裡出現了價格的畫面。一杯雞尾酒要八英鎊，即便是無酒精的飲料。

「沒問題。我來喝一口。」他啜飲了一口，然後將杯子挪到桌子邊緣。

一開始，他試圖讓瑪麗恩聊起關於馬約卡島別墅那筆神秘的買賣，不過，他懷疑瑪麗恩並未說出全部的實情。山姆顯然有財務上的問題，他和他岳父之前達成的某些協議落空了，而他岳父現在決定不幫他們買下那個地方。這個訊息至少釐清了山姆怎麼負擔得起一幢別墅的問題。

「他岳父也許會改變心意。」他說。

她漫不經心地點點頭，並沒有認同他樂觀的看法。

「還有別的事困擾你嗎？是羅絲嗎？」他追問。

「羅絲向來都讓我感到困擾。」

那名女服務生前來幫他們點菜，西奧等到她離去之後才再度開口。「你為什麼同意要幫我進行我對羅絲的研究？」

「我沒什麼好隱瞞的，你知道的。」

「我從來都不認為你會隱瞞。」

「羅絲不是你以為的那樣。當年，在發生了那件事之後，她被摧毀了……」

「『當年』發生了什麼事？有什麼我不知道的事？」

「不應該由我來告訴你。就讓她自己告訴你吧。」

他點點頭，等待著，他相信一定還有更多他不知道的事。

「每個人都有自己的負擔，但是，羅絲過分誇大了她的負擔。」她把玩著她的項鍊。「即便丹尼爾．迪恩也有他自己的問題。要把健康狀況像亞伯那樣的孩子養大並不容易。」

在和娜塔莎談過之後，西奧才得知亞伯患有鬆皮症的事。當時，這個訊息並沒有見報。在經過進一步的研究之後，他發現那不只是一種罕見的狀況，同時也鮮少有人知道這種疾病。他決定暫時把這個訊息放在自己心裡，不告訴任何人。他不想對瑪麗恩打草驚蛇，讓她知道他越來越懷疑她和丹尼爾．迪恩的關係——那也許還是正在進行式。

他今天請她吃飯的這個詭計是因為他需要弄清這個故事、需要寫這本書、確保能收到大筆的出版訂金，還是因為他對眼前這個女人的女兒已然產生的強烈情愫？

「是的，是不容易。」他研凝著她的表情。

瑪麗恩還和丹尼爾保持聯繫嗎？他把那籃高級的麵包推向她，還有那碟散發著松露味道的奶油，然後從另一個角度切入。「你和艾德．麥登很熟嗎？」

「艾德・麥登？」她挪開目光，定定地朝著廚房入口的某個地方看，幾個服務生正忙著在廚房內外穿梭。「啊，你是指丹尼爾的朋友？天哪，我已經好幾年沒有想起他了。我真的不認識他。我只在幫布魯菲爾德做清掃工作時見過他幾次；他有時候會帶著包裹和信件過來。不過，那是很久以前的事了。」

他不知道瑪麗恩曾經在布魯菲爾德醫院工作過。「我不知道你幫丹尼爾工作？」

「我是在布魯菲爾德工作，不是幫丹尼爾工作。而且，那是很久以前的事了。」

真有意思。「你最近沒有見到艾德・麥登？」

「我為什麼會見到他？」

「沒什麼。你喜歡他嗎？」

「我幾乎不認識他。」

「瑪麗恩，你為什麼同意要幫我？」

「因為是羅絲建議的。」

他點點頭。「有道理。」他喝了一口水。「你是什麼時候搬到你現在住的那棟屋子的？那地方很不錯。」

「我記不太清楚了。」

「羅絲說，那大概是在她結婚的時候。」

「是啊，也許是在那時候吧。」

「所以是一九九二年底？」

「大概是。」

「在丹尼爾和羅絲分手之後，你還繼續幫他工作嗎？」

「當然了。那是一份好工作，薪水很不錯。」

「確實很不錯。」

她狠狠地瞪著他。「我已經沒胃口了。我希望你送我回家。」

汗水從他的尾椎和手臂底下滲出。這不是他計畫中的午餐。或者就是？身為一名新聞工作者，他經常讓他的直覺帶著他走，雖然，他已經發現了所有他需要知道的事，不過，今天以後，瑪麗恩不會再和他見面或者對話了。

瑪麗恩確實認識艾德・麥登。

在羅絲和丹尼爾分手之後，她搬到了一間更大的房子。

他不明白的是，她為什麼同意要和他接觸。還有，這幢西班牙式的別墅？金流的說法也不符合邏輯。

西奧相信自己這麼做無疑是當今最齷齪的混蛋行為，直到他想起了羅絲。她需要他的幫助，而這個故事某個尚未揭曉的環節，正是她願意和他訪談的原因。她期待他可以解開這個謎團。

「沒問題。我理解。」他舉起手，想要引起服務生的注意。這招在電影裡向來都管用。

不過，在這裡並不管用，因此，他站起來，穿上他的外套，把手伸進口袋，摸索著他的皮夾，他最後一張可用的信用卡就在那個皮夾裡，然後，前去尋找餐廳的領班。

21

二〇一六年四月十五日

西奧開始對監獄的常規比較熟悉了，因為上週五，亦即他和瑪麗恩午餐之後兩天，他就到這裡來教授他的第一堂創意寫作研習課了。在二十四小時之內，他的課程就被預約滿了。每個人都想變成作家，而且，有什麼地方比這裡更適合作為開始？沒有街可逛，受限的網路，規律的三餐。考慮到所有這些優點之後，他開始覺得讓自己被關進來也許是個好主意。直到他看到監禁對一個人所造成的影響。寂寞、虛弱，這些女人得花多少時間在反思自己的生命——以及她們把自己搞成了什麼邋遢的模樣。他知道，並非所有的犯人都以自我為中心，不過，很顯然地，在他的第一堂課裡，那些真的以自我為中心的人就是想要嘗試寫作的人。

今天，他帶了一盒包裝精美的鉛筆來探訪，不過，那盒鉛筆已經被沒收了。他所知道的常規還是不夠多。他用了整整一個小時在Paperchase[10]挑選他覺得羅絲會喜歡的鉛筆，最後，他選擇了十支高顏值的鉛筆套裝組合，花掉了他十五英鎊。

他朝著會客廳走去。

今天，羅絲穿了一件牛仔褲和灰色的毛衣，他認出那是他在Next[11]買的衣服。看到它們如此合身讓他感到很滿意，雖然，她看起來彷彿洩了氣一樣。她似乎只有在講述她的故事時才具有活力，彷彿那麼做有助於她逐漸接受自己所做過的事。只有在那個時候，她才會變成西奧心中所看到的那個羅絲。那個充滿生命力的小羅絲。

他露出一抹笑容，希望可以藉此讓羅絲也展露笑顏。「一切都好嗎？」他一邊說，一邊拉開一張椅子。

「喔，你知道的，沒什麼好抱怨的。」她抬起頭，不過並沒有動。

「我幫你買了新的鉛筆，可是，很不幸地……」

「被沒收了？」

「是啊，抱歉。」

「你得把東西打包起來，留在訪客的服務台，然後，東西就會被送到我手裡。」

「我現在知道了。」

「算了。不過，謝謝你的好意。」一絲笑意掠過她的臉。她原本往前佝僂地坐在椅子上，不過，現在卻突然往後坐，看似幾乎鬆了一口氣的模樣。

⑩ Paperchase是一家英國文具連鎖店，後來擴展到歐洲、美國，以及阿拉伯聯合大公國。

⑪ Next是英國最大的服裝零售企業，銷售產品涵蓋服裝、鞋類和家居製品。

「我下次再帶一些過來。」他說。

「要記得那些規定，啊？」她的臉頰看起來十分雀躍；那雙深棕色的眼睛也亮了起來。她把食指的指尖按壓在太陽穴上，緊緊閉上眼睛，然後很快地睜開。「你的寫作課很受歡迎。那個很帥的小說家。」她再次把手指壓在鬢邊，不過，這回並沒有闔上那雙水汪汪的眼睛。

西奧覺得自己的胃在緊縮，一股消失很久的情感沖刷過他的體內；那是一股嚮往和期待，他的臉頰在發燙，他低頭拉開椅子，這樣，她才不會看到她的話對他造成了什麼效果，雖然，他已經瞄到了她促狹的笑容。

「是啊。我原本以為我會不喜歡教那些課，可是，我並沒有不喜歡。」他認真地看著她。「你還願意讓我到這裡來和你對談吧，是嗎？如果你改變心意的話，可以直說無妨。」

求求你不要改變心意。

「沒問題。」

他以更輕的語氣繼續說道：「羅絲，我希望你不介意我這麼直接，可是，我真的覺得你的故事裡似乎遺漏了什麼。」

她清晰的下巴線條緊繃了起來——只是一點點，但是，他看見了——他開始客觀地看待問題。也許，這就是羅絲當日在特別加護病房裡感受到的那絲憤怒。亞伯死亡的那天。是什麼引起了那股憤怒？是源於她發現了亞伯是丹尼爾．迪恩的兒子這個毀滅性的事實嗎？

她正在打量他，那股不悅消失的速度一如它爆發時那麼迅速。彷彿一時的瘋狂一樣。

「你的動機是什麼，羅絲？告訴我。」

她沒有回答，西奧在自己的口袋裡摸索著口香糖。他掏出一盒遞給她。她剝下一塊，把包裝紙放在桌上。

「一切都會真相大白的，」她最終說道。她把那盒口香糖推過桌面，還給他。「我要從我上次結束的地方開始說嗎？」

「那就太好了。」他打開他的筆記本，然後把手伸進口袋裡掏著鉛筆。今天輪班的那名獄警也是他上次來訪時的那一位。那名男子看著他。西奧展示了一下那支鉛筆，獄警隨即點了點頭；不過，他沒有留意到口香糖。

「我希望有一天也聽聽你的故事。」羅絲說。

「別急。你的故事優先。」

「在你那虛張聲勢的外表下，你很悲傷，對嗎？」她一邊說，一邊玩弄著口香糖的包裝紙，彷彿在摺紙一樣。

「我生來就有點悲傷，我想。」

「我不是，儘管我和我母親的衝突越來越大。湯姆說，在我內心深處，我是他所見過最快樂的人。為什麼我沒有和他繼續交往呢？我們會結婚，也許還會有一堆孩子。」她撕扯著大拇指的指甲。「他來看過我，和凱茜一起。他在結束期末考之後，很快就和她結婚了。」她看著西奧。「我沒有去參加他們的婚禮。對此，我一直覺得很遺憾。」

西奧沒有回答。他等著她透露更多。「當湯姆還是個初級醫生的時候，凱茜就生了他們的第一個孩子。接著又生了三個。」她笑了笑。那個笑容是如此的悲傷。「湯姆現在是骨科顧問。他表現得很傑出。」她停了一會兒，才繼續往下說，「他們能來看我真的很不錯。湯姆不知道該說什麼，不過，凱茜知道。我很高興他娶了她。」

羅絲在她的第一封信裡曾經告訴過他，她無法生養小孩。他並沒有深究，不過，她無法生育的事實對她的影響至深。當她談及老朋友的孩子時，她臉上那股明顯的痛苦令人心碎。

「我不相信你會殺人，羅絲。」

「喔，西奧。你真是沒救了。」

他往前靠在桌上，從他的眼角，他可以看到那名獄警正在搖頭。於是，他又往回坐。「你要繼續說你的故事嗎？我想要知道所有的事。」

「我會的，不過，首先，告訴我一件關於你自己的事。一件悲傷的事。我有太多悲傷的事可說了。」

「老實說，我有點說謊，而且還虛情假意。」他說。

「我們都一樣。這是真的。」

她剝著指甲的邊緣，在椅子上左右搖晃，等待著他進一步解釋。羅絲從來都安靜不下來，從來都很好動。監獄一定讓她很難受。

「我是用虛假的理由來這裡的。」他終於表示。

「什麼理由？繼續說下去，看看我會不會感到震驚。」語畢，她笑了。她的笑容是那麼深沉、那麼尖銳。那麼地讓人不安。「不過，西奧，再也沒有什麼能讓我感到震驚的了。絕對沒有。」

「你同意要和我談，」他回覆道。「是因為我想要寫一本關於你和亞伯的紀實報導。」

她點點頭；她的笑容已經消失無蹤了。

他繼續說道：「我打算寫這本關於你的書，完全是在利用你。」

「如果我知道的話，那就不算是利用了，不是嗎？」

「我想是吧。」

「我等不及要拜讀了。」她往前靠，雙手捧著自己的臉，手肘撐在桌面上。「告訴我別的事。」

「我有一個妻子，但是，我嚴重地辜負了她。不過，我辜負最重的人是我兒子。」

羅絲的眼神更柔和了，如果有此可能的話。

他伸出手，想要觸碰她的手，不過，他制止了自己。「我想要告訴你。」

「願聞其詳。」

西奧談及了他從來不曾提起過的艾略特。談及了他自己的工作，他的執念，他一直都相信，是他的執念導致了他兒子的死亡，而最終也讓他的婚姻崩潰。

接下來的一句話是他很久都沒有再對任何人提起過的。「我十五歲的兒子自殺了。」

「我不知道該說什麼……我很遺憾。」

「你什麼都不用說。艾略特在學校裡一直遭到霸凌。為了讓我們家的財務得以週轉，蘇菲一直都在外面工作，因為我的收入不足以支付我們的帳單。我們兩人誰也沒有看到那些警訊，雖然，我應該要看到的，因為我一整天都在家。」他暫停了一下。「總之，我的身體在家；我不知道我的心在哪裡。」

「事後評斷自己總是很容易的。」她緊緊地閉上那雙美麗的眼睛，然後再次睜開。「這構成了你的一切，西奧。這定義了你。」她凝視著他。「所以，你才會來找我。」

她縮起她的膝蓋，將腳跟抵在椅子邊緣，繼續講述她的故事，接續上回沒有說完的部分，她在丹尼爾・迪恩家的走廊上，之後，艾德就開著丹尼爾的MG去見他母親了。

如果，她沒有再次和丹尼爾・迪恩見面的話，也許，她就不會因為殺人而入獄。然而，她確實和他再次見面了，她也因為謀殺而入獄了，在得知她故事的開端之後，那股刺穿他的絕望感，讓西奧質疑起關於他自己和他生活中的許多事：他的命運，那些已經發生的事件、無論是否在你的掌控之下，機會，運氣。愚蠢。不過，更重要的是，他開始清醒地檢視導致他兒子死亡的那些意外。那些被他忽略的徵兆和事件。也許，就像羅絲在那麼多年以前所做的一樣。

22

羅絲

一九九一年四月九日

丹尼爾正在廚房幫我沖一杯茶。

「糖？」

「好。」我的肚子開始咕嚕咕嚕叫，不過不是因為肚子餓了。我在走廊上遇到艾德的事讓我感到不安。

「餓了？我幫你做一份安吉拉捲？你知道嗎，我做的比穆塞爾的好吃太多了。」

我試著要擠出笑容。「也許不用了。我實在不想看到安吉拉捲。」

「你不舒服，我看得出來。是因為艾德嗎？」

他聽到我和艾德在走廊上的對話嗎？「他不喜歡我。」

「他有時候會有點遲鈍。他就是這樣。不要理他。」

我掃視著廚房。「我有好多事要做，快要考試了。我應該要在家溫習功課的。」

他向我靠近。「休息幾天，和我在一起。」他碰了一下我的手臂，一股電流瞬間竄過我的每一個分子。他轉向那兩只馬克杯，用一根湯匙戳著茶包。我很驚訝他直接把茶沖在茶杯裡，而不是茶壺。「我會幫你複習的。我大部分的考試成績都勝過邁爾斯。」

我勉強地笑了笑。「你贏過邁爾斯？」儘管我偶爾會在穆塞爾看到邁爾斯心不在焉的樣子，不過，我一直認為他以前應該是一名認真而優秀的醫學系學生。

「是啊。要加牛奶嗎？」

「好的，麻煩你。」我從他手中接過馬克杯。他露齒而笑，將一大撮深色的頭髮往後撥。我喜歡他梳理長髮的方式，他就那樣任憑那頭捲髮垂落在頸背上。「邁爾斯人很好。」

「他是我們最好的醫生之一。」他撓撓頭。「雖然，有時候我們對事情的看法並不一樣。」

「什麼樣的事情？」

「大部分的事。」他再度咧嘴笑道。在他說話的同時，他已經做好了一份起司酸黃瓜三明治。他把盤子推向我。

「謝謝。」我說。「這是我的最愛。」

他在一張廚房的高腳凳上坐下來。「告訴我關於你的事。關於你母親、你弟弟的事。我想要知道。」

驀然之間，我想要把所有的事都告訴他。考試的壓力，一切的壓力，我需要一個出口。「我媽媽在一間工廠兼職。嗯，是啊。最近，她找到了另一份工作。她和我父親離婚了。她有一點……問題。」我瞄了他一眼；他很認真地在傾聽。

眼淚立刻就湧上來了，我完全止不住淚水。

「一切都會沒事的，」他聲音輕柔地說。「你和你媽媽的關係如何？」

「有點破裂。」

「那你父親呢？」

「在我父親離開之後，我只見過他一次。他回到愛爾蘭去了，那是我父母出生的地方。大約在他拋棄我們的一年以後，他來到英格蘭，帶我出去喝茶，和他的新老婆一起。山姆沒有和我們一起去；他當時年紀還太小，甚至還不到兩歲。當下的每一分鐘都讓我憎恨。我很沒有禮貌，當我沒有表現出無禮的時候，我就保持著沉默。那個下午過得彷彿永無止境一樣。我敢打賭，他們一定等不及要送我回家。」

我停下來整理著自己的情緒。他讓我保持沉默，然後，我想起了那天剩下的時間。

我父親、母親和那個新老婆都以為我直接上樓回房了，但是，我當然會躲在二樓樓梯口偷聽他們的談話。就在那個時候，我聽到我父親對我母親說了一些我假裝並非真實的話：我母親被迫辭職，因為她工作的工廠掉了一筆錢；什麼關於你腦子裡面的話，還有她向來都保證她有吃藥，但是卻從來沒有吃過，反正總是堅持不了太久。那從來都不是一段婚姻，而且你甚至也沒有努力過。這些話對一個八歲的孩子而言全都沒有什麼意義。我拒絕再和我父親見面，幾年之後，他也就不再試著來看我了。我當然記得那些對話——每當她忘了幫我們做某些重要的事情，例如預約牙醫或醫院看診的時候，每當她忘了家長會的時候。以及每當警察來敲門的時候。

我繼續往下說，和丹尼爾分享了更多的事。「等到我十三歲的時候，山姆已經是我在照顧了——我同時也得照顧我母親。她應該要服藥的。反正，那時候，我的學校紀錄明顯地顯示出我未來的發展應該還不錯，因此，她也努力試著和我相處，我們之間的關係也有了些許的改善。」

「這就是父母，啊？」他把盤子推近。「你母親現在有服藥嗎？」

「當她記得的時候。」

不過，當她以為她不會被抓到的時候，她依然會有點行竊的傾向。那就是我之所以盡可能多給她一些錢的原因之一。

我決定轉換話題。「你父親為你感到驕傲嗎？」我拾起最後一點三明治，開始小口小口地啃著。

「對於我不當執業醫生，反而當了一名顧問，他依然有點生氣。我想，他從來都沒想到我會從事管理。他認為我應該要拯救這個世界。那就是他努力在做的事。」他挪開目光，定定地注視著廚房遠處的某個角落，這讓我察覺到當日在餐廳裡所見到的那股悲傷。也許，這也是他之所以無法和我四目相對的原因。人們在談到令自己困擾的事情時，總是無法直視著對方的眼睛。每當有人問起我父親的時候，我也是如此。

他拾起一條抹布，開始擦拭一片流理台。「他是否為我感到驕傲？他會的，總有一天。」語畢，他把抹布折疊好，端正地放在窗台上。

我從椅子上跳起來。「我想要看你家其他的部分，丹尼爾。」

「這房子正在整修。我已經翻修了一年。這些事情需要時間。等我把它賣掉時，但願我可以賺到不少利潤。」

「這麼說，它還不算是個家嘍？」

「有可能是。」他抓起我的手。「走吧，讓我帶你到處去看看。」

23

丹尼爾帶我穿過客廳，中東式的客廳裡有著餐具櫃和彩色的燈具。兩張萊姆綠的沙發面對面地擺著。在精心的設計下，色彩鮮明的絲質大靠墊散佈在沙發上——我泛起一絲微笑——有點太對稱了。牆壁上覆蓋著橡木鑲板，那對座落在房間一側的露台門漆成了暗綠色；紅色的窗簾從錯綜複雜的鍛鐵鉤上垂落而下。真的很漂亮。

我走到門邊往外看，瞥見了花園右邊有一棟附屬的建築物。丹尼爾告訴我，那是他享受木工樂趣的地方。那兩扇露台門通往一座小陽台，一張木桌就擺在陽台正中間。一座迴旋的樓梯從陽台往下盤旋到草坪上，草坪四周圍繞著開花的灌木、白樺樹，以及一棵老到樹根都暴露在外的老橡樹，濃密的樹枝上長滿節瘤，宛如老人的手指。

我想到我和湯姆與凱茜同住的那棟屋子，潮濕、腐朽，如果你把早餐碗放在一個地方太久，甚至還會有東西爬進碗裡。儘管如此，我們的小窩充滿了安全感和愛。丹尼爾的房子雖然很美，卻很空虛。丹尼爾很寂寞。

他加入我在門邊的行列。「走吧，我帶你繼續參觀。」

我跟著他穿越走廊，走向一間小一點的起居室，裡面滿滿都是書籍。那扇小型的落地窗旁邊擺了一張搖椅。

這裡就是丹尼爾消磨時間的地方。我尋找著他生活的痕跡，很快地看到了幾張照片，一個男孩和一個女孩在鄉間的照片，我猜那並非英國。我指著照片。「那是你和你姊姊嗎？」

「對，在摩洛哥，我們去玩。」

我走近一些。「你們兩個看起來都很快樂。」

「是啊。我們的童年特別地無憂無慮。」不過，他的語氣和他所說的話並不一致，我在他的臉上也看到了隱隱的悲傷。他彎身把搖椅上的靠墊調整好。

「我希望有一天能見到她。」我說。

「你會的，雖然，她並不常走出她家的方圓二十哩之外。」

「你常和她見面嗎？」

「是的，不過主要都是我去找她。她很少到這裡來。」

「真是個好弟弟！」

「事實就是這樣。」

我走向鑲嵌在牆壁裡的書櫃，裡面滿滿都是醫學的書籍、小說、自傳，所有可以想像得到的類別，包括一些我很難想像會出現在男人櫃子裡的書。丹尼爾的興趣兼容並蓄。我想我很喜歡這樣。他喜歡看書，這點也讓我喜歡。

「我還有很多醫學書籍，不過，都放在醫院的辦公室裡。」他說。

看到那些教科書讓我突然感到一陣焦慮。我的生化臨床評估和筆試很快就要來臨了，而我卻連一半的內容都還搞不懂。我應該待在家裡，和湯姆坐在那張扁平破舊的沙發上，徹底地把課本摸透。我伸出手，拿下幾本生物化學和臨床推理的教科書。

「那是你感到棘手的科目嗎？」

「還有其他的東西。」

「我猜，你想要當個全科醫生？」

我佯裝厭惡地把手中的書扔到沙發上。「不，我不想。為什麼大家都認為每個醫學系的女學生都想要當全科醫生呢？」

他咧嘴一笑。「骨科嗎？」

「那就更荒謬了。兒科。」

「真偉大。」

「我喜歡小孩。」

「是嗎？」

「對，我喜歡。」我突然想起人們在尋找一個你認為可以照顧你的伴侶時，是否牽涉到什麼樣的心理因素。因為這種事向來都是這樣的。在本能的層面上，一個女人可以嗅出完美的繁殖伴侶，但這個伴侶並非總是最完美無瑕的肉體樣本。而是她相信將會和她一起撫養孩子的人。我知道這不太符合女性主義，不過卻有其道理。在男性方面，情況就有點不同了。他們尋找的伴侶是看起來健康，並且有潛力為這個世界帶來完美孩子的人。好吧，我們進化了，但是，在骨子裡，那就是我們運作的方式：尋找好的基因對象，這也是你之所以不會對你的兄弟姊妹產生幻想的原因；這是大自然改變基因庫的方式。我想，這就是我們為什麼會被和我們截然相反的人所吸引的原因。我想到了可愛的湯姆；我們的孩子一定很糟糕。不過，如果他和凱茜有孩子的話，那就會是很棒的組合。不過，我確實希望有一天能有小孩。一窩的孩子。和一個對的人。

丹尼爾摟住我的肩膀。「我很抱歉之前發生的事。我太蠢了。」

「我不希望你覺得抱歉。我們已經共同面對了。我和你一樣都有責任。」

我看著他坐到椅子上，雙腿交叉，我的胃又在翻攪了。他對我的吸引力就像一塊工業用的強力磁鐵。

「來吧，」他說。「我帶你去臥室。」

我翻了個白眼。

「啊，羅絲，我不是那個意思。那裡是木工一直都還在施工的地方。去看一眼吧。」

「看你的藝術創作嗎？」

他發出爆笑。「是啊，那些也算在內。」

上樓之後，他推開他臥室的門，一走進去，我赤裸的腳就陷入了深灰色的地毯裡。房間前面有一扇凸窗正對著房門，窗戶旁邊則擺著一張沙發。房間左邊有另一扇門，通往鋪滿白色磁磚的浴室，浴室裡掛著和地毯同色的深灰色毛巾。

房間中央是丹尼爾的床。床頭板和床腳的桃花心木上有著精美的雕刻。女人和嬰孩。那些細節令人讚嘆。我往前靠得更近，目不轉睛地注視著。

「很漂亮，你不覺得嗎？」他說。

「很美。」

「一件藝術品。」他往前走近，檢視著那些工藝。「幾近完美。」

「這就是木工一直在做的？」我問。

「是啊，花了他好幾個月的時間。」

「為什麼？」

「因為那是一件藝術品，就像我剛才說的。」

「我的意思是，你為什麼要做這樣的一張床？」那些女人都圍繞在同一個主題上。她們都是同一個女子。她的頭髮引起了我的注意。雕刻者巧妙地捕捉到了它的精髓。大片的捲髮驕傲地挺立著。我發誓，那有可能是我，只不過那些女子的形象看起來更為年長。還有兩個嬰孩，雕刻者很清楚地刻出了他們的性別，一個男孩，一個女孩。

「那是取自於我孩提時代在摩洛哥一間教堂裡很喜歡的一個意象。我們小的時候，我父親曾經帶我們去過那裡。」

「你和你姊姊？」

他坐在床邊，幾乎淹沒在賞心悅目的米色寢具裡。「對，我和我姊姊。」他撫摸著木頭。「說真的，我是為了我父親做這張床的。這是一份遲來的七十歲生日禮物。我知道他會喜歡的。

我正在想辦法，看看能怎麼把它運到摩洛哥。」

「那真是一個很棒的主意。」我在他旁邊坐下。「你知道，我一直都想要有個姊妹。」

我仔細看著他，再度感受到他的不快樂。他曾經寂寞嗎？他和他姊姊的關係是否完全不如預期？或者原本可以更好？我可以理解。家人的關係總是很棘手。丹尼爾的生活裡少了什麼？我之所以知道，是因為那也許和我經常感覺到的那股寂寞很相像。

他轉過身，溫柔地用雙手輕輕托住我的臉。他的手是那麼地滑順，我可以聞到他使用的乳液香味。地毯的皺褶輕撫著我的雙腳，當他向前傾身吻我時，我夾緊了腳趾之間鬆軟的地毯，同時將身體貼近他。我們雙雙往後倒在棉花糖般的羽絨被上，我的手沿著他的背部游移，感受著他背上平行於脊椎的每一個凹凸起伏和曲線——那是我大腦裡醫生的那個部分一直都在思考的問題，思考著為什麼丹尼爾有時候在轉動他的脖子時會有問題。緊張，也許是壓力。

在閉上雙眼之下，我的手從他的脊椎滑開，往內而去。我可以感覺到他的手指輕觸著我的臉頰。我睜開眼睛，捕捉到了他溫柔、發亮的神情。他伸手打開床邊的抽屜，拿出一只已經打開的保險套。

「不用再擔心害怕了。」

我對他笑笑，讓他輕輕地褪去我的襯衫。他的手繼續往下，手指撫過我的肌膚，深深地探索。我不禁咬住了他的肩膀。

他拿起那只保險套，遞給我。「你來把它戴上。」我看著他。「像這樣。」他把那只橡膠套在自己身上，再將我的手放置其上，然後，將臉埋入我的脖子。

我把臀部往上推，一股短暫卻熱切的快感吞噬了我。他的節奏變得越來越快，一股張力也開始逐步堆疊。隨著時間一分一秒的過去，我感受到了他的釋放，當他趴在我的胸口時，我再度推起臀部，更多的歡愉淹沒了我的身體。

他低頭笑看著我。「我——」

「噓。」說著，我在他的鼻子上印下一吻。

我們躺在逐漸隱沒的午後陽光底下。也許，我們睡了一會兒。我不知道。我只記得那股全然滿足的感覺。

當丹尼爾拿起那本他一進房間就放在床上的生物化學課本時，天色已經昏暗了。他挪向床頭板，往後坐，那名女子木刻的頭髮就在他的左肩旁邊。他拍拍旁邊的空位，然後打開那本書。

「你在開玩笑，對嗎？」我說。

「我不希望你沒考過。」他側看著我，然後調整著他腦後的靠墊。

「現在？」

「對，現在。」他研究著目錄。「我們應該要從基本的開始嗎？」

我從邊上仔細看著他。我喜歡他做事的方式。我是這麼地喜歡他。「好啊，有何不可？」

我們討論了兩個小時，我無法相信我學到了那麼多。丹尼爾從床上起身，下樓去準備食物，然後捧著滿滿的一個托盤回到臥室。罐頭鮪魚和沙拉，剛烤好的麵包。我們坐在床上吃著晚餐。

他也帶了啤酒上樓來。之後，我們又繼續探討生物化學。在結束我們事先同意需要複習的最後一章時，我躺回床上，什麼也不再記得，直到他把我喚醒為止。

太陽在屋外高照，我已經睡了整個晚上。丹尼爾正站在窗邊，他已經穿戴整齊了。他撫摸著那些雕刻，同時低頭看著我。

「我甚至還沒刷牙呢。」我說。

「我已經在浴室裡放了一把新牙刷。我向來都會多備一把。還有，很幸運地，我姊姊上次來的時候留下了一盒瑪莎百貨的女用內褲，還未拆封。」

我靠在自己的手肘上端詳著他。「謝謝。」

「等你準備好的時候就下樓來吧，因為，在一頓美味的罐頭鮪魚晚餐之後，今天早上，我們應該要好好享用豐盛的炒蛋。」說完，他就離開了房間。

我閉上雙眼。

我有點陷入了愛河，不過，我絕對沉浸在了慾望裡。

24

一九九一年四月十日

我穿著丹尼爾的一件舊襯衫窩在廚房裡，吃著炒蛋，喝著滲濾式的咖啡，空氣裡瀰漫著食物的香味。我感到如此地愜意。

「等一下想去散步，神清氣爽一下嗎？」他問。

「聽起來不錯。」

當門鈴響起的時候，我正在喝光最後的一點咖啡。我低頭看著身上的襯衫，真心希望不會是艾德。

丹尼爾走出廚房。

一名女子的聲音從走廊傳來。感謝上帝，不是艾德。

丹尼爾和一名中年婦女回到廚房，女子的體型嬌小，她有著一頭蓬鬆的白髮和明亮的藍眼睛，微微往上翹的鼻子和高聳的顴骨。當她走近時，我看到她的臉上寫滿了焦慮。她的目光朝我看過來。「對不起，丹尼爾。我不知道你有客人。我想不透你為什麼週三會在家。老實說，我原本是來找艾德談談的。」

「我正在休假。太久沒有放假了。不過，沒關係的，芬絲伯太太，我向來都很高興見到你。這位是羅絲，我女朋友。她會在這裡住幾天。」他看著我。「這是芬絲伯太太，我最棒的清潔工。她是我不可或缺的一個女人。」

芬絲伯太太的臉皺得更厲害了。「是羅伯。他又被捕了。」

「我正在泡茶。坐吧。」

她點點頭。「他擅闖這個社區裡的一棟房子。我實在不敢相信。」

我瞄著正忙著用茶壺泡茶的丹尼爾。他沒有幫芬絲伯太太用馬克杯泡茶。

「在自家門口拉屎？」他把一只瓷杯放在她面前，然後揉揉她的肩膀。「你兒子並不聰明，如果你不介意我這麼說的話。他這回才出獄多久？」

「不到一年。不過，這次的事件會讓他被判刑更久。」她的臉上掠過一絲稍縱即逝的微笑。「是啊，他不是最聰明的，丹尼爾。他遺傳了他老爸。可是，我只有他了。」

「你有好律師嗎？」

「這就是問題所在。我負擔不起。他得要接受法院指派給他的當值律師。」

「告訴我詳情，我會幫你找個好律師。還有，不用擔心錢的問題。」

現在，她真的開始哭泣了。「我不知道要怎麼謝你。」

「只要繼續把我的房子打掃得很完美就好。」

她透過淚光笑看著他。「艾德好嗎？」

「他去看他母親了。」

「啊，那很好。告訴他，等他回來的時候，我有新的食譜讓他試用。他太會做菜了。我想，他可以先試做看看，然後再告訴我可以怎麼微調。」

芬絲伯太太人似乎很不錯，縱使他兒子是個竊賊。

「我會的，芬絲伯太太，」丹尼爾回答。「羅伯需要改變他自己。他也需要一份工作。這樣他就不會去惹麻煩。有個好律師幫他的話，他應該只會被關幾個月。」

「你真是太好了。我告訴你，等我稍後見到他的時候，我一定要給他一記耳光。」她大口喝著丹尼爾幫她加了三顆糖的那杯茶——他顯然很清楚她喝茶的方式——然後站起身。「很抱歉打擾了你們這對愛情鳥。」她看著我。「你是個幸運的女孩，羅絲。沒有人能和丹尼爾一樣。沒有。」說完，她就兀自走向前門離開了。

「哇。」我說。

「哇，沒錯。該死的羅伯。如果他還堅持要把竊盜當成職志的話，我希望他可以精進一下他的技術。」

我聞言大笑。「可憐的芬絲伯太太。」不過，我的表情立刻嚴肅了起來。「她喜歡你。」

「我喜歡她。」

「你能幫她真的很好。」

「不是很好。我認識她很多年了。羅伯一直讓她很頭痛，但是，他是她的兒子。是家人。」

他跳起來。「你不用拘束，把這裡當作你自己家吧。我還有幾通電話要打。」

語畢，他走向那間小起居室，我猜，他是去幫芬絲伯太太解決她那個迷途兒子的問題了。

我回到樓上，沿著二樓樓梯口走進他的臥室，準備洗個澡。我讓水沖刷在我身上好一會兒，才用一條灰色的厚毛巾裹住自己。那包瑪莎百貨的內褲就躺在角落的地板上。我拿出一件，看起來應該很合身。丹尼爾的姊姊顯然和我體型相近。我打開水槽上方的大櫃子，尋找著體香劑。只見三個罐子完美地排列在最上層。我伸手拿下一罐，隨即注意到右邊那罐的牌子並不一樣。不含鋁。是我偏好的那種。這款對女性比較好，不會對乳房纖維造成影響。我把它塗在身上，然後把兩只罐子重新放回櫃子裡。

丹尼爾之前說他會送我回家，讓我收拾一些過夜的用品，我答應了。我想要在這裡待久一點。

我回到臥室，拾起我們昨晚複習過的那本教科書，重重地坐到沙發上。陽光灑落在房間裡。我往後靠，試著要讀書，不過，我的注意力就是無法落在書本上，我索性把書扔在地板上。我立刻就回心轉意了，然而，當我笨拙地想要把書從沙發底下抽出來時，我的手碰到了紙張。我放棄了那本書，轉而用我的腳跟把那張紙勾向我，然後撿起來。

和邁爾斯談談。

不要忘了A的生日。

我把那張紙放在我的腿上。在盯著那張紙看了一會兒之後，我想到了放在那輛MG乘客座上的那只粉紅色信封。丹尼爾真的不想忘記艾德母親的生日。真是個體貼的人。接著，我把那張紙塞回我發現它的地方。我最不希望發生的事，就是讓丹尼爾以為我是個窺探狂。

我從椅背上拿回我的衣服，決定把它們掛起來，好讓皺褶變平。（我和丹尼爾一樣都有潔癖嗎？我問著自己。）我看著眼前的兩座衣櫥，試著打開靠近床的那一座，希望可以找到一個空的衣架。鎖住了。我四下環顧，尋找著鑰匙，但是什麼也沒有。

另一座衣櫥並沒有上鎖。呈現在我眼前的是一排按照顏色排列工整的襯衫，從左邊的白色開始，一直到右邊的黑色，中間則是各種不同的顏色，全部的款式都很雷同。我抓了一只衣架，然後瞄著我的手錶，不知道丹尼爾需要多久的時間，因為今天看起來天氣很棒。散步正是我所需要的。

「你找到你需要的東西了嗎？」

他的聲音讓我嚇了一跳。「找到了，謝謝。」

我依然站在他的衣櫥前面，因此，我朝著那一排襯衫揮了揮手臂。「我想你有一點強迫症。」

他往前走近，將我擁入懷裡，我鼠蹊之間的悸動立刻就流竄到了我的大腿內側。「我希望你能幫我治癒這個習慣。」他停了一下。「走吧，我們出發吧，不然的話，我們也許永遠都離開不了這間臥室了。」

我們轉身走向房門。經過那張床的時候，我順手撫過那些雕刻，感受到了木頭的光滑、溫暖和撫慰。

25

一九九一年六月十五日

在湯姆的大力幫助下，最終，我對我的筆試感到相當自信。丹尼爾信守承諾地沒有再來找我。自從四月底以來，我只見過他幾次而已，雖然，他經常會打電話給我。因此，在考試結果公布於主布告欄的前三天，也就是解剖學口試的前一天，當我被叫到威爾金斯教授的辦公室時，我並不擔心，我所要擔心的是實習的問題。那才是我所害怕的。

威哥——全校都這麼叫他——以缺乏社交禮儀、沒有規矩和不懂幽默而聞名，因此，我做好心理準備，敲了敲門，然後等待他的指示。他花了二十五秒才叫我進去。這也是他眾所周知的一貫作風。刻意讓你感到不安。他有點惡劣，不過，所有的講師都一樣。全都是男性、全都上了年紀、全都守舊，而且對女性參加特定的課程都感到不滿，更遑論讓女性進入這個專業領域：歇斯底里的女人——在這種理性客觀的行業裡，她們能有什麼用處？

我們班上有百分之十五是女性，因此，我們這些女性通常都會聚在一起，雖然，有時候我覺得有些女學生的厭女態度比男性更有過之而無不及。我注意到，男生毫無疑問地會彼此互相掩護，但是，女生就未必了。我同年級裡有五個女學生，但是，我只和其中一名交談，雖然我們絕對稱不上是朋友。過去四年裡，我一直很寂寞，偶爾，我會懷疑我未來的職業生涯是否也會有同樣的感覺。因為如此，我才那麼快就愛上丹尼爾嗎？因為我們雖然如此不同，但卻又如此相似。孤狼。離群的野象。我比較喜歡第二個比喻。

我走進擁擠的辦公室；威哥從來都不開窗。辦公室裡瀰漫著一股走味的雪茄和老人的味道。他一定至少有七十歲了，雖然他看起來像一百零六歲，而且很像散落在解剖室裡的屍體。大家都知道他一定會捐出他的遺體；每個人都希望在一點點的運氣之下——或者不幸之下；這端視你怎麼看待這件事——他的遺體不會出現在自己的解剖台上。

我深深吸了一口混濁的空氣，一股噁心的感覺立刻油然而生；接下來幾天，我都會覺得不舒服，而且會一直不舒服到考試那天。威哥背對著我，從他的書櫥上抽出一本老舊的書。灰塵隨即在氣氛凝重的空氣裡飛散。

他開口了，不過依然沒有轉過身來。

「特拉爾小姐，坐下。」

我坐下來，雙腿交叉，又一股噁心的感覺襲來。我看到他桌上有一壺水。我敢問他要點水嗎？我真的要了。出乎我意料地，他背對著我說：「請自便。」在我吞下一整杯水之後，他也轉過身來了。

「特拉爾小姐，你的考試結果令人擔心。」他咳了咳。「還有你目前的整體態度。我注意到，你的實習前研究報告還未完成，瓦爾納先生預期最遲能在上週收到你們寄出的報告。」

「我已經寄出了，老師，兩週前就寄出了。」是丹尼爾幫我寄的。當時，他來找我喝茶，並且看看我的情況如何。他並不想久留，不想在考試前打擾我，然後就拿著那個包裹到郵局去了。

「我寄了，老師。」我重複了一次。威哥最討厭別人重複說話。

「瓦爾納先生並沒有收到，還有，我很抱歉通知你，你的筆試看起來不如我們所希望的那樣。」他帶著他以為是同情的表情看著我。那是一絲苦惱的神情，因為他不知道要如何做到他想要做的那個表情。「醫學可能很富有挑戰性。這是一份職志，一個使命。它需要完全的專注。」我等待著；知道他就要說出那句話了。「有時候，女性很難專注——」

我跳起來；那個杯子也從桌上彈起。「那完全是胡說八道。如果你不知道那是胡扯的話，那就是你該退休的時候了……老師。」喔，羅絲，你在說什麼？這不過是事實罷了。這句話已經醞釀了四年。甚至更久。

我不得不佩服他，他的表情絲毫沒有變化。

「你明天有解剖學的口試。要好好準備。」

「要比我班上的男生準備得更充分嗎？」別再說了，羅絲。

「甩嘴皮子造就不了一名好醫生。」他停了一下。「大四的筆試沒過也一樣當不了好醫生。」

那股嘔吐的感覺已經湧上我的食道了。我跌跌撞撞地走向門口。「我會把一份我的實習前研究報告送給瓦爾納先生的。明天，我會親自送到里茲醫院。」口試結束之後，我會送到那裡。我也會問問湯姆，他父親是否可以順道載我一程。

「明天九點整見，特拉爾小姐。」

汗水簌簌地流下我的胸口。我的胸部感到一陣疼痛。丹尼爾告訴我他已經寄出去了。也許寄丟了。我沒有要求他用掛號信寄出。我為什麼沒有要求呢？

還有我的考試結果。在成績正式公布之前，把一個學生叫去討論成績的事並不尋常。我一定考得奇差無比。我加快腳步沿著走廊走到女盥洗室。踢開門之後，我衝進一間廁所，彎身在馬桶上吐了起來。當我沖水時，看著那片砂子色的東西宛如漩渦般地往下流走之際，我的生命也在我的注視下被沖走了。

✦

我不知怎麼地回到了家，然後打電話給丹尼爾。我知道我這麼做並不合理，但是，我聽到他在電話那頭叫艾德把我的實習前研究報告送到里茲去。

「不要！」我朝著話筒大喊。

「冷靜，羅絲。我再半個小時就好了，然後，我會送去。」

「就像你把它寄出去一樣？」我說。

那時，湯姆正站在我旁邊，我猜，他大概知道發生了什麼事。早在期限還沒有到之前，他就已經把他的實習前研究報告寄給他的指導教師了，並且也收到了一張郵寄的收據。我為什麼沒有檢查自己是否收到了收據？我完全失去了理智。

「你還好吧？」他問。

「不，我不好。我想，我也沒有通過筆試。」

「天哪。」

「丹尼爾很快就會到了。他會幫我把我的實習前研究報告送到里茲。」

「我可以問我父親有沒有空。」

「沒關係，不過，謝謝你。」

他無奈地聳聳肩，然後說：「你得為了明天的口試冷靜下來。你知道那些保守派在口試的時候自有把女學生生吞活剝的方法。」

「我知道。我不會有事的。」

「你看起來不像沒事。你看起來像生病了。」

「我想我是有點不舒服。等丹尼爾來過之後，我會小睡幾個小時。」

「我要去圖書館。晚點再看看你的狀況。」

「謝謝。」一股噁心的感覺再度向我襲來，我立刻推開他，衝向洗手間。

✦

丹尼爾在我們通話之後三十分鐘準時出現了。他將我擁入懷裡，不過，什麼也沒說。

我把包裹遞給他。「確定它會被送到，丹尼爾。」

「我會的。之前那份也確實有被寄出。」

「你寄的嗎？」

「我把它交給了艾德。他連同我所有的信件都一起拿去了郵局。」他看著我。「它確實被郵寄出去了，羅絲。」

我沒有回答；沒什麼可說的。

他繼續說道：「別擔心你的考試；他們只是要給你壓力而已。他沒有說你考試沒有通過。混蛋。把明天的口試準備好吧。」他的目光掃過我的臉龐。「你看起來很蒼白。」

「我很擔心，也許你沒有注意到。」

「等你明天考完試，我再打電話給你。」他在我的臉頰上輕吻了一下，隨即拿著那個信封離開了。

我很高興可以獨處。我像個殭屍一樣地走上樓，一頭倒在床上，睡了大約兩個小時，然後坐在我的書桌前面，針對肩帶複合體進行最後一分鐘的複習。我的目光落在那些筆記上——聽診三角，我一邊讀，一邊從櫃子上抽出那個塑膠的肩膀模型。仔細研究著那些名稱和位置、那些支撐肩膀的肌肉群以及肌肉群之間的間隙，還有支配那些肌肉的神經。

那些名稱在我的眼前飛舞，尺骨、橈骨、肱骨、正中神經。我的胃已經不再翻攪了。因此，我下樓去吃了點吐司。然後再繼續複習，直到深夜。丹尼爾打電話到我的公寓，在答錄機裡留了話。那個包裹已經送到了麥克．瓦爾納先生手中。安全無虞了。

我爬到床上，腦袋裡充滿了解剖學和拉丁文的名稱。充滿了丹尼爾和我所犯下的錯誤。

26

一九九一年六月十六日

「特拉爾小姐，」那個資深解剖學講師公然盯著我的胸部看，然後才把目光往上挪。我的頭髮往後梳，我懷疑他是否正在仔細打量一夜之間出現在我鼻子上的皺紋。「請你簡短地解釋一下肌肉的概括結構，以及肩帶複合體附近的主要神經，然後再用你面前那個骨骼模型說明一下你的回答。」

我抬頭挺胸地給出了我的解釋。「聽診三角的界線：最上方是斜方肌的下緣；下方是背闊肌；兩側則位於肩胛骨內緣的外側。旋轉肌袖是提供盂肱關節穩定的重要肌肉。」

「告訴我旋轉肌袖的肌肉名稱，特拉爾小姐。」

簡單。「小圓肌、棘上肌、棘下肌，還有……」我的聲音越來越小。不見了，最後一個答案。

「這是很簡單的問題。請回答。」

我在我擁擠又模糊的大腦中搜尋。那個答案真的不見了。

他嘆了一聲。「肩胛下肌，特拉爾小姐。提醒我不要讓你加入我的外科手術團隊。」我知道我此刻一定面紅耳赤。我最討厭臉紅了，特別是在這種情況下。「現在，請繼續告訴我上胸椎背部的其他肌肉。」他稍微停頓了一下。「如果你記得起來的話。」

我深深吸了一口氣，告訴自己不要讓他激怒我。接下來的十五分鐘過得還算順利，我想。事實上，我相信這位受人尊敬的老師在菱形肌以及菱形肌和提肩胛肌的協同作用上搞錯了，提肩胛肌抬高了肩胛骨內側邊緣，也往下旋轉了和盂肱關節有關的肩胛骨，於是，我把這點告訴了他。身為一名女性，這麼做當然大錯特錯。他沉下臉，我看到他瞄了一眼放在他面前的那本基礎解剖學。如果我是一個男學生的話，我知道我們一定會對我這番意見相互調侃。但是，他不會這樣對待我。丹尼爾是對的。他們全都是混蛋。

當我離開那間房間時，排在我後面等著進去的那個學生正坐在走廊上那排硬邦邦的椅子邊緣。蓋瑞．波頓。一個好人。他點點頭，沒有問我順利與否。這算是我們所有人之間的一個規矩。絕對不要問。我看到湯姆坐在走廊盡頭。他淡淡地對我笑了笑，不過，他也沒有問。當我快步走過他身邊時，我拍了拍他的肩膀，我絕望地想要走到外面，遠離大學和醫學的味道。還有，失敗的味道。

✦

兩天後，我得到確認，瓦爾納已經收到了我的實習前研究報告。我也發現，我的兩科臨床導向考試都沒有過（我以為我考得還可以），不過，我的解剖學口試成績很好。補考是不可避免的事。至少，他們願意讓我補考。

我跳上床；我覺得糟透了。電話在響，但是，我讓它直接轉接到答錄機。丹尼爾整個早上都在留言。這回又是他。我並沒有起床。

湯姆和凱茜到健身房去了。湯姆幾乎每一場考試的成績都很優異。我懷疑他出去是為了要避開我。他為我感到難過，但是卻無能為力。

我強迫自己從床上起來，然後下樓，心裡掙扎著是否要打電話給我母親，要她過來一趟。這個念頭讓我考慮了至少半個小時。最後，我拿起了電話。當我要求她到Boots去幫我買某個東西時，她並沒有問我任何問題。

她在一個半小時之內就到了，她看起來十分沉著和自制。我根本不想告訴她我考試考砸的事情。此刻，那並不重要。

「我真是不敢相信。」她在走進走廊的時候這麼說。

「我有可能是錯的。」

她把她買來的東西遞給我。她買了兩份。「去吧。我會在這裡等你。」

✦

半個小時之後，我加入了她在廚房的行列。她正在清理。她為什麼不能一直都這樣？她轉過頭，揚起眉毛。

「沒錯。」

「你是個醫學系的學生；你怎麼會怎麼愚蠢？」

有些時候，我母親一針見血的能力真的令我驚訝。現在就是如此，我不禁感到怒火中燒。

「一次就好，你難道不能試著控制你自己嘴巴裡吐出來的話嗎？」

「這是你的人生。你應該要吃避孕藥的。」

「我吃了事後的避孕藥。我們用了保險套。這不應該發生的。」

「是你新男友的嗎？」她靜靜地問。

「當然是。」我面對著她。「你走吧。我需要一點空間。」

她不說二話地起身，然後離開了。

我回到樓上，再度躺下來。不到一個小時之後，我打了電話給丹尼爾。

「不會有事的。」他說。

「現在不是時候，完全不是。」

「我們先搞定你的考試和實習再說。你會告訴你的導師嗎？」他溫柔地問。

「告訴他我要墮胎嗎？」

「不，羅絲，我要你。我要這個孩子。」他在電話那頭安靜了下來。「我愛你。」

我開始哭泣。這就是我想要聽到的。是我需要聽到的。我沒有墮胎的道德問題，但是，我不能這麼做。

「我這就過來。」他說。

「你真的想要孩子？」

「那不是問題，羅絲。」

「你可以現在就來嗎？」

「我已經在車上了。」

我把前門的門閂打開，回到我的臥室等待。一個孩子。我無法思考。

我聽到大門打開又關上，然後是丹尼爾上樓的聲音。我在臥室裡叫了他一聲，他隨即進來，在我身邊躺下。我們什麼也沒有說。最後，他親吻了我的額頭，我側轉過身，看著他。「你真讓人驚訝，丹尼爾。」

「你也是，羅絲。」他把頭埋入我頸窩。

這讓我無法看到他的臉。

27

一九九一年六月十七日

丹尼爾昨天很晚的時候離開了。我告訴他，我想要一個人思考。

我起床打電話到我的全科醫生診所，預約了當天傍晚的時間。醫生確認了驗孕的陽性反應，儘管我想到了前一天晚上，儘管丹尼爾想要我們的孩子，我依然告訴醫生說，我不是百分之百確定我想要繼續懷孕。我需要完成我的學業，我這麼說，然而，內心裡的一股不安卻背叛了我對懷孕的猶豫不決。我需要取得醫生的資格。

他是一名年輕的醫生，也許和丹尼爾年齡相仿，或者再大一點。我仔細打量著他。不超過五十歲。他完全理解我的困境，並且把面紙遞給我。他當我的全科醫生已經有十年了，他知道我的一些問題，全都和我的家庭生活以及我母親有關。他直接建議我和孩子的父親討論，然後又幫我預約了隔天早上在國民保健署的主要醫院門診；明天的門診將可能會讓墮胎的決定付諸行動。最後，我哭著離開了診所。

我無意和丹尼爾討論這個問題。這是我的決定。

隔天，丹尼爾一早就來電了，我幾乎無法忍受聽到他聲音裡的興奮。他希望下午晚點的時候可以見面；我告訴他，我有學校的事要做。

我的門診時間是上午十點，九點半的時候，我就已經坐在候診室了。很幸運地，同時也很出人意料地，他們看診的速度比預期的快，在九點五十分的時候，我已經在一間無菌的諮商室裡了。房間裡聞起來有滴露和消毒乳液的味道。我四下環顧著，牆壁上的油漆斑斑駁駁，天花板上有一盞燈已經壞了，因此感覺很暗。這間房間並沒有對外的窗戶。

即將和我諮詢的醫生有著一張瘦長的臉，那張臉看起來毫無笑意。

「請坐。」她說。

「這麼快就輪到我了，謝謝你。」我一邊回答，一邊坐下來。

她看著我的資料。「時間很寶貴。」她抬起頭看著我，「身為一名醫學系學生，你也明白這點。」

我點點頭。

「四年級？」

我再度點頭。我的情況將對我所想要的結果有利。醫學系四年級的狀態是很實際、也可以理解的墮胎理由。可是，我真的想墮胎嗎？現在，我不確定。

「特拉爾小姐，我現在要針對墮胎進行說明，並且評估那是不是你真心想要的。在我們諮詢過後，如果你依然想要這麼做，那麼，必須有另一位醫生同意，然後，我們才能幫你約定墮胎的時間。我相信你很清楚這個規定？」

「是的，我很清楚。」

「你也很清楚它的過程？它牽涉到什麼？」

我想要說我當然知道，但是，我卻說不出口。

她繼續往下說。「孩子的父親知道你懷孕了嗎？」

「他知道。」

「他同意墮胎嗎？」

「他想怎麼樣並不重要；這是我的選擇。」

這回換她點頭了。「是啊，沒錯。不過，我建議你在做出最後的決定之前，先和他討論一下。」她暫停下來，就在此時，我終於看到她流露出一點情感。「這是目前看起來最好的作法，相信我。」

「好。」我不想和丹尼爾討論墮胎的事，因為……因為……為什麼我不想呢？因為我不希望他覺得我很糟糕，而當下我知道，如果我決定墮胎的話，我將會永遠都覺得自己很糟。在醫學系的第三年，我曾經觀察過一次墮胎。我向來都極力倡導女人要對自己的身體做出自己的選擇，我非常支持墮胎，然而，手術的過程卻很殘酷。我注視著坐在我對面的那名醫生，她對我露出了一絲笑容；那讓她的整張臉都改變了。

接著，她講述了墮胎的流程——這些我全都知道。我的腹部開始翻攪，彷彿正在那裡面成形的細胞也可以聽到她在說話。我的思緒飄回到和丹尼爾在一起的時光、我對他的感覺、他讓我感覺到的，以及他在聽到我懷孕的重磅消息時，那毫無條件且全然接受的態度。

我不能這麼做。

「好了，特拉爾小姐，我會和我同事討論，然後在接下來的七十二小時之內聯繫你。」

我依然在想著丹尼爾，以及我曾經目睹過的墮胎手術，於是，我站起身。「我不能這麼做。」

她也跟著站起來，然後扶著我的手肘，輕輕地將我按回椅子上。「孩子的父親希望你把孩子留下來嗎，特拉爾小姐？」

「是的。」

「你可以把你的學業往後延一年，你知道的。你還年輕。」

「我知道。」我看著她。「這是保密的，對嗎？你不會和我的學校討論這件事？我的系主任？」

「當然不會。」

「我改變主意了。」我小聲地說。

「回家去好好考慮一個星期。我們還有時間；在這段時間內，你不會有事的。」

「我不需要考慮。」

她凝視著我。「是的，我想你不需要。不過，你可以在一週之內和我聯繫，告訴我你最後的決定。」

我再度起身。「謝謝你寶貴的時間。」

她的表情已經回到了我們諮詢之初的模樣。「這是我的工作，特拉爾小姐。」

在回家的公車上，我感到比來時輕鬆了許多。

我已經做好決定了。

28

一九九一年六月十八日

隔天早上，丹尼爾來接我到紐斯特德修道院。我們談了很多，但是，我完全沒有提及我前一天的行程。到下午即將結束的時候，我的決定已經很明確了。我絕對不會墮胎。

回到丹尼爾的房子之後，他幫我準備了茶和吐司，在看了一些無聊的電視節目之後，我們早早就上床了。我們沒有親熱；他只是摟著我，而我一整夜都睡得很安穩。翌日上午，我打電話給我母親，打算告訴她，我要帶丹尼爾過來，不過，她沒有接電話。

在我們開車前往我童年的家時，我不知道當我們抵達的時候，那棟屋子會不會處在一片狼藉之下。時間還早，所以，她可能還在床上，雖然，我希望她已經起床了。丹尼爾把車停好，然後拉起我的手。

「我不確定，」我說。「我母親不太喜歡臨時有人來訪。」

「你先去看看。如果不方便的話，我就不進去。」

「好。」我下了車，走向屋子。她的鞋子整齊地擺在前門外的一張報紙上，還有一把雨傘就插在其中一隻鞋子裡。這是一個好跡象。她一早已經出去散步過了。她很有條理：她把髒鞋子放在屋外，而且出門時也記得帶傘。我掏出我的鑰匙，打開門。令人欣慰的是，屋裡瀰漫著一股強烈的空氣清淨劑味道。我打了個噴嚏。

「媽，是我。」我大聲喊。

她從廚房的門探出頭來。「哈囉，親愛的。」那個樣子就彷彿她前一天到我家、我的驗孕結果和我們的爭吵都沒有發生過一樣。她向來就是這樣。

「我帶丹尼爾來見你。他在外面等著。」

「那就帶他進來。你告訴他了嗎？」

「我當然告訴他了。」

「他知道我知道了？」

「是的，他知道。」

我走回車子。丹尼爾立刻打開車窗。

「進來吧。」我說。

他朝著我豎起大拇指，我也擠出一絲笑容。

我母親在走廊上等著，當她第一眼看到丹尼爾的時候，她瞪大了眼睛。

「很高興再見到你。」他說。

我看了她一眼，然後再看著丹尼爾；不明就裡地聳起肩膀。

「迪恩先生，真是意外。請進。不要站在門口。」

「你們兩個認識彼此？」我直接問丹尼爾。

「我在我面試結束時見到了迪恩先生。」我母親打岔地說。

「面試？」我問。

「在醫院。」丹尼爾幫她回答。

「你的清掃工作？」

「是的，羅絲。」我母親回答。「那份清潔工作。」

我轉向丹尼爾。「你知道？」

「我剛好在等候室遇到……特拉爾太太。」

「是的，」我母親咧嘴笑道。「在我和人事部門面試完之後。」我已經忘了她和我們一起站在走廊裡。

「你沒有想過要告訴我嗎？」

「我不知道瑪麗恩是你母親，羅絲。」丹尼爾說。「我只知道她的名字。」

我母親扶著他的手肘。「到廚房來。我剛好要煮茶。」

「工作還好嗎？」他問她。

「還不錯。」她回答。

「很高興聽到妳這麼說。我知道我們一直都找不到可靠的人。」

「除了剛開始有一些背景問題之外，」她安靜地回答。「我想，我們都搞定了。」

我不知道她是否也坦承了關於順手牽羊的事。如果她說了的話，那就是一大進步。

丹尼爾說：「我應該立刻就把你們兩個聯想在一起。那頭頭髮。」

天哪，她竟然害羞了起來。「我們相遇的時間很短。」她說。

我不敢相信我們居然站在這裡談論這種事。

我們在廚房裡喝茶。我母親和丹尼爾相處得很自在。最後，我終於提出了大家都假裝不存在的問題。

「媽，我要把這個孩子留下來。」我看著丹尼爾。「我們一起決定的。」

她向我靠得更近。「你得要和你的全科醫生確認，羅絲。」

我微微蠕動了一下，我討厭說謊，不過，我並沒有全然說謊，只是沒有把實情全說出來而已。「我確認過了。」

「特拉爾太太，你不用擔心，」丹尼爾溫和地打岔。「我知道一切都發生得太快，不過，我愛你的女兒，我也想要我們的孩子。」他從椅子上往前傾身。「我還沒有問過她，」說著，他看了我一眼。「不過，我已經安排好要去西班牙幾週，如果她能和我同行的話，我會很高興的。」

他再度看著我。「我知道你會反對這個主意，不過，你應該要考慮一下……而且，我希望你母親會同意。」儘管發生了那麼多事，他的舉止依然得體，這讓我泛起一絲微笑。我喜歡這樣。

「我覺得那是個好主意，」我母親說。她對丹尼爾的放心讓我感到不知所措。「剛好給你一點時間思考，親愛的。」

「我會好好照顧她的。特拉爾太太。」

她看著我。「你的實習怎麼辦？」

我再次感到不知所措。她從來都不記得我學業上的細節。我看著丹尼爾。「我得要準備實習的事。」

「你可以在別墅的游泳池畔唸書和準備工作的事。」他說。

「那是你的別墅嗎？」我母親插嘴問道。我得要忍住才能不翻白眼。

「事實上，是我父親的，特拉爾太太。」他回答說。

「我會和你去西班牙，丹尼爾。那會對我有好處的。」我說。

「那會讓你灰色的臉頰增添一點色彩。」我母親說著，對丹尼爾露齒而笑。

我看了看我的手錶。「我們得走了。」說著，我站起來，丹尼爾也尾隨在後。「你看到山姆時，幫我向他問好。」就在那個時候，我聽到前門打開的聲音。

「我的天哪！」山姆在走廊上大喊。「外面的車是誰的？」我們是開那輛MG來的。山姆是個車迷。

他一頭撞進廚房，高瘦的個子和不協調的手腳，宛如一匹小公馬一樣。天知道他在軍中要怎麼活下去。

他先看到了丹尼爾，然後才是我。「嗨，老姊。」他瞄著我。「你看起來……很好。」他的眼神飄向丹尼爾，然後笑得更開心了。「你的車？」

「是的。我是丹尼爾。想要去兜一圈嗎？我是說，我開車載你到23號路口，然後再折回來？」

「現在？」山姆激動地問。

丹尼爾從口袋裡拿出車鑰匙，他們立刻就出門了。

「這個結果還不錯。」我母親說。

「我要去我的舊房間。有些東西我想要帶走。」

「隨便你。」

✦

和丹尼爾回到車上之後，我覺得筋疲力盡。每次和我母親相處完，我都有這樣的感覺。

「山姆喜歡那輛車嗎？」我問。

「愛死了。那是男人的樂趣。」

「我不敢相信我母親在布魯菲爾德工作。」

「我真的不知道她是你母親。我只是短暫見過她一面而已。我不會記得所有的人。我只記得人事部很高興他們終於找到一個英文好的人。」

「那是什麼意思？」

「就是一個能好好聽懂指示的人。那是一個醫療機構。在清潔方面，我們必須很嚴格。我們需要一個英文好的人。」

「你知道她的……過去嗎？」

他看著我。「偷竊罪嗎？是的，他們有告訴我。」他很快地轉了個彎。「她只是個人，應該要給她一個機會。總之，我們來談談更重要的事吧。你真的要和我一起去西班牙？」

我側看著他：散亂的頭髮，輪廓清晰的顴骨上有著黑眼圈，一天沒刮的鬍碴。我點點頭。一切都會好起來的。生活總是充滿了變化。我已經做出了我的決定。我往後坐在座椅上，將雙手放在腹部。

「你已經見過你自己的全科醫生並且確認了？」

「見過了。」

他微微地點點頭。「我擅自做了一件事，希望你不要介意，我幫你在布魯菲爾德預約好了，就在明天。」

「我當然不介意。謝謝你這麼做。」我是否需要向布魯菲爾德私人醫院的產科醫生坦承，我曾經去過國民保健署的醫院，和那名鮮少露出笑容的醫生約診過嗎？不，我不會說的。我不希望丹尼爾知道我甚至曾經考慮過要墮胎。我摸了摸自己的肚子。我感到很重的罪惡感。

丹尼爾把一隻手放在我的手上。「太完美了。你太棒了。」他咧嘴笑道。「而且，醫院終於也找到了一名可靠的清潔人員。」

29

一九九一年六月二十日

我在丹尼爾家過了一夜，當我醒來時，一撮木雕的捲髮就在我的鼻子旁邊，只見丹尼爾把一只裝了花草茶的馬克杯放在我的床頭櫃上。

「好像還很早。」我看著時鐘：早晨七點四十三分。

「我臨時要去赫里福德郡看我姊姊。她有點事情想找我談談。和我父親有關的事。」

我從床上坐起來。「你父親曾經來過英格蘭嗎？」

「很少。」他撥開我眼睛上面的頭髮。「等我們有機會的時候，我會帶你去摩洛哥看他。」

「好。」

他看看手錶。「我該走了，我想錯開尖峰時間。我可能會在那裡住一晚。如果你想的話，你可以留在這裡。冰箱裡塞滿了食物。」他停了一下。「我告訴過艾德不要過來。我知道你們兩個互相不喜歡對方。」

「沒錯。我很遺憾，可是，我覺得他真的很怪。不過，謝謝你讓我留下來。如果你不介意的話，我要打劫你的冰箱，把裡面的東西帶回我的住處。」我對他眨了眨眼。

「沒問題。明天見，祝你今天好運。」

他吻過我的額頭，隨即離開了。

✦

我搭乘巴士到位於諾丁漢市中心的布魯菲爾德，雖然，它兀自座落在遠離塵囂的一片綠意之中。那個偌大的招牌，布魯菲爾德醫院，工整地掛在圍繞著那棟建築物的鐵欄杆上。

一名看起來效率很高的中年前台聽到我報上姓名之後面不改色，我懷疑她並不知道我和這家醫院經理的關係。她朝著候診室指了指，不過，在我走到那裡之前，邁爾斯就把我攔了下來。

「羅絲，很高興見到你。」

「你也是，邁爾斯。」

「還好嗎？」

「很好。我是來見我的產科醫生，馬克·史蒂芬斯醫師。」

「太好了，」他對我說，不過，他聽起來並不熱情。一股尷尬的沉默籠罩在我們之間。他扶著我的手肘，把我帶到一扇門前面，我看到門上有著他的名字。「你可以在我的辦公室裡等。我想，你提早到了。你要喝點什麼嗎？水，果汁，茶？」

「不用了，謝謝。」

「請坐。」

「這間醫院很繁忙。比我想像中還大。」我說，也許是為了找點話說而已。

他點點頭，驀然之間，我感到一股強烈的不安。「事後避孕藥對胚胎有任何影響嗎，邁爾斯？」我問。「根據我所理解的，我想我不會有事，不過，如果有一名合格醫生的保證會更好。」

「這不是我的專業領域，不過，我一直都對研究保持著關注，因為我有不少病人來自產科和婦科。所有的數據都顯示不會有影響。」他停下來，把腿交叉。「很抱歉，那個藥沒什麼效果。」

這番直接了當的說法讓我感到不安。「別這樣。我只是搞不懂而已……而且，我很高興我有孩子了。」

「你的課業怎麼辦？你的職業生涯呢？」

「我可以繼續下去，或者延後一年。」

他深深地吸了一口氣。「你知道……你不需要因為懷孕就和丹尼爾在一起，羅絲。」

我看著他，那雙和善的眼睛，那不自在的姿勢。「我愛他，邁爾斯。而且，我也已經很愛我的孩子了。」我咳了一下，突然覺得喉嚨很乾。

邁爾斯打開他的抽屜，拿出一瓶水。「給你。」他把水遞給我。

「謝謝。」我扭開瓶蓋，喝了一大口。房間裡悶到讓人窒息。

「羅絲……」

「嗯？」

「沒什麼。沒事，不重要。」他岔開腿，讓膝蓋往兩邊打開。他看起來突然輕鬆了起來，彷彿剛做了一個決定一樣。「我們到馬克的辦公室去吧。」他瞄了一眼他的手錶。「他現在應該已經準備好要見你了。我想，今天應該只是聊聊和相互認識一下。幫你量血壓、檢查一下，了解你過去的醫療史。一個小時之內，你就可以出來了。丹尼爾會來接你嗎？」

「不會，他去赫里福德郡看他姊姊了。我今天下午有課。」

「啊……好的。」他站起來，打開門，不過避開了我的目光。

自從和丹尼爾交往之後，這不是我第一次因為曾經拒絕邁爾斯而萌生罪惡感。他是個好人，我真心希望他能找到一個配得上他的人。

✦

馬克．史蒂芬斯醫師是個小個子，大約五呎六吋左右（約一六八公分），連我都比他高出許多。他的動作幅度既小又不連貫，他的表情也大致相同。他的態度很樂觀，而且甚至有點過頭，不過，他很專業，雖然我對他並沒有太多的好感，但是，等到我們的諮詢結束時，我已經很信任他了。那天早上，我告訴丹尼爾，我很樂意選擇國民保健署的醫療系統，如果我在懷孕期間出現什麼複雜的狀況，我當然也會到國民保健署的醫院——因為你很難預料會發生什麼事。不過現在，我們決定選擇私人醫院是最好的作法。我已經決定要保住這個孩子了，我希望一切都會很順利，這樣一來，但願我的課業也會跟著很順利。

當我們結束的時候，馬克往後靠在他的椅子上。「我已經幫你預約好了，要在二十四日幫你做十二週的超音波掃描。」

「太棒了。謝謝你，史蒂芬斯醫師。」

「請叫我馬克就好。」

✦

四天之後，在丹尼爾的陪同下，我回到醫院，仰躺在床上，我的T恤被拉高到了胸罩底下。馬克．史蒂芬斯把超音波的探頭放在我的腹部上，我差點就跳起來撞到天花板。我看著他，面帶笑容地說：「我想，也許把凝膠稍微加熱一點會比較好，馬克。」

他不自然地笑了笑。「抱歉，助產士通常都會幫我把這個準備好。」他看了看手錶，當他看錶的時候，一陣輕微的敲門聲響起。「那應該是卡姆，你的助產士。」

進門來的那名女子有著一頭及肩的紅髮，一臉雀斑，充滿了精力。我猜，她大概三十多歲。

「特拉爾小姐，」她活躍地向我走來。「今天是個大日子！」

我笑著說：「是啊，不是嗎？」

她拾起那管凝膠。「馬克沒有把它放在散熱器上加熱。抱歉，特拉爾小姐——」

「請叫我羅絲。」

「我是卡姆．布雷德里，我會照顧你的。」我們輕輕地握了握手。她隨即轉向丹尼爾。「很興奮吧，啊，丹尼爾？」

丹尼爾的臉亮了起來。很明顯地，他對於今天比我還要興奮，一股溫暖的滿足感在我體內燃起。

馬克打開那台超音波儀器，看著丹尼爾和卡姆。「好。我們要開始了。」

我看不到螢幕，不過，我只求有一個健康的寶寶，如果馬克要告訴我出現什麼問題的話，那麼，不看螢幕可以讓我晚一點面對這一刻。不過，丹尼爾和卡姆全都看得目不轉睛。馬克按下一個按鍵捕捉了一張寶寶的影像，一直到這個時候，我才開口問：「我可以看嗎？」卡姆微微地捏緊了我的手。

馬克把螢幕稍微挪近一點，我可以看到一個人的黑白影像。我忍不住流下了淚水。我完全沒想到自己會有這樣的反應。我正在改變。我已經改變了。

丹尼爾離開螢幕旁邊，笑著將他的掌心放在我的腹部，然後，用另一隻手遞給我一張面紙。我擦了擦眼睛。馬克咳了一聲，然後走向他的桌子，開始在我的病歷紀錄上迅速地寫下筆記。

30

西奧

二〇一六年四月十五日

在敘述完她的第一次超音波之後，羅絲停下來，審視著西奧的臉，探索著他的反應。她和他四目相對，結果他先轉開了目光，並且發現很多訪客都已經離開了。他並沒有聽到時間即將結束的提醒鈴聲。

他回頭看著她。「你為什麼從來都沒有提到這件事？和丹尼爾的孩子……為什麼，羅絲？」

「那是很久以前的事了。上輩子的事。」她的手臂交叉在胸口，手掌抓著兩邊的肩膀。

「你失去了那個孩子？」她沒有回答，於是，他繼續往下說。「我很遺憾。我沒有立場問。可是，你母親確實提到了一件事。」他迎向她的眼神。「她不肯告訴我。她說，那得由你來說。」

羅絲只是點點頭。

他往桌子挪近，將前臂倚靠在桌面上。

「這個姿勢有助於你思考嗎，西奧？」

他想要多問一點關於她孩子的事，但是，他知道那只是白費力氣。別急。他露出一絲微笑。

「未必。」他拉了拉外套的衣領。「羅絲，你為什麼改變心意要見我？」

「我信任你。」

「你確實可以信任我。」

「有人來探訪我。」

「貝拉．布里斯？」

「誰告訴你的？我敢說是唐恩吧。他不應該把這件事透露給你知道。」她低聲地說，他也從她的聲音裡察覺到了些許的恐懼。

「我知道。」他說。

「貝拉告訴我關於我母親的事情，」她繼續說。「我希望你查清那是不是真的。」

「關於瑪麗恩和丹尼爾保持聯繫的事？」

「她知道某件事。某件我應該知道的事。可是，貝拉不肯告訴我。她很害怕。她還那麼年輕……她讓我想起我在她這個年紀的時候。」

她點點頭。「你為什麼認為她說的是真的？」

「她沒有必要來看我。」她伸出手，把雙手的掌心貼在桌面上。「拜託你……拜託你在這件事情上幫我，西奧。」

他咧嘴而笑。「我怎麼能不幫你？」他的笑容消失了。「還有更多我不知道的事，對嗎？」

「還有更多我不知道的事。」

「我會幫你的。」他會的。這和這個故事無關，也和錢無關。再也沒有關係了。

「很好。」

他從椅子上起身。「時間到了。」

「是啊。」她站起來，伸出她的手。

他握住她的手，輕輕地捏在手裡，不過，一看到那名獄警在搖頭，他立刻不情願地鬆開了手。

在走向停車場的途中，他發現自己深深迷上了一名已定罪的殺人犯——就像那些寫信給殺人魔死囚，並且宣稱自己對他們的愛至死不渝的美國瘋子一樣。不過，羅絲不是殺人魔。他很確定。而他也不是那些受到蠱惑的瘋子之一。

他真的不是。

31

羅絲

西奧在幾個小時前離開了，現在，我坐在背對著娛樂室的那個小房間裡，這裡是監獄裡少數幾個空間裡有一扇窗戶面積大於一平方呎的地方。這裡是我和艾莉森·格林伍德偵緝警司見面的地方，不過，今天我在等唐恩出現。我看了看牆壁上的時鐘。他遲到了。我們每次的諮商會談，他都遲到。他顯然對別人透露了他不應該透露的事情。也許，凱西對他的看法是對的。

一股不舒服的感覺急速穿過我的右胸。不是太強烈，也算不得疼痛，如果我不知道我已經知道的事，那麼，我就會忽略它。我等著它消退。這不算什麼。只是焦慮罷了。我告訴自己，這是因為想到了要和唐恩談話所引起的。

「嗨，羅絲。」

我沒有聽到他進來的聲音。他坐下來。他看起來很笨拙，有點緊張，我不知道那是因為我，還是和他生活中的其他事情有關。我不時會為唐恩感到難過——我不知道為什麼——不過，我懷疑他對我並不這麼想。不過今天，我並沒有對他感到同情。

我看著他。沒錯，他很不安，而且心不在焉，也許他是因為把貝拉來看我的事情透露給西奧而懷有罪惡感。當他終於看著我的時候，我試著對他擠出一絲笑容。我討厭這些會談，但是，我沒有辦法擺脫得掉。

唐恩緊緊地閉上雙眼，當他再度睜開眼睛時，那個憂心的諮商師又回來了。我鬆了一口氣，因為，現在我們終於可以開始會談，然後盡快地結束這次的諮商。

關於我的諮商師在監獄圍牆外的生活，我略有所知。在我們早期的會談中，他很少談及他自己，不過，要不了多久，他就開始吐露自己的事情；他甚至沒有意識到自己在這麼做。我很擅長問對的問題——很遺憾地，在我年輕的時候，我並沒有這種能力。當我認識丹尼爾的時候，我還很天真，雖然，當時的我並不這麼想。我以為自己什麼都知道。我以為自己時髦又精明。我以為丹尼爾．迪恩是我此生摯愛不渝的男人。

我的思緒回到了唐恩身上。他不確定他和我的會談會有什麼進展。我一直沒有對他透露太多事。我無法這麼做：唐恩無法解開我生命中的謎團。西奧對我坦承了娜塔莎的事，我很感激他這麼做。瞧，我說出了她的名字。我甚至還看了西奧給我看的那張照片。不過，他似乎知道不要提起那個孩子的事，當然，他也沒有拿出她的照片。

從西奧的第一封來信裡，我就知道他可以、也會幫我。你可以從人們的文字中看出很多端倪，甚至可以從他們的言語中得知更多。我取得資訊的技巧可以回溯到我對病史的採集。任何問題的根源，不管是身體的還是精神上的，全都潛藏在歷史裡。我應該要知道的。多年以前，我沒有問對問題，這個事實一直煩擾著我、如影隨形。就像穿戴在我身上的一件鉛衣一樣。

當亞伯毫無意識地躺在特別加護病房時，我在那間病房裡所經歷到的窘迫、恐懼、困惑和發自肺腑的恨意，導致了現在這個局面：坐在彼得伯勒監獄的一個小房間裡，和一名諮商師談論關於一名年輕男子的生命被無情奪走的事。那天，我在那間特別加護病房裡所感受到的情緒，以及宛如匕首般刺穿我的憎恨，不僅摧毀了我，也徹底殲滅了我。它把我最後殘留的一點生命都帶走了。

唐恩嘆了一口氣，咳了咳，然後清清他的喉嚨。我想，他的胸部出問題已經有幾個星期了。我想叫他應該要戒菸。「好了。我們就開始吧，羅絲。」他的聲音有點尖銳。他真的不太高興。這場會談應該會很短。「我們來談談你丈夫的事。」他坐在那張監獄主題色——鐵青色——的椅子上往前傾，然後端起他那杯水，一口吞了下去。接著又是一陣咳嗽。「你有和邁爾斯討論過你……在這裡的感受嗎？」他的手朝房間裡比劃了一下，他意指在監獄裡，不過，他沒有說還有，你所做的事。

亞伯的死從來都沒有被公開談論過；唯一提起的人似乎只有西奧。西奧可以承受。西奧是真實的存在。我想，他是我這輩子所遇到過最真實的一個人。我想要再和他見面。我不想和唐恩坐在這裡。我想要坐在西奧對面。只要靠近他，對我來說就已經足夠。但是，這永遠也不會發生。這個念頭讓我感到驚奇，然後，我聽到自己倒吸一口氣的聲音。

「你沒事吧，羅絲？」

「我沒事。」

「我們來談談邁爾斯。」唐恩向來都想要知道關於邁爾斯的事，不過，我每次都打斷他，而他知道我今天也會這麼做。不過，他還是嘗試了。邁爾斯是我不願觸及的話題。每當我打斷他的時候，唐恩的反應都是一樣的——把一撮想像的頭髮從他的額頭撥開。我想，他是那種年輕時就開始掉髮的人。

他闔上攤開在他膝蓋上的檔案。我知道，接下來他就要提起我母親了，因為他就像發條一樣。他駕馭不了這些會談。

我也駕馭不了。

我說，一如我向來都會說的那樣，「我不想談邁爾斯。」果不其然。

「我們來探討一下你對你母親的感情。」

「我對我母親沒什麼感情。」我說。我向來都這麼說。

「你愛她嗎？」

我沒有回答。他總是問我這個問題，只不過用字遣詞稍有不同而已。

「在某種程度上，你怪她嗎？」他追問。

「我母親就是我母親。如你所知的，我們……很疏遠。」我停頓了一下。「不過，你知道，唐恩，不是我們所有的錯都可以被追溯到父母身上。」

「那當然，羅絲。」他的母音聽起來很不自然。「你母親只來看過你一次。我很遺憾。」

「沒關係，唐恩。」我應該要提起他告訴西奧有關貝拉來訪的事，不過，那沒有意義。他的話已經說出口了，而且，西奧知道也許是件好事。

他突然做了一件史無前例的事。他站起身。走向我。然後蹲下來。他的距離近到我可以聞到他早上的菸味和咖啡味。我相信，唐恩想要藉此讓自己看起來很有同情心。

「你希望她更常來看你嗎？」他問。

「不，唐恩。我不希望。」

他大聲地嘆息，似乎故意要讓我聽見。「你為什麼要和西奧・海澤爾談？你想要達成什麼目的？」他問。

他其實是想要問，我為什麼不和他談？

「那麼做似乎是對的。」我笑了笑，唐恩重新站起身。他放棄了。

「你母親讓你感到困擾，羅絲？」

「我真的不想談她的事。」

「可是，在我們剛開始的幾次會談裡，你提到過她。這是關鍵。截至目前為止，我已經和你見面了幾個月了，我們需要談談這件事。」他擰絞著雙手。「告訴我。」他聽起來很絕望。「這會有助於你逐漸接受你所做過的事，以及你為什麼那麼做的原因。」他再度坐下來，雙腳岔開，這個坐姿對唐恩來說很不尋常。「你沒有以精神失常來申辯，可是，很明顯地——」

「我知道自己在做什麼，唐恩。」

他猛然闔上他的檔案夾。他感到自己需要盡快離開這裡。「我們明天再談一次吧。」他毫無熱情地說。

我已經聽不進去了。我的思緒再度回到西奧身上，這讓我對我丈夫的罪惡感油然而生——我對西奧產生了我不應該有的感覺。可是，我一直都愛著邁爾斯。

在我沒有意識到之下，唐恩把我帶出了房間。在我圖書館的工作開始之前，我還有半個小時的時間，我在圖書館的工作包括編排醫學參考書籍的目錄，以及幫幾名獄友上生物化學的課程，他們已經報名了中等教育普通證書的測驗。我回到我的囚室度過半個小時平靜的時間。當我佝僂地坐在床上時，我的思緒回到了二十五年前。回到了我的孩子身上。

我的身體在震動。有人正從我的墳墓上走過——或者是邁爾斯的墳墓？

或者，是我走過了亞伯的墳墓？

32

西奧

二〇一六年四月十六日

自從昨天離開監獄和羅絲之後，西奧只睡了幾個小時，然後就一直埋首在他的書房裡，窗簾緊閉，桌燈在房間裡投下了他過去從來都沒有留意到的陰影。外面的天氣糟透了。大雨滂沱，風勢猛烈。那棵老樺樹的一根樹枝沒完沒了地拍打在他位於三樓的公寓窗戶上。一疊帳單擺在他書桌的左邊。他打開銀行寄來的最新郵件，閱讀了裡面的文字，那家銀行已經借貸給他太多錢了。他把信件折疊好，裝回信封裡。然後看著其他依然未拆封的郵件。三張他無法支付的信用卡帳單。他根本不想打開來看那些慘不忍睹的結餘，或者像天文數字般的利息。

他逃避現實地想起羅絲。整體來說，那些會面進行得很順利，非常順利。過去，他不太能理解那些潛在的母女問題，不過，在和瑪麗恩共進午餐、並且聽過羅絲自己的口述之後，他現在明白了。他想起瑪麗恩昂貴的衣服，以及位於諾丁漢優渥區的那幢漂亮的房子，他越來越好奇了。此外，在羅絲給他的那道未解的方程式裡還有一個角色，她的丈夫邁爾斯。

她的故事正在揭曉。

他拿起他的筆記。他打算將他的書分成三條不同的主軸：羅絲告訴他的部分，也就是她的故事；第二層是他自己獨立的調查結果；最後是亞伯的部分，在娜塔莎透露更多關於他的早年生活之下，這個部分正在逐漸成形。在亞伯的部分，他給了自己一些藝術創作上的自由，進行事實和虛構的融合實驗，不過，他也許會改變想法。等他的初稿完成時，他會再看看到時候的感覺，如果他的初稿會有完成的一天。過去幾天以來，他已經失去了所有的熱忱，不是為這個謎團尋找答案的熱忱，而是為了出版而寫這本書的初衷。

他看了看手機，發現在去拜訪邁爾斯之前，他還有時間沖個澡、很快地填一下肚子。他從廚房的冰箱裡拿出一盒瑪莎百貨的沙拉，狼吞虎嚥地吃完之後，立刻走向浴室，並且在前往浴室途中就脫掉了衣服。他打開水龍頭，等待著水溫變熱，同時扶住水槽邊緣，往前傾身。羅絲的影像——不管是當時還是現在，他不確定是哪一個——是如此地強烈。

半個小時之後，他已經站在公寓門邊準備出發了。從曼徹斯特開車到德比郡雖然不遠，不過，這趟路途今天必然會很艱辛，而壞天氣也讓天色更早變暗了；他想要在夜色降臨之前回來。羅絲曾經叫他不要去打擾邁爾斯，但是，她並沒有太堅持，不像她警告他不要和丹尼爾．迪恩接觸那樣。她的丈夫也許會叫他滾蛋，但那也不會是他第一次被不想和他交談的人趕走。

他拿起他的車鑰匙。

羅絲和邁爾斯在過去十八年裡，一直都住在一個叫做老惠廷頓的地方。在他們結婚之初，他們曾經在倫敦住過一陣子，當時，邁爾斯在哈利街的一家私人診所工作。羅絲稱那段時間是他的荒蕪年代，不過，她並沒有進一步說明。

西奧很快就抵達了德比郡，不過，老惠廷頓附近迷宮般的街道完全出乎他的預期，沒有衛星導航或谷歌地圖的幫助（他的導航被偷了，而這裡又沒有訊號），他很快就迷路了。他把車停在路邊，試著要找出他模糊的方向感。當他看到遠處的惠廷河時，他知道他一定距離目的地很近了，他很快地查看了放在乘客座上的地圖，然後決定應該要往西走。他做了一個六點掉頭，惹火了他後面那輛車的駕駛，不過，五分鐘之後，他發現自己已經來到他應該出現的地方了。

那是一棟維多利亞式的雙門建築。西奧熄掉引擎，往後靠坐在那張不舒服的汽車座椅上。現在，他已經到了，但他卻不太肯定了。他打開車門，伸出僵硬的腿，打量著那扇前門。堅固可靠，就像住在裡面的那個男人一樣。更多的罪惡感在他心裡湧起。

一盆種在深紅色花盆裡的植物放在陽台的維多利亞式磁磚上，不過，植物已經死了。他拉了拉右手邊的鐵棍，屋裡立刻響起一陣響亮深沉的鈴聲。沒有動靜。也許，邁爾斯外出了，不過，一輛天藍色的BMW顯眼地停在狹窄的私人停車位上。最後，西奧察覺到有些動靜，大門隨即打開了。

羅絲的丈夫。一名有著瘦長下巴的高挑男子。年紀比羅絲大，就像她所說的一樣。也許近乎六十歲，雖然很難猜出確切的年齡。青灰色的眼睛，甚至比報紙上的照片還要空洞。這名男子的生命已經崩塌了。西奧不應該突然跑到這裡來，他感到一股不自在，覺得自己不夠光明正大。

「有什麼事嗎？」邁爾斯的聲音既低沉又單調。他的眼神越過西奧的肩膀，看向他停在路邊的車。「你不是記者吧，是嗎？」在西奧來得及回答之前，邁爾斯又繼續說道：「因為，如果你是的話，你可以滾了。」

這讓西奧很想笑。他的話完全不符合他的外表。「我不是記者，不是的，瑪洛先生……現在不是，我不當記者好幾年了。我叫做西奧．海澤爾。」

「我聽過這個名字。」

「我是一名作家，一個作者。」

邁爾斯瞪著他看。「我想起來了。這個名字很獨特。你為什麼在這裡？」

「我一直在探訪你妻子……在監獄裡。」他還會在哪裡探訪羅絲？這麼說真是太愚蠢了。

西奧的話並沒有讓邁爾斯看起來太過不安，或者驚訝；事實上，西奧看到他的臉上似乎掠過了一絲鬆了一口氣的神情。不過，他並沒有從門口移開，儘管西奧現在覺得這趟行程並不是他最好的主意，他依然伸長了脖子，瞄著裡面的走廊。只見左手邊的樓梯上覆蓋著芥末黃的絨毛地毯。走廊地板上鋪滿了維多利亞式的藍綠色磁磚，右邊那根弧形的金屬衣帽架上孤零零地掛著一件外套。非常地井井有條，非常地空洞。沒有生活的痕跡。羅絲並沒有提到太多關於她和邁爾斯的生活，不過，他可以很清楚地從這裡感受到他們無法擁有小孩的悲傷。

不，邁爾斯看起來並沒有對西奧突然出現在他家門口感到憤怒，他只是毫無生氣，就和他家的走廊一樣。

「我能進來嗎？」他想要這麼問。不過，眼前這名男子只會叫他滾蛋，雖然，他懷疑邁爾斯會使用這樣的字眼。

「我正要出門。」

在羅絲的聽證會和她入獄之後，邁爾斯很快就退休了，因此，西奧知道他並不是要去上班。羅絲曾經告訴過他——她希望他能在其他醫院找到一份工作，因為，很顯然地（這是西奧自己的想法），他無法繼續待在他原本工作的那間醫院；亞伯就是在那裡去世的。西奧很好奇，除了每週去看羅絲一次之外，邁爾斯平常都在做什麼。

「如果你可以給我半小時的話，我會很感激的。」他說。

「我喜歡你的紀實類作品。你的書我全都拜讀過。我不是太喜歡你的小說。」邁爾斯依舊擋在門口，沒有移開。

「很高興知道有人看我的書。」羅絲曾經說過，邁爾斯可能讀過他的一本書，她不假思索的反應讓他感到超乎預期的開心。

「我認為你最後的那本是最好的。」邁爾斯繼續說。「進來吧。」

西奧渾身都陷入了一股輕微的興奮，因為邁爾斯喜歡他的最後一本書，也因為他被邀請進屋了。他試著不去理會邁爾斯對小說的評價。他踏進舒適的走廊，但迎面而來的卻是一股霉味。

「謝謝。」

他跟著邁爾斯走向廚房，同時留意到走廊沿襲了同樣的簡樸和空洞，至於廚房則是一個全然不同的空間。近午的陽光透過一扇大窗灑入廚房，讓廚房裡的凌亂越發明顯，這裡顯然和這棟房子井井有條的前半部迥然不同。流理台的每一吋面積都放滿了馬克杯、沾黏著過期食物的盤子、用過的餐具和層層疊疊的報紙。他在其中一張報紙上看到了羅絲的照片。那是她年輕時代的照片。令人目眩。水槽裡堆滿了待洗的碗盤，宛如雷射光一般的光線讓累積了幾個月的灰塵和碎屑無所遁形。他仔細地環顧四周，尋找著照片、圖片、任何私人的物品，任何和羅絲、她的丈夫和他們的生活有關的東西。但是，什麼也沒有。他推測邁爾斯已經把一切都收起來了。這裡是羅絲的丈夫吃飯、喝水和看報紙的地方。這裡是他存在的地方，而非居住的地方。

西奧是個偷窺狂，他觀察和評估別人慘澹的生活，此刻盤旋在他內心裡的感覺，就和當日他放棄記者生涯、轉而撰寫調查性的非紀實文學時一樣。儘管他對人類的處境感到好奇，有時候也可以保持冷漠，但是，他並不喜歡刺探那些不喜歡被他窺視的人。然而，對於記者而言，那從來都不是一種好的特質。站在邁爾斯的廚房裡，看著這個男人的日常生活——他的妻子因為殺人而入獄了，昔日那些侷促不安的感覺再度浮現。

邁爾斯打斷了他的思緒。「我很樂意招待你一杯茶或咖啡，但是，這兩樣我都用光了。水？」他從平行於那張廚房桌的小躺椅上拾起一疊報紙。「請坐。」在刺眼的陽光底下，他看起來更老了。西奧注意到他佝僂著背，以及他似乎沒有直視他的模樣，他的目光低垂。

「水就可以了。謝謝你。」

邁爾斯點點頭，走到水槽邊，洗了一只杯子，連擦都沒有擦乾，就把杯子盛滿水，遞給了西奧。「你覺得羅絲還好嗎？」

「我想還不錯吧，目前為止，我只見過她幾次而已。」他大口地喝著水。「她人很好，竟然同意和我聊聊。」

「她沒有告訴我有一名作家去探訪她。」他靠在那張躺椅的尾端說。「我猜，你打算要寫她的故事？」

「是啊，那是我的計畫。」

「就像柯波帝的冷血告白？」

「沒錯。」

「你為什麼來這裡？」邁爾斯問。

「背景。」西奧轉頭面對著他。「雖然羅絲建議我不要打擾你。」

「可是，你還是來了？」

他點點頭。

「你不是柯波帝。」

「不是。」西奧承認。

「除了羅絲之外，你還和任何人談過嗎？」

「她母親，瑪麗恩。我們見過了幾次面。」西奧試著盤算要透露多少。「我也和亞伯・杜肯的遺孀有聯繫。」

「透過被害人的妻子獲取被害人的故事？」他察覺到邁爾斯的聲音裡帶著一絲嘲諷，這讓他對自己的厭惡又多了一點點。

「我想，羅絲並不希望讓你知道她在和我訪談，瑪洛先生。」他看著那個心碎的男人。邁爾斯抓著他身上那件馬海毛的毛衣衣袖。「我會為我妻子做任何事，海澤爾先生。她不應該……」他的聲音很快地減弱，取而代之的是一絲痛苦的神情。

「不應該什麼？」西奧的心臟跳得和水龍頭的漏水一樣快速。

「我很驚訝她同意和你見面。你說了什麼讓她感興趣的話？」這是西奧首度看到邁爾斯・瑪洛臉上閃過一絲打趣的神情。「我顯然用了我的智慧和天賦迷倒了她。」他說。「你對她和我訪談感到生氣嗎？」

「不，我沒有。我真的沒有。」邁爾斯往前傾身。「你想從我身上得到什麼，海澤爾先生？」

「我想知道多一點關於丹尼爾・迪恩的事。」

「啊，羅絲告訴你了？」他凹陷的臉頰似乎塌陷得更深了。「我已經好幾年沒有見到丹尼爾・迪恩了。自從我在一九九一年辭去布魯菲爾德的工作之後。」

「是的，她告訴我她當年的交往關係。」西奧抬頭看著他。「你為什麼辭職，瑪洛先生？」

「我不喜歡丹尼爾涉入的事。」

「什麼事？」

邁爾斯無奈地聳聳肩。

西奧觀察著眼前這個男人，他顯然很渴望想要傾訴。他猜，這個男人並非一個健談的人。

邁爾斯低聲地繼續往下說：「丹尼爾要我辭職的。」

「為什麼？」

「因為他希望我不要礙事。」

「你沒有問為什麼？」

「我沒有。」

西奧鍥而不捨地說：「瑪洛先生，我要很誠實地說，我不知道羅絲怎麼可能做出她所做的事。」

「我愛她，」邁爾斯盯著地板，他的肩膀往前傾的程度，彷彿他就要乾嘔了一樣。他振作起來，搖了搖頭。「在羅絲入獄之後，我做了一件最糟糕的事，那就是退休。她知道我的職業生涯就是我的一切。」他困難地嚥了嚥口水。「這是羅絲的故事。我希望她以後會告訴你。」他用手指掠過稀疏的頭髮。「我想，你應該要離開了。」

「瑪洛先生，羅絲為什麼受訓成一名護士，而沒有繼續唸醫學院？從她告訴我的事情來看，我覺得她真正的志向是成為一名醫生……一名兒科醫生。」

「那曾經是她的志向。」他的目光從西奧的臉上挪開。「這要由羅絲來告訴你。」

西奧低下頭。「羅絲不知道亞伯．杜肯是丹尼爾．迪恩的兒子，對嗎？」他等了幾秒鐘才又開口。「知道這件事的人是你嗎？」

邁爾斯用力地搖著頭。「不，我不知道。」

一股強烈的沮喪淹沒了西奧。「你會再和我談談嗎，瑪洛先生？」

「看看羅絲的狀況再說吧。看看她怎麼說。」邁爾斯起身，走向窗戶，他背對著西奧望著窗外。

西奧也跟著站起來，不過並不乾脆。

邁爾斯依然看著他的花園。「我無能為力，海澤爾先生，這種狀況已經持續好幾年了。」

「丹尼爾．迪恩勒索你嗎？」

「我們的談話結束了。」

「我們可以再找時間談談嗎？」

邁爾斯低下頭，西奧將此視為了首肯。

33

西奧坐上車，把車駛離邁爾斯和羅絲家。在開過幾條街之後，他停下車，從置物箱裡取出他的筆記本和鉛筆，開始迅速地寫下筆記。

邁爾斯——他一直遭到迪恩勒索嗎？

他把筆記本翻到最後一頁。羅絲照相般的記憶並沒有連同她的生命一起消退。她依然記得那麼多年以前，丹尼爾臥室裡的一張紙上寫了什麼，以及那一句不要忘了A的生日。一股直覺戳中了他，不過，他很快地將這個荒謬的想法推到一邊。羅絲和邁爾斯都在隱瞞著什麼；他們以一種詭異的和諧感提供了他一些資訊，卻又什麼也沒有提供。那就好像兩人都想要說些什麼，卻又都不敢。

艾德．麥登應該知道些什麼，這點他很肯定。

他拿起他的手機，按下布里斯的號碼。一名女性的聲音傳來。年輕、活潑，帶著濃厚的德比口音。「布里斯室內設計，我能為你服務嗎？」

「我是否能和董事總經理說話？」他聽到電話那頭傳來一聲嘆息，也許他還聽到了那個年輕女性把口香糖泡泡吹破的聲音。

「我能幫忙嗎？這就是雨果雇用我的原因。」她說。

「我記得還有一位董事總經理？」

「你有什麼需求嗎，這位先生……」

「西奧·海澤爾。我正在幫我位於曼徹斯特的公寓尋找頂尖的室內設計，而你們公司受到了高度的推薦，不過，恕我直言，有人告訴我只有董事總經理才能勝任我的需求。」

「直言不是問題，海澤爾先生。你需要找的人是雨果。」西奧聽到鍵盤輸入的喀噠聲。「一個月之內都沒有諮詢的空檔。」她暫停了一下。「曼徹斯特離這裡很遠。」

「我希望能做到最好的效果，而我聽說布里斯是最棒的。這不是個大工程。好吧……那他的合夥人呢？艾德……麥登？」西奧真的仔細考慮過要如何進行這件事。

電話那頭的女孩氣急敗壞地說：「艾德？他不是設計師。我想，你應該要稱他為匿名合夥人。」

「喔，原來如此。」她的聲音裡有一絲不悅，同時也透露出幾許無聊。他這通電話也許是她今天早上的亮點，因為，她一整個早上都坐在德比郡一間工作室的辦公桌後面，而這間工作室可能經常都門可羅雀。銷售想法和專業創意並不是容易的事——他應該知道這點。經過的路人甚至可能也不多。只要他能繼續燃起她的興趣，那個女孩一定會無止境地說下去，而他很清楚地感覺到，艾德·麥登的話題具有這樣的效力。「這麼說，麥登先生對業務並沒有貢獻？」他問。

「艾德會在週六的時候過來。他喜歡帶雨果出去午餐。那就是他們現在所在之處。吃午餐。」

「啊，明白了。」他覺得他是真的明白了。

「艾德是雨果的男友。」

「能走出辦公室去享受午餐向來都很好，特別是在週六的時候。」

「艾德就是那樣說的。」

「真有智慧。你是全職……」

「貝拉。我叫做貝拉．布里斯。不，我只在週六工作。每五週休息一次。下週六我還會在這裡。」

貝拉．布里斯。羅絲的訪客正在電話那頭和他對話。空氣間突然安靜了下來。

「你寫作出書嗎？」她終於問道。

「是的。你在谷歌我嗎，貝拉？」

「對。抱歉。這上面說，除了文學小說，你也寫紀實類的東西？」

「是的。你不需要抱歉。完全不需要。我有點受寵若驚。」

「海澤爾先生……」

「請叫我西奧就好。」

「西奧，雨果在設計界是頂尖的翹楚。如果你想找最好的，雨果就是你要找的人。」

「下週我會過來工作室看看。了解一下。」

「午餐後他有一個小時的時間。他的午餐時間很久。就像我剛才說的，艾德帶他去了小酒館。」

「本地的？」

「這裡只有一家小酒館。」

「那家小酒館好嗎？」

「還不賴。」

「在我開車回去之前，也許我可以去試試。」

「我會告訴雨果的。他大約兩點的時候會在這裡。我得掛電話了，有另外一線進來了。」

「謝謝，貝拉。下週見。」他停了一秒鐘。「我真的很期待見到你。」

由於貝拉把自己的姓名告訴了他，加上他已經把許多片段的資訊連結了起來，這讓他的心跳彈升到了尤塞恩．博爾特[12]在最後五十米衝刺的速度了。西奧向來都認為自己很精通科技，不過，一通電話、真正的接觸，向來都很有效，在這件事上面更是如此。他在他的電子日曆上，把提醒通知設定在了那個約會的前一天，雖然，他是不會忘掉這個約會的。

[12] 尤塞恩．博爾特（Usain Bolt, 1986年8月21日—）是牙買加前男子短跑運動員，男子100公尺、200公尺，以及男子400公尺接力的世界紀錄保持者，同時是以上三項賽事的奧運金牌得主，被稱為地球上跑得最快的人。

34

二〇一六年四月二十三日

在開車前往布里斯室內設計的途中，西奧在腦子裡把他對艾德・麥登的發現做了一番爬梳。一九四五年生於唐卡斯特；他的父親是一名礦工，母親在當地的火車站擔任行政雇員。艾德有一個妹妹，不過，西奧完全無法找到她在七〇年代中旬消失之後的任何資訊。也許移民了。麥登是一名上門推銷真空吸塵器的銷售員。在那之前，他曾經在薛爾菲德的英國城市專業學會上過一門課程，並且在完成課程之後當過一陣子的副主廚。這種轉業還真是奇特。

很顯然地，羅絲一直都不喜歡他；在談及他的時候，她的那股憎恨確實是發自肺腑。

西奧很期待見到他。以及貝拉。

他很容易就找到了布里斯室內設計。它就位於主要的商業大街上，雖然他數了數，街上的商店也不過只有六家。他在這座小鎮繞了幾圈，尋找著停車的地方，在他繞圈的同時，他瞥見了艾德和雨果會去吃午餐的那家小酒館。最後，他終於找到了一個停車位。

他看了看手錶。快一點鐘了。他步行繞到那家小酒館。酒館很小，卻很繁忙。他打開門，把頭探進去，不確定是否能看到那對情侶。他數了一下，裡面共有十二張桌子。四個帶著孩子的家庭；另外五張桌子坐了幾群女性，購物袋散落在她們旁邊的地板上；還有兩張桌子坐著兩對異性戀情侶，然後，在酒館後面，他看到了兩個男人。布里斯很容易被辨識出來，因為他比他的同伴年輕了至少三十歲。他的穿著完美，西奧不禁猜想他的那件襯衫是在哪裡買的。顯眼的粉紅色和電光藍，那是他自己也會喜歡穿的那種衣服。那頭烏黑的頭髮被髮膠造型成了刺蝟，還有一張完全可以登上GQ雜誌封面的臉龐，雖然他坐在椅子上，不過，西奧可以看出他維持良好的體型。他顯然把自己照顧得很好，西奧判斷，他在工作品質上的一絲不苟，應該會和他對外表的要求一樣。他的視線移向艾德．麥登。雨果．布里斯看上了他什麼？和那位年輕、英俊的男友比起來，麥登簡直就是一個老人。幾只亡命之徒的空瓶就擺在他們的桌上。

一名高個兒的服務生正在朝他走來，西奧很快地轉身，準備離開。

「十分鐘之後應該會有空位。」那名服務生說。

西奧從眼角看到了艾德．麥登正往他的方向看過來，他把椅子稍微往後推，那張臉因為好奇而皺在了一起。渾然不覺的雨果．布里斯顯然試著要引起服務生的注意；他用食指在半空中做出寫字的模樣，這個動作的效果對西奧而言總是屢試屢敗。

「不用了，不過謝謝。」西奧說著，很快地離開了小酒館，不過，他感覺到艾德．麥登的目光依舊盯在他身上。

那不是聰明之舉。他開始走向布里斯設計的工作室，希望那張午餐帳單要花一點時間才能送到那對情侶手中。

貝拉坐在一張時尚的桌子後面；那間工作室被分隔成四個展示區：一間臥室、一個廚房、一間起居室，以及一間衛浴。很出色的設計，西奧立刻就看出了雨果．布里斯的天分。她從一台蘋果筆電上抬起頭來，她看起來的模樣就和她聽起來的很相像。年輕，不超過二十二或二十三歲，深色的頭髮彷彿一面熨燙過的絲簾，白皙的肌膚毫無瑕疵，當他走近時，那雙銳利的紫羅蘭色眼睛也跟著揚起看著他。貝拉看起來就和圍繞在她身邊的設計一樣原始、出眾。筆電旁邊擺著一本攤開來的書。一本喬治．桑德斯的書。

她咧嘴一笑。「海澤爾先生？」

「我是。」

「雨果很快就會回來了。我幫你預約了一個小時。」她把她的座椅往後推。「不過，他和艾德外出午餐的時候，通常都會晚點進來，所以，你可以四處看看，感覺一下你可能想要的設計。」她指著整齊擺放在後面牆上的小冊子。「你可以參考一下那些。你要喝茶還是咖啡嗎？」

「茶，謝謝。」他瞥見她的桌子後面有一箱亡命之徒；顯然是雨果喜歡的啤酒品牌。

「馬上來。」她立刻走向她桌子左邊的一扇門，不過卻突然停下腳步，轉身看著他。「你所有的書我都讀過了。」

「是嗎？」

「上週，是的。現在正在讀桑德斯的書。」

「很厲害。」

「我的老師說，我應該要讀一些和我的課程無關的東西。」

「你唸的是什麼？」他問，雖然他已經知道了。

「英國文學。曼徹斯特大學。」

她的聲音裡有一絲驕傲，她是應該感到驕傲。西奧拿起那本桑德斯的書。「他比我優秀太多了。」

「我同意。」她的眼睛閃爍得像春寒料峭中的風鈴草一樣。

「你不應該那麼說的。」

「你喜歡阿諛奉承嗎？」

「不，也不是……好吧，也許有一點。」他笑了笑。「你在這裡做什麼？據我所知，這裡離曼徹斯特有點遠。」

「雨果是我哥哥。」

啊。連結起來了。

「我會在週六的時候幫他，」她往下說。「還有假日的時候。我和他住在一起，還有艾德。」

她惡狠狠地說出那個名字。

一陣冷空氣向他們襲來，西奧立刻轉過身。艾德．麥登大踏步地走進店裡，彷彿他擁有這間店一樣——西奧現在想起來，他也許真的擁有這間店。

「一切還好嗎，貝拉？」他咆哮著。

「很好。」她的目光越過他的肩膀，看向她哥哥。「你兩點鐘的客人到了，雨哥，西奧・海澤爾。」

「太好了。」雨果看著西奧，露出熱情洋溢的笑容。「給我五分鐘，我馬上就過來。」

雨哥。西奧喜歡這個叫法。

艾德・麥登在工作室的入口徘徊。他是那種看起來經常發脾氣的人；也許他一直都有這樣的特質。你最糟糕的性格似乎會隨著時間變得更加地根深蒂固，並且最終取代了你所有的優點。西奧懷疑艾德的優點可能會是什麼。

雨果輕輕碰了一下麥登的手臂，那是一個既熟悉又親密的動作。雨果似乎是個好人。艾德・麥登一定具有什麼難以在一時之間看出來的特質，才會激起如此的忠誠和愛。西奧不知道自己對艾德的反應是否受到羅絲不喜歡他所影響，還是受到了亞伯對他父親的老朋友的看法所影響。

艾德把他外套的翻領拉下來，那是九〇年代的一種過時的作風。他穿了一件藍色的襯衫，打了一條領帶。西奧的目光往下游移。艾德・麥登很瘦、很憔悴，他的皮膚很蒼白。麥登迎向他的眼神，西奧也回視著那對混濁的眼睛。站在貝拉旁邊只是讓他看起來更加地缺乏活力。

「你是稍早去過小酒館的那個傢伙。」艾德突然說道。

貝拉打岔地說：「他是預約了雨哥兩點鐘的那個客戶。」

艾德無視於她的話，只是持續瞪著西奧。「你在那裡幹什麼？我看到你往我們那桌看過來，然後就逃走了。」

雨果的表情在包容中帶著怒意。「行了，艾德。」他說。他看了看手錶，那是鑲嵌著標誌性藍寶石的一只精緻的卡地亞；它在貝拉桌子上方投射下來的聚光燈下閃閃發亮。「你不需要回家嗎？」

艾德點點頭，動作幅度雖然很小，不過卻很明確。「我是要回家。」他瞇起眼睛看著西奧。「我認識你嗎？」

「他寫書，艾德。」貝拉說。「他寫關於過去的犯罪事件。」說著，她轉向西奧。「你會調查那些事件，對嗎？」那雙紫羅蘭色的眼睛凝視著他。貝拉並不笨。也許，她已經把事情串連起來了。他相信她已經串連起來了。

「我確實寫那類的書，沒錯。」他回答完，迅速地看了艾德一眼。只見他的表情變得更尖刻了。

「你是記者？」他問。

「作家，艾德。」貝拉說。「你需要助聽器嗎？」

「你真的是個沒禮貌的小屁孩，」艾德惡聲惡氣地說。他很快地打量了西奧一眼，臉上的肌肉終於活了過來。那雙淺色的眼睛變得更小，額頭上的皺紋也更深了。「你看起來不像是需要雨果幫你服務的人。」

「你也不像。」西奧本能地回答。艾德看似完全沒有對如此迅速的回嘴感到生氣。貝拉笑了笑。

「家裡見，雨果，」艾德說著，深情地觸摸了一下雨果的手臂。「我今晚會做鮭魚千層酥派——你的最愛。」

「太棒了，」雨果說。「我會準時到家的。」

艾德轉身就要離去，不過，臨走時又看了西奧一眼。他原地轉身，他真的是用腳跟作為支點在轉動，然後走出了工作室。

「很抱歉，」雨果說。「午餐時喝太多啤酒對他來說不太好。他的體脂太少，容易喝醉。」他露出寵溺的笑容。

「是因為瑪洛家的事嗎？」貝拉用一種陰謀論的語氣對她哥哥說道。

雨果點點頭，他現在的表情既嚴肅又擔憂。他背靠著桌子。把掌根貼在鬢邊，用力壓了幾秒。然後拉住皮帶，將襯衫牢牢地塞好，再撫過頭髮，查看著他的卡地亞。最後才開口說：「你在寫關於羅絲．瑪洛的事嗎？」

西奧點點頭。「是的，為了寫一本關於她這個案子的書，我現在都會去監獄探訪她。」

「啊。」雨果把雙臂交叉在胸前。「原來如此。」他暫停了一下，把手臂放下來，瞄了他妹妹一眼。

貝拉給了他一個輕柔的笑容，然後溫和地點點頭。

「好吧，」雨果嘆了一聲。「我希望貝拉有交代你要把你公寓的照片帶來，就是你想找我設計的房間照片？」

貝拉聳聳肩。「對不起，雨哥，我忘了。」

雨果往前站直。「這樣不太好吧，不是嗎？」

「沒關係的。」西奧說。他喜歡雨果。雨哥。

「聽著，海澤爾先生——」

「請叫我西奧。」

「西奧，我很高興能接下這個案子。我的時間都被約滿了，不過，下週我得去一趟曼徹斯特。」他再度看著貝拉。「去看我妹妹。我可以順道去你的公寓嗎？我們可以在那裡進行諮詢……也許聊一聊？下週四如何？」

老天，西奧真的負擔不起。不過，能讓雨果・布里斯單獨出現只會是好事一樁，而且，他覺得雨果也許會願意告訴他一些什麼。也許甚至會想要告訴他一些什麼。「那就太好了，」他說。「我的起居室……」他也許真的會裝修他的房子。「還有，我的廚房就像老鼠窩，也需要整修一下。」他的眼神掃向工作室和那些展示。「你的眼光確實很獨到，布里斯先生。」

「叫我雨果。你參觀一下；任何你喜歡的東西，布料、傢俱、創意，你都可以寫下來，然後我們可以再討論。這樣可好？」

「很好。」

「很抱歉，可是我得走了。貝拉會記下你的地址，然後把價格等資料發給你。」雨果盯著西奧。「下週見。」最後一句話說得很自信，彷彿他剛做了一個決定一樣，語畢，他轉身小跑步地離開了工作室。

貝拉坐回她的座位，從桌子底下拉出一個疑似Primark[13]的手提袋（西奧知道那個袋子，因為幾週前，他才剛買了一個送給他十一歲的外甥女）。那個袋子顯然和這間工作室裡的其他物品都格格不入。她拿出一本書，他立刻就認出了那是什麼。他的第一本出版作品：珍．托彭與謀殺的性快感。那個書名依然讓他感到丟臉。不過，他的編輯堅持要用那個書名。

「雨哥對艾德的行為感到很不好意思。」貝拉安靜地說。「沒有艾德，他絕對拿不到銀行的貸款。」

「沒關係的。我遇過更糟的狀況。」

「艾德以前愛過丹尼爾．迪恩，你知道的。那讓雨哥很惱火。」

為了不讓自己看起來一副恨不得能知道更多的模樣，西奧盡可能用不在意的語氣問道：「雨果為什麼和艾德在一起？」

「他愛他。就像我說過的，艾德讓這一切變成可能，」她朝著工作室展開雙臂。「這是雨果的夢想。」

西奧點點頭。「這是你會為了你所愛的人而做的事。」是再試一次的時候了。「我知道你去看過羅絲．瑪洛，貝拉。」

恐懼掠過她漂亮的臉龐，這讓他很過意不去。

「她告訴你的？」

「不是，」他輕聲地回答。「她不希望讓你惹上麻煩。」

「抱歉，你今天大老遠來一趟，卻空手而回。」說著，她摸了摸他的書。

「我沒有空手而回，不是嗎？」

她搖搖頭，那頭頭髮在燈光底下閃爍得有如俄羅斯的琥珀一樣。「是的，你沒有。如果雨哥願意開口說些什麼的話，我會很高興的。」

「我確實需要翻新我的公寓。」

「你負擔得起雨哥嗎？」

他負擔不起，他的第四張信用卡也吃不下這筆費用。他在腦子裡提醒自己要申請第五張卡——那種利息很高的信用卡。他的胃在緊縮，他的腦子也不管用了。

「那麼，我會把細節發給你。」貝拉打斷了他的思緒。

「太好了。」他停了一下，調整著兩腳的重心。「當我打電話來預約時，我並不知道你會在這裡。」

「聽著，我不應該去看瑪洛女士的。要不要說些什麼得由雨哥來決定。我認為他想要說些什

⓭ Primark是總部位於愛爾蘭都柏林的一家服裝零售公司，在西歐、奧地利和美國有多家分店。

麼。」

「也許吧。我想，不管是什麼讓你覺得有必要去見她，她都很感激。」他對她笑了笑。

「祝你下週和雨哥的見面好運。」她遲疑了一下。「我不能告訴羅絲我想要告訴她的事。我就是不能。見過她之後的那幾天，我一直等著警察會上門。不過，他們沒有出現。幫我謝謝她。」

「我會的，我會等你發郵件給我，同時也期待和雨果見面。」

「你還沒有參觀這裡。」

「我不需要參觀。」

「是的，我想你不需要，」她皺起她漂亮的額頭，那在任何人的臉上看起來都會像是在生氣。「如果你給雨果幾瓶亡命之徒的話，他就會放鬆很多。」她神情嚴肅地打量著他的臉。「他需要卸下負擔，不只是對我而已。」

「我會記住的，貝拉。」

「希望如此。」

他輕輕地碰了一下她的手臂，然後轉身離去。

他朝著他的車子走去，他有一種不安和擔憂的感覺，羅絲的故事即將會變得更加不堪。

35

二〇一六年四月二十五日

現在是週一上午九點半，西奧清晨四點鐘就醒了，他的腦子裡一直在想著貝拉、艾德・麥登、雨果的即將來訪、他缺錢的現況、他的失敗、艾略特和羅絲。這些日子以來，他總是想到羅絲。

他登入他的銀行帳戶，當他凝視著他的負餘額時，他試著要想出自己要如何才能支付得起一名室內設計師來裝修他簡陋的公寓。這是不可行的。一陣冷汗從他身體各處冒出來。他把身上的T恤從牛仔褲腰際拉出來，搧動的T恤為他的腹部帶來了一陣涼風。不過，如果他能從雨果口中得到什麼資訊的話，那些他推測是貝拉去探訪羅絲時，原本想要告訴羅絲的資訊，那麼，他就無須把翻修公寓的事情貫徹到底。不管結果如何，他都可以輕易地取消這筆交易。他抬起頭，環顧這個昏暗邋遢的房間。其實，他還真的很樂意做點裝修。

他座機的鈴聲打斷了他的思緒。一定是電話推銷；沒有人會打座機給他。

或者說，這陣子以來，只有一個人會這麼做。

他在公寓裡跌跌撞撞地尋找著電話，終於在電話鈴聲停止之前接了起來。他把電話貼在耳朵上，回到他的書房。

「西奧。很高興你接了電話。我有個好消息，但我不想透過電子郵件告訴你。」

沒錯，就是他的編輯。「我喜歡好消息，葛雷格。說吧。」

「採購部很喜歡你對瑪洛那本書的提案。」

西奧的心臟已經跳到了喉嚨。「那很好。」

很喜歡向來都比有興趣或者喜歡來得好。

「兩本書。這本和另一本紀實類的書。」

葛雷格在拖延時間，雖然，西奧渴望知道詳情，不過，他也絕對不想要透露出急躁的樣子。

他等著葛雷格往下說。

「一五〇。」

「英鎊？」

「別鬧了，西奧。十五萬。」

西奧的心臟這下已經跳到嘴裡了。「太棒了。」

「不客氣。出版日期是二〇一七年二月。噢，第二本書的大綱要在今年七月底之前提出。沒有商量的餘地。」

「沒問題。」

葛雷格在西奧腦中的形象變得比較不像一匹狼，而更趨向於貓頭鷹了，西奧立即斥責自己太容易改變想法。他當下的財務問題已經結束了。也許，讓雨果或者某個類似雨果的人幫他改造公寓是有可能的。

他真的覺得他會從雨果身上得到任何資訊嗎？貝拉似乎認為他可以。他不太確定，雖然，如果他真的得到的話，那將會讓他成為一個志向得以實現的人，他轉而想到羅絲，她也會讓他成為一個快樂的男人。如果艾略特沒死的話，他會是最快樂的人，然而那並不可能。艾略特已經走了。永遠地離開了。

是的，羅絲可以讓他快樂，一個他即將探索的女人。一股頭痛的感覺開始醞釀；最近，他已經很少頭痛了，不過，他可以猜到為什麼他的頭痛正在成形。書的預付款。他的銀行餘額。內心的衝突。羅絲。在他採取任何行動之前，在他試著解決他腦子裡的問題、並且對接下來應該怎麼辦做出決定之前，他需要先找出真相。關於羅絲的真相，關於丹尼爾・迪恩和他妻子的真相。

在葛雷格的電話將他拉回現實之後，他打開筆記本，裡面記載了娜塔莎所提供的關於亞伯的資訊，然後繼續往下閱讀。

十八歲的時候，亞伯渴望著離開他的父母，特別是他的父親，並且計畫到美國攻讀他的醫學學位。對這個金髮的年輕男子來說，那個由醫生轉型為商人的黑髮男子似乎完全不像一個父親。有時候，當情況變得很糟糕，而他父母又爭吵到夜裡時，他就會聞到瀰漫在房子裡的菸味；那是他母親唯一會抽菸的時候。在他抑鬱的時候，他會幻想自己是被領養的。在他無法入睡的漫漫長夜裡、在他感到不安時，這樣的念頭尤其強烈，雖然他看起來就像他的母親一樣——每個人都這麼說。

他的父親並不支持他想要當醫生的念頭，不過，很幸運地，他的祖父支持他。亞伯很愛他的祖父，在知道薩卡里亞也愛他之後，他對祖父的愛就更深了。他喜歡在他祖父庭院裡度過的時光；有時候，他母親會和他一起到摩洛哥，而這些都是他記憶中他母親最快樂的時候。在北非鄉村慵懶的氛圍裡，她變成了一個不同的人。

想要當醫生的決心就存在亞伯的基因裡，同樣地，他也具有輕鬆就能通過考試的天資，只有在他深感沮喪的時候，他才會懷疑自己是否不如別人認為的那麼聰明。每當這種時候，他就會跌入更絕望的深淵。

他覺得自己像個騙子。他覺得自己並不屬於這裡。

他覺得自己像是他生命中的一個冒牌貨。

他一直認為他母親和薩卡里亞相處得很融洽，直到那天——當時，他大約八歲——當他在他祖父庭院後面的臥室裡午睡的時候，他聽到了高分貝的聲音。他房間的百葉窗是關上的，但是，那聲音很大。他打開百葉窗，只聽到那些聲音在迴盪。他一直都不確定自己聽到的是否為真，不過，他所聽到的卻深深地印在了他的腦海裡。他試著要忘記，而隨著時間流逝，他也確實忘記了，或者把那些記憶推到遠處，讓它變成了一場夢。直到他期待擁有他自己和娜塔莎的孩子時，那個夢，那個惡夢，才又回來了。

當亞伯愛上娜塔莎的時候，他寄了一張照片給他母親，而且只寄給了她一個人。你父親不會高興的，她在回信裡這麼說。然而，亞伯依然娶了他所愛的人，他只是偶爾回到英格蘭，而且總是獨自成行。

西奧一頁一頁地翻閱，一次一次地重讀，然後往後靠在椅背上思考。亞伯是收養的嗎？這點值得思考。迪恩夫婦是什麼樣的父母？看起來似乎並不是特別好的那種。娜塔莎告訴過他，當亞伯開始在美國攻讀醫學的時候，他就把了解自己的狀況列為了他的使命，隨著年齡的增長，他的情況不再那麼嚴重，也越發可以控制。他永遠也當不成一名頂尖的運動選手，不過，他很穩定，而且也許比大部分人都還要健康。

西奧坐在椅子上轉過來，他把黑板擦乾淨，然後用粉紅色的粉筆寫下幾個問題。

艾德，羅絲，亞伯

他們之間有什麼關聯？丹尼爾・迪恩

貝拉想告訴羅絲的是什麼？

雨果知道什麼？

他喝了一大口茶，打開一份Word的文檔。今早，他在監獄有一堂創意寫作課，在那之後，他會立刻和羅絲見面。他讓自己埋首在準備工作上，不過，最終，他的思緒還是回到了她身上。她的人生，以及亞伯的人生，都嵌入在了他的皮膚底下。

他把三片加了起司、並且抹上伍斯特醬的吐司狼吞虎嚥地吞下肚，然後走到角落裡依然堆著三個箱子的浴室裡，那些箱子至少佔據了地板四分之一的面積。刷完牙之後，他回到書房，他的手機提醒他收到了一則來自蘇菲的簡訊。

希望你的新計畫進行得很順利。考慮一下我們的提議。我們離婚的時候，你把一切都給了我。X

他確實把一切都給她了。因為他不想保留任何東西。他後悔嗎？不，他不後悔。錢和物品對他來說沒有任何意義，從來都沒有，未來也不會有。他的思緒跳到瑪麗恩．特拉爾和丹尼爾．迪恩身上。沒錯，他和瑪麗恩是不同的物種，他這麼想，他和丹尼爾也一樣。

他猜想，對他們而言，錢意味了一切。

36

二〇一六年四月二十六日

上午七點，西奧從他的公寓出發前往彼得伯勒監獄，他在監獄的那堂課始於十一點。途中，他在一座加油站暫停下來加油。

他在付款時用錯了信用卡。付款遭到了拒絕。櫃檯後面那名女子帶著一抹茫然的表情看著他。當他在皮夾裡翻找著他的三號信用卡時，他感覺到自己臉上出現了一絲尷尬又左右不協調的笑容。最後，他終於得以付款。

「你需要增值稅發票嗎？」她問，她的表情依然沒有改變。

他點點頭，希望自己看起來像個有繳交增值稅的人。

不到兩個小時以後，在毫無停歇的大雨之下，他抵達了監獄。他已經知道了監獄的例行規則，因此，他直接通過安檢，不過，他留意到了一只遭到沒收的檔案夾，檔案夾裡有著一疊看似無害的白紙。他看著那個安檢人員撕下一角，塞進嘴裡，隨後露出一副苦相。西奧猜想，那張紙若非滲入了大麻，就是迷幻藥。

另一名警員對他說：「海澤爾先生，你今天上課的地點在食堂。然後，兩點鐘的時候，我會帶你去見羅絲・瑪洛。」

「是的。食堂？」

「沒有其他可用的房間了。食堂的工作人員保證他們會很安靜，不過，他們會在十二點半左右把你們趕出去，這樣，他們才能提供可口的餐飲。」他笑著說。

西奧點點頭，他知道爭論也沒有意義。他最好趕快過去。

當他到達的時候，一名廚房員工正在默默地打理供餐區。她朝著他點點頭，然後把一根手指放在嘴唇上，表示她會盡量減少噪音。他回了她一個笑容。

一群女子已經圍坐在一張大桌邊了。他第一堂課裡的每個人都出現了，不過，他也留意到有幾張新面孔。他確保自己對每個人都保持了微笑，同時想起多年前，他終於報名寫作課程，並且決定放棄記者生涯，轉而寫作出書的事情。那名授課老師似乎從學生之間的激烈競爭中得到極大的滿足。西奧很討厭那個課程，浪費了他一大筆錢，而且是在他和蘇菲需要錢的時候。艾略特當時只有四歲。蘇菲的收入不足以支持他們，而西奧又剛辭去了他白天的工作。真是個不明智的決定。

「各位女士，很高興再度見到你們，也很高興見到一些新面孔。」

他走向那張桌子，準備坐在凱西旁邊。她參加了他的第一堂課，他認為她是天生的領袖。凱西有著一張漂亮的臉孔，年近三十，一頭濃密的黑髮——不是染的，因為髮根沒有出現其他顏色——她入獄已經三年了。她幫他拉出一張椅子。西奧在記憶裡找出她的犯罪紀錄。她為了去法國南部度假四週而拋棄了她的三個孩子。最小的孩子當時才四歲，死於她離開的那段期間——凱西對那個孩子潛在的心臟病一無所知。她在第一堂課所寫的首篇創意寫作，主題就是關於她孩子的死亡以及法國的一座農村建築，那是一篇精采的千字文。

西奧喜歡凱西，不過，她對她所做的事，或者沒有做的事，都毫無悔恨之意。她的大腦裡缺乏了某種東西，那意味著她無法分辨對錯。不過，她依然可以寫出非常優美的文章。當他沒有在想羅絲的時候，他花了不少時間在思考這件事。

「今天要做什麼，西奧？」凱西問。

「是啊，」坐在她旁邊那名女子說。那名女子個子很小，一臉的焦慮。她雖然有著稀疏的白髮，不過，她肌膚的質感卻讓他知道她只有三十多歲。西奧不記得她的名字，但是，她也在上一堂課裡。「我們今天要開始寫小說了嗎？」她的聲音有點太大。

「抱歉，你叫什麼名字？」他問她。

那張狹窄的臉立刻出現了一抹失望，看得西奧不禁討厭起自己來。

「艾瑪。」她回答的語氣反映出她受到的傷害。

「我對名字的記性很差，艾瑪，不過，對於臉孔，我倒能記得很清楚。你在上一堂課裡。我喜歡你的作品，我還記得那篇文章。」

她給了他一個燦爛的笑容，不過，他試著不要去注意她左上顎的缺牙。

他繼續往下說。「今天，我們要來談談故事裡的張力，以及如何達到這種張力。」他一邊說，一邊脫下外套，掛在他的椅背上。

凱西轉向他。「羅絲．瑪洛的故事裡有很多張力。你不認為嗎，西奧？」

「你和羅絲很熟嗎？」

「我喜歡她。」她仔細打量著他，那雙眼睛讓他想起她內心的缺陷。「她不可能做出那種事，你知道的。」

「她告訴你的嗎？」

那張桌子陷入了沉默。每個人都在聆聽他們的對話。

「我從來都不想要孩子。」凱西胡亂地說。

食堂裡變得更安靜了。他等著凱西說明。

「但是，羅絲想要，」她繼續說。「那對她來說就是一切。她無法擁有孩子。她不會殺任何人的孩子。」她脫掉她的球鞋，開始摳著她左腳的腳跟。

「如果不是羅絲的話，那會是誰？」他問。

凱西看著地板，沒有回答。

西奧環顧著桌子。所有的女人，除了少數幾個之外，全都打趣地笑看著他。他得先放下這個話題。

「好了，」他說。「今天，我希望你們寫一則一千字的故事。想到什麼就都寫出來。主題是你發現自己無法擁有小孩。那讓你感到高興、悲傷，還是憤怒？」他停了一下。「這可能會引發什麼潛在的衝突？我要你們表達情感給我看，然後，我們會挑幾篇出來討論。」

他針對他想要她們做的事給出了一些指示，然後在她們開始書寫時，往後靠坐在椅子上，仔細考量著凱西的話。稍早的時候，他曾經問過前台，唐恩・懷廷今天是否在監獄裡。他在。在他和羅絲見面之前，他會試著先找唐恩聊聊。

時間到的時候，他選了三篇文章，其中包括了凱西和艾瑪的。在凱西的故事裡，因為無法擁有小孩而苦惱的人並非女主角，而是主角的丈夫。截至目前為止，這是最好的一則故事。

「下週呢，女士們？如果不是在這裡，就是在會議室。至於作業，我希望你們能寫一首詩。」一陣集體的呻吟響起。「詩能讓作者探索並且了解到每個字都有其意義。那是很好的練習。」

「主題是什麼？」凱西問。「你得給我們一個主題，西奧。」

「隱瞞。」

「什麼？」艾瑪說。

「一首關於隱瞞造成了什麼結果的詩，」他解釋道。「可以是隱瞞一段情感、一個事實，或者保密。盡情發揮吧，女士們。」

那名廚房的工作人員現在已經發出了很多的噪音；是離開的時候了。所有的女子全都列隊往外走去，除了凱西之外。西奧在椅子上轉身看著她。她盯著他看，視線剛好在他的頭頂上方。

「羅絲有沒有和你談到發生了什麼事，以及她做了什麼？」他問。

「她不是殺人犯。」凱西說。

「看著我，凱西。」最後，她終於注視著他的眼睛，即便只是很短暫。「你認為是她丈夫嗎？」

她聳聳肩。「如果他像羅絲所說的那樣，那我就可以想像是他做的，對。」

「羅絲是怎麼說他的？」

「他涉足製藥。他也是一個醫生，你知道的。他很容易就可以取得毒品。」

「原來如此。」

「不過，不要聽我的。我有點不對勁，不是嗎？」

「你很特別，凱西。」

他覺得自己看到了她的唇邊泛出一絲笑意。她抓起她的毛衣，離開了食堂。

毒品。邁爾斯。西奧在這兩者與他的勒索理論之間，看到了一絲潛在的連結。

他拾起他自己的東西，朝著有咖啡機的公共會面區走去，希望可以遇見唐恩。他並沒有看到唐恩，因而索性在一張椅子上坐下來；距離採訪還有一點時間。他閉上眼睛，滿心疲憊，陷入了半睡半醒的狀態。

「西奧。」

他猛然睜開眼睛。

「寫作課讓你累壞了嗎？」唐恩臉上寫滿笑意地說。

「最近睡眠不足。」西奧站起來，伸出手。「很高興再見到你。」他們很快地握了握手。

「稍後，我和羅絲有一場會談。」他坐回椅子上，不過，唐恩依舊站在原地。「羅絲和凱西．魯斯的關係如何，你知道嗎？」

「凱西？」唐恩說。「是啊，我想她們會交談。凱西在幾個月前曾經有慢性疲勞的問題。監獄的全科醫生不知道問題出在哪裡。是羅絲建議醫生幫她做惡性貧血的檢查。結果，注射了一劑維生素B_{12}就好了。」唐恩看著西奧。「為什麼這麼問？」

「我只是很好奇，她是否對凱西敞開了心扉。」

唐恩在他旁邊的椅子上坐下。「你是指情感上嗎？我不會感到驚訝。因為凱西……」他咳了一下。「不帶感情，我們可以這樣說，讓羅絲覺得自己可以對她傾訴。不會有被同情吞沒的危險。」

「不過，凱西似乎不像她表面上看起來那樣。」西奧說。唐恩再次對他說了太多，雖然，他很感激這個人在專業上的這種缺點，但他覺得自己真的不喜歡唐恩的作風。雖然，一想到那家餐廳和瑪麗恩，他覺得自己也沒有資格評論唐恩。

「我不能談論凱西的事。」

「對，當然了。」

「你和羅絲的訪談進行得如何？」唐恩說。

「還不錯。不過，她還有很多故事沒說。」

「也許，等她說完的時候，就是你完成任務的時候。」

「也許吧。」西奧聳聳肩。

「有些事我不太明白，如果她和你分享什麼的話，我希望我可以知道。這樣，我才好幫助她。」

唐恩幫不了羅絲。不過，西奧可以。他想起凱西的話。他需要再去找邁爾斯。

他看看手錶，讓自己從椅子上站起來。「是啊。探訪時間到了。」

「是啊，西奧。」

◆

西奧走進會客廳，很快地張望了一下。今天，羅絲往後靠坐在她的椅子上，看起來放鬆許多。她把頭髮垂放下來，即便在門口，西奧也可以看出她化了一點妝。她塗了一層唇膏，也許還抹了腮紅。他對那名獄警點點頭，然後走過去，隨著距離的縮短，他胃裡的那股期待也越加強烈。他和羅絲的狀況讓他完全出其不備，然後，他想到了書的訂金。在他和葛雷格掛斷電話之後，葛雷格把細節透過郵件發給了他。他們希望這本書能好好地寫，不過，從他們的字裡行間看起來，他們也希望能有豐富的情慾情節。

他不能這麼做。

她正在看著他走向她。那雙深色的眼睛裡帶著斑點。那是一雙能讓你陷入、把你鎖在裡面、讓你無法離開的眼睛。雖然，沒有任何男人會想要離開。西奧顯然就不想。
「你看起來一副洋洋得意的樣子，西奧。」她說。
「謝謝你出現。」
「我當然會出現。我為什麼不會出現？」她透過濃密的睫毛注視著他，儘管她今天心情不錯，然而，他卻更明顯地察覺到了她額頭上的皺紋、她眼周的蛛網，以及她脆弱皮膚底下透露出的灰色色澤。在那樣的表象之下，她看起來不是太好。「碰巧，」她繼續往下說。「我今天沒什麼事。」她在椅子上動了一下。「你上完課了？」
「上完了。」
「凱西很喜歡那些課。」
「是啊，我想她很喜歡。你們兩個是朋友？」
「我喜歡凱西，她不會評斷別人。」
「你會評斷她嗎？」
「在這裡，我沒有立場評斷任何人。所謂的評斷已經被做出來了。」
「的確。」
「擁有她不想要的孩子所帶給她的煩躁，就像無法擁有自己的孩子對我的影響一樣強烈。」
他坐下來，面對她，往前傾身。她噴了香水。他想要相信那是為他而噴的。也許，香水是邁爾斯帶來給她的。一股罪惡感湧上心頭。

「邁爾斯對於你無法擁有孩子有什麼感覺？」他問。

「悲傷。」

他緩緩地吸了一口氣，彷彿吸入更多的氧氣將有助於他說出適當的話。「亞伯死的那天，邁爾斯人在醫院，他在亞伯接受治療的特別加護病房區值班。」

「我也是。亞伯的母親也在那裡。」

「你被關在這裡對你來說重要嗎，羅絲？」

她動了動頭部，一撮捲髮隨之垂落在她的左眼上。「當然重要。」

「是嗎？」

「讓我繼續講述我的故事吧。那是你來此的原因，你不是來質疑我是否有罪的。我有罪。我在聽證會上就被判有罪了。」

「因為你承認你殺了人。」

「因為我確實殺了人。」

「不過現在。現在，你想要離開這個地方嗎？」

她避開他的眼神。「有時候，西奧。有時候。」

「好吧，我們繼續吧。」他拿出他的筆記。「你去過你母親家，還有，你即將去西班牙。」

「你有我母親的消息嗎？」她問他。

他無法說謊，雖然，他知道他應該要說謊。「她說她很忙。」他告訴她關於山姆的事，關於那幢位於馬約卡島的房子，以及現在無法成行的那個度假行程。他沒有提到醜聞餐廳的事，也沒有提到他和瑪麗恩在醜聞見面之後，他所下的結論。他也不會提到貝拉和雨果。

羅絲把她的頭髮抓成一個髮髻，熟練地用手腕上的一條髮圈綁緊。「關於我母親，你有發現什麼嗎，西奧？」

「我從她身上發現了一些事，那讓事情變得更清楚了。」

「例如？」她突然變得警覺起來，也突然摳起她指緣周圍的皮膚。

「我想，她絕對知道亞伯的存在，早在你被逮捕之前。我相信她知道丹尼爾·迪恩有個孩子——一個兒子——在你和他分手之後。」

羅絲低下頭，隨即又往前彎身，把雙臂抱在胸前。「我不知道她的錢是從哪裡來的。」

「你知道的，不是嗎？」他溫和地問。

「你會盡力查清一切，對嗎？」

「我會的。」一陣冰冷的痛楚流竄過西奧的脈搏。讓他忍不住顫抖。

「今天這裡很冷，不是嗎？」羅絲搓揉著自己的雙手。會客廳裡出奇的溫暖。「來吧，」她說。「讓我繼續說吧。最終回。」

「慢慢來。」她的手臂就放在桌上，他伸出手，碰到了她的手。

「我會的，」她回答。「出發去西班牙。」她再度把頭髮往後撥。「這是我的故事裡最長的部分。你準備好了嗎，西奧？」

37
羅絲

一九九一年七月三日

最後，我說服我自己，帶著我的實習複習資料和丹尼爾一起待在西班牙，將會比坐在我潮濕的房間裡閱讀那些筆記要好太多。我埋首於實習的準備之中；我鮮少會這麼做，但是卻不得不這麼做，因為骨科是我最沒有興趣，也最不擅長的醫學領域。由於我的實習前研究報告遲交了，因此，我的實習並沒有一個好的開始。瓦爾納先生是全世界最優秀的骨科醫師之一。我曾經見過他一次，但是並不喜歡他，而我很快就要和他一起度過六週的時間了。我還沒有告訴學校的任何教職人員我懷孕了。丹尼爾建議我不應該說出來，而我也知道他是對的。能拖多久就拖多久，他這麼說。我當然不想讓瓦爾納先生知道。否則，在我開始實習之前，我就已經死定了。

我整理了一個小行李箱，外加一個塞滿那些複習資料的手提旅行袋。我沒有比基尼，也不記得我上次必須要穿比基尼是什麼時候的事了。凱茜把她的比基尼借給了我，不過，她的身材太嬌小，而我相信我的胸部已經開始脹大了；我絕對不可能穿得下的。然而，我還是把它一起打包了。就放在我行李箱的最底層。

我們的飛機在三點鐘起飛。我看了看時鐘。已經近午了。我猜，我們會從東密德蘭起飛。前一天晚上，我忘記在電話裡問丹尼爾了；他打電話來只是為了確認我記得帶護照，不過，我相信我們應該要在起飛前兩個小時抵達機場。

門鈴在昏暗的走廊裡迴盪。我套上一件外套，打開大門。丹尼爾站在門口，一副冷靜輕鬆的模樣，看起來彷彿已經在度假中了。

「都收拾好了嗎？你的複習資料也帶齊了？」

「帶了。」我拾起那只沉重的手提旅行袋，把袋子遞給他。「我敢打賭，你的行李沒有我這麼多。」

只見他把手插進兩邊的口袋裡，從其中一只口袋掏出一件內褲，另一個口袋掏出來的則是一雙襪子。「沒有。」他咧嘴笑著說。

「你真搞笑。」

「我在別墅裡有衣服。」

我再次看了看時鐘。「我們來得及到機場吧？」

「時間很充足。走吧，計程車在等我們呢。」

「我以為艾德會開車送我們？」

「艾德和我們一起去。」

「去機場？」

「不是，去西班牙。」

「你在開玩笑嗎？」

「我知道他可能脾氣不太好。他就是那樣。不過，他也可以度個假。那是我感謝他幫忙的一種方式。」

「他不喜歡我，丹尼爾。」

「艾德喜歡的人很少。」

「除了你之外，他還喜歡誰？」

「我姊姊，艾比蓋兒。她已經在別墅了。她真的很想見你，羅絲。我企圖要拒絕她，不過，她很堅持。抱歉。」

「為什麼要抱歉？我會很高興和她見面的。」

他看起來並不相信。「她最近過得不太順利，所以，不要把她的話完全當真。當事情不如她所願的時候，艾比蓋兒講話可能就會很沒禮貌。」

「我很遺憾聽到她過得不如意。還有什麼我需要知道的嗎？」

他把大門在我們身後關上。「她和我父親之間有些問題，你知道的，家人的問題。他們常常爭吵。兩人的意見不同。」

我覺得我可以體會得到。「我了解那那種情形，想要找出和父母的相處之道。」我停了一下。我並不想在這場對話中提到我母親，不過，我還是提起了。「我母親在布魯菲爾德還好嗎，你有聽說嗎？」

「一切都很好，艾德是這樣告訴我的。」

「艾德？」

「偶爾，她上班的交通會有點問題，所以，他就去接她。那就是他的工作，解決問題，而且，他喜歡你母親。」說著，他對我眨眨眼。

天哪，艾德和我母親。這個念頭讓我感到更反胃了。

「艾比蓋兒知道嗎？」我拍拍我的腹部。

「當然知道！她是我姊姊。我什麼事都會告訴她。」

我們上路之後，我看著丹尼爾的側面，看著他那柔和的五官。他抓著我的手，緊緊地捏了捏，一股慾望在我心裡盪漾開來。我看著那個司機，然後再看看坐在前座、兩眼直視前方道路的艾德。車子在一個交叉路口猛然靠邊，他立刻轉過身來，搖了搖頭。

他的動作幾乎難以察覺。

38

當我們在機場下車時，天氣非常冷。丹尼爾把他的外套披在我肩上，就在他這麼做的同時，我抬起頭，望著一架飛機從我們頭頂上的天空滑過，然後拉了拉他的手肘。

「你還好嗎？」他問。「現在夠暖了嗎？根據氣象預報，西班牙南部的天氣很好，你在那裡不會需要外套的。」他更仔細地打量著我。「怎麼了，羅絲？」

「我從來都沒有搭過飛機。我很害怕。」

他聞言大笑，然後突然止住。「真的嗎？」

「嗯。我的心率現在每分鐘是一百五十下。」

他旋即轉身。「艾德，你有隨身帶我的β腎上腺素阻斷劑嗎？」

「沒有，不過，我想我帶了一些在我的行李箱裡。你要我去找出來嗎？」艾德的語氣轉為了擔憂。我無法想像丹尼爾平時都是如何讓他冷靜下來的。

「是要給羅絲的。」

「啊。」他的表情立刻又變得漠不關心。

「不用了，丹尼爾，反正我也不能服用。」說著，我再度輕拍著我腹部那不存在的隆起。

「當然不行。你看起來真的很害怕。」他把我拉進懷裡。「別擔心，我會讓你分神的。」語畢，他往後退一步，然後仔細看著我。「我們應該要取消嗎？待在家裡就好？那不是問題。」

「不，別傻了。我不會有事的。我會在飛機上睡覺。」

「乖。」

艾德側眼瞄了我一下，不過，我沒有理睬。

「艾德是怎麼回事？」艾德朝著航空公司的報到櫃檯走去，一直等到他走出聽得見的範圍時，我才問道。

「他有點緊張。他母親身體不適。」丹尼爾扶著我的手肘。「我們去喝點難喝的咖啡吧。」他笑著說。「也許，你應該要點無咖啡因的。」

✦

不到兩個小時以後，我已經在飛機上了，這是我這輩子第一次搭乘飛機，經過兩個小時的飛行，當我在丹尼爾的手心留下無數的抓痕之後，我們降落在了馬拉加。丹尼爾和我在通關之後走向機場的出口。他已經安排了一輛計程車來載我們到他父親的別墅。艾德則自告奮勇地去拿取行李。

我們沿著海岸公路開到了內爾哈；遠處的海面彷彿藍絲絨一樣，靠近海灘的海水呈現著一片淡淡的蔚藍色。我打開車窗望出去。這裡和康瓦爾的德文郡海邊以及威爾斯南部的海岸截然不同。我無法相信已經年滿二十二歲的自己竟然從來沒有出過國。

我立刻就愛上了西班牙：它的溫暖、蒸發的海鹽氣息，馬路上熱騰騰的灰塵味，以及山丘上傳來的教堂鐘聲。即便坐在車裡，也可以聞得到一股獨特而愉悅的花香，雖然我無法辨別那是什麼花，不過，那股淡淡的味道讓我想起我小時候的一款香水。

「那是什麼味道？」我把鼻子湊到車窗外面問道。

「可能是肉桂，這一帶的西班牙總是瀰漫著這種味道，或者是西班牙薰衣草。你聞到的也許是薰衣草。很棒，不是嗎？今年的薰衣草開得有點早；比往年早了一兩個星期。西班牙的一切都欣欣向榮。」丹尼爾把我拉向他，把玩著我的一撮頭髮。「就像你一樣。青春綻放又充滿活力。」

「我等不及要換上凱茜的比基尼了，雖然它不會太合身。並且把我的複習資料拿出來。」

「那些資料可以等到明天再拿出來，啊？還有，我會幫你買件新的比基尼。」

我輕輕地碰了一下他的膝蓋。「好，明天，還有，謝啦。」

艾德對那名司機說了幾句西班牙文，後者點點頭，加速踩下油門。當他隨著路面轉彎時，我直接滑到了後座的另一邊，我很驚訝艾德會說西班牙語。

丹尼爾笑著說：「快到了。」

我們經過鎮上，開上山丘，沿著一條整齊的柏油路面行駛，最後來到柏油路盡頭的一座大門入口。丹尼爾下車打開大門，我眼前出現了一幢被粉刷成白色的樸素別墅。一道遊廊跨越在建築物的正面，藍色和黃色的花朵覆蓋住了遊廊大部分的面積。房子右邊有一座小型游泳池，藍色和黃色的躺椅四散在池畔，和那些花朵相映成趣。

艾德側靠在車上，打開車窗，揮了揮手。他的臉上帶著笑容。我發現這還真是稀奇。我仔細望去。一名女子正站在門口，憑靠在一根厚重的柱子上，從西邊灑下的陽光勾勒出了她的身形。我猜那是艾比蓋兒。她很高挑，和我一般高，淡金色的捲髮垂落在她的肩膀上，在進一步的注視之下，我看到了丹尼爾臥室裡那些木雕的某些意象，也看到了某部分的我。她帶著微笑，神情裡透露著好奇。

艾德下車後直接朝著她走去。我從來沒有見過他如此生氣蓬勃。除了丹尼爾，他真的還會對其他人感興趣。丹尼爾的姊姊。

「艾比蓋兒答應我，她會過來確保一切都準備好了。」丹尼爾說話的時候並沒有看著我，而是看著他的姊姊。

「我以為她會住在這裡？」

「不，她住在內爾哈鎮上的一間公寓。」

「啊。」

我打開車門，薰衣草的味道立刻迎面而來。艾德正在擁抱艾比蓋兒。一個念頭頓時閃過我的腦海，也許他們兩人之間有著什麼關係。一想到艾德真的和某個人交往，我就不免畏縮了一下。我聽不到他們在說什麼，然後，艾德就消失在了別墅裡。

丹尼爾拉著我的手臂，我們一起走向艾比蓋兒。她穿了一件白色的沙灘洋裝，一條頭巾很有型地裹在頭上。我估計她大約在三十出頭到三十五歲之間，不過，我知道她比丹尼爾大，因此，她必然一定快要四十歲了。以這個年齡來說，她看起來保養得很好。透明的肌膚上有著幾許雀斑，一臉素顏。她的唇角掛著一絲淺笑，當丹尼爾把手放在我的前臂上時，她的眼神落在了丹尼爾的手上。

「羅絲。」她走下兩級台階。「我聽了好多關於你的事。」她看著她弟弟。「他完全著了迷。」

丹尼爾抱了抱她，隨即重新看著我。「她的意思是，對你著迷，羅絲。」艾比蓋兒黃褐色的眼睛打量著我；或許這是姊妹們的正常反應。在我感受到西班牙午後溫暖的陽光之際，我也感受到了丹尼爾的手指落在我肌膚上的壓力。「你好嗎，艾比蓋兒？」他問她。

「適應中，小弟。」她把目光轉向我。「我聽說你的好消息了。恭喜。」

「謝謝。有點意料之外，不過——」

「不過很棒。」她的目光停留在我的腹部上。

「短期之內還看不出來。」我說。

一絲微弱的粉紅色浮上她的顴骨，她的尷尬讓我感到驚訝。我立刻覺得艾比蓋兒和她弟弟很相像，自我肯定又自信，然而，我也很清楚，外觀有可能騙人。

「是的，我想是看不出來。」她往前走了幾步。「那是什麼感覺？」

在我可以回答之前，丹尼爾已經攫住了我的手肘。「我們到屋裡吧。你應該要避開太陽了，羅絲。」

我用指關節戳著他的手臂。「你聽起來像個媽媽在講話！」

「他聽起來像個準爸爸，羅絲，」艾比蓋兒安靜地說。「他正在照顧他孩子的母親。」她雖然這麼說，不過表情卻充滿戲謔之意。

他們姊弟之間顯然有點家人的矛盾；很微弱，不過確實存在。我想讓他們彼此聊聊，但又不想獨自進屋，以免遇到艾德。因此，我打量了一下這個西班牙的縮影。這是一個可愛的地方，我十分渴望能跳進泳池，把自己淹沒在清涼的冷水裡。

「我們稍後見，」艾德從別墅裡走出來。「我要去艾比蓋兒的公寓。浴室漏水。等房東來修理不知道要等到何時，所以，我去看看我能做些什麼。」他全程都對著丹尼爾和艾比蓋兒在說話，完全無視於我的存在。「廚房裡有很不錯的晚餐。羅培茲太太已經忙了一陣子了。」

一名女子出現了，羅培茲太太，我這麼猜想。她很標緻，看起來不像已經適婚的年齡。真蠢，羅絲。你自己還不是懷孕了。她朝著丹尼爾走來。

「很高興見到你，丹尼爾先生。」

「你也是。向來都很高興見到你。」他眨眨眼，羅培茲太太瞬間就臉紅了，接著，他轉向艾德。「如果你要住在艾比蓋兒家也沒問題。我知道你比較喜歡那裡，因為離海比較近。」

艾德點點頭。「我可能會住在那裡。」

說完，他就離開了。謝天謝地。

「你要不要去梳洗一下，順便洗個澡，羅絲？」艾比蓋兒對我說。

「謝謝，我很樂意這麼做。」

她給了我一個燦爛的笑容。「我帶你去你的房間。」

「你帶她去吧，艾比蓋兒。我需要打幾通電話。」丹尼爾說完就消失在別墅後面了。

我跟著艾比蓋兒走向主要的大門。我們穿過開放式的入口，來到涼爽的室內。這裡和諾丁漢的那棟房子渾然不同——散發著些許西班牙文化的氛圍，不過米色和深色木頭的裝潢卻增添了現代和俐落的感覺。

「你們家擁有這個房子很久了嗎？」我問。

「丹尼爾在十年前買下的。」她停了一下。「我想。我的記性很糟。」

我以為他告訴我母親，這幢別墅是他父親的。也許，他不好意思承認自己擁有另一個家吧，我猜。我決定不要再追問艾比蓋兒，轉而說道：「如果他是我弟弟的話，我想，我一定會一直待在這裡。」

「是啊，我確實經常來。」

「你不需要住在別的地方，你知道的。」此時，我們已經來到了廚房，這裡似乎是別墅裡唯一走傳統路線的地方。木頭和復古雅緻的織物構成了這裡全部的裝潢。

「我知道，不過事實上，我喜歡待在鎮上。」艾比蓋兒朝著滿桌的食物比劃了一下。「我希望你餓了，」然後，以近乎詭秘的語氣往下說：「羅培茲太太真的很喜歡照顧丹尼爾。」

「看起來好棒。」我一邊回答，一邊打量著桌上的食物。

「丹尼爾覺得羅培茲太太很棒。」她把手臂交叉在胸前。

我覺得她對羅培茲太太的評論似乎有什麼言外之意，不過，我未加理睬地說：「我覺得這樣很好。食物在我們的課堂上向來都不是主要的議題。」

「我相信。」她稍微停了一下。「你要怎麼兼顧上課和懷孕？」

「我們會想出辦法的。」

「你們要結婚嗎？」

我大笑地說：「我真的不確定。」

「我想應該要吧。」她刻意地看著我的肚子。

我想問她靠什麼為生。也許她沒有在工作。也許她不需要工作。

她打斷了我的思緒，我這才發現她一直在審視我。「走吧，我相信你一定累壞了。我帶你去你們的房間，好讓你可以梳洗。」

這幢別墅是一層樓的建築，而丹尼爾的房間就在屋子的最後面。艾比蓋兒用腳推開門，不過，她並沒有進去，只是站在門口等著。

「如果你需要什麼的話，只要讓我知道就好。看來，艾德已經把你的行李拿進來了。」她指著整齊擺放在那張雙人床上的袋子說道。「我要回公寓去了。明天中午，我已經在鎮上預訂了丹尼爾最喜歡的餐廳。三點鐘。希望對你來說沒有問題？」

「聽起來不錯。」

「把這裡當自己家吧。我很高興你來了，羅絲。」

「我也是。很高興認識你。」我有一種很不好的感覺，我覺得我們的相處不會愉快，不過，艾比蓋兒看似人很好。我在想，也許她對我並沒有意見，而是對她弟弟有意見。

我轉向床上的袋子。我買了一份小禮物要送給她，並且連同我的複習資料一起塞在了那只手提行李袋裡，然後在機場辦理登機時托運了。那也許不是我最好的決定。當艾德在機場把行李搬上車的時候，我也沒有檢查。我直盯著那張床看。

「有問題嗎？」艾比蓋兒的聲音蒙上一絲關切。

「我放資料的那個手提行李袋不在這裡。」

「別擔心。我會讓艾德去找找。也許他不小心留在計程車上了。不會有問題的。我們和那家計程車公司很熟。」

我坐在床上。「希望如此，因為我需要那個袋子。」

「去游泳放鬆一下吧，羅絲。我會幫你解決袋子的問題。」

我試著讓自己分心，不要顯得太執著，因此，我打開我的行李箱，拿出凱茜的比基尼。我把它拎起來，然後笑看著艾比蓋兒。「我室友的。實在太小了。」

「看起來確實很小。你在上面套件T恤就好了。」她笑著說，在那一瞬間，她看起來真的很像她弟弟。「明天見。」

「明天見。」

她轉過身，像一抹白影般地消失了，只留下一股似乎瀰漫在整幢別墅裡的味道。肉桂。

我換上比基尼，如同艾比蓋兒所建議的，再罩上一件長T恤。我好累，我的思緒很散亂。我看著佔滿半面牆壁的鏡子，然而，我所看到的全是艾比蓋兒的影像。

我試著要忘記那只遺失的袋子，轉而回到主要的起居空間，走向通往泳池區域的門。我深深吸了一口氣，潛入水中。不過，游泳池裡的水是溫暖的，彷彿加熱過的液態絲綢覆蓋在我的皮膚上。

我還游不到十五分鐘，就聽到丹尼爾在叫我。「羅絲！走吧。我們去吃東西！」

我無視於泳池裡的階梯，輕鬆地就跳上岸邊。丹尼爾遞給我一條毛巾。

「謝謝……丹尼爾，我的手提袋不在這裡。艾比蓋兒說，它可能還在計程車上。我很緊張。」

「放輕鬆。她會解決的。」他把我擁入懷裡。「我讓羅培茲太太回去了。這裡只有我們。」

他已經換上了短褲和一件正面印有Big Boss的T恤。他看起來很不一樣。那件短褲和T恤都很破舊，完全不像他慣常的裝扮。他在這幢別墅的空間裡很自在，我不禁對摩洛哥和他父親的房子感到好奇。然後，我想到了艾比蓋兒和她在赫里福德郡的住處。一個分裂的家。不過，當丹尼爾帶我穿過那幾扇門進入屋裡，將我引領到一張沙發上時，我把所有這些念頭全都忘掉了。

「別在這裡。」我笑著說，不過，看到他如此自由、無拘無束、不顧後果的模樣，讓我好生震驚。

他鬆開我的比基尼上衣，剝掉我下半身的泳褲。他的手指在撫摸、在探索，我感覺到他正在接近高潮，我的手沿著他的背脊往下滑落，一路游移到我們結合之處。那股高潮在我的胃裡轉動翻攪，往下竄流到我的大腿，充滿我體內的每一個細胞，最終在我的胸口化為一股喘不過氣來的緊繃。我發出一道哭喊，隨即聽到丹尼爾也放聲大喊，然後感覺到他的手掌捧住了我的臉。

他在我的額頭印下一吻，讓我的胃湧起一陣顫動，在此之際，一抹白色的影像宛如鬼魅般地掠過我的腦海，那股顫動剎那之間變得更加強烈，湧向我的喉嚨。

我透不過氣來。

房間裡一片安靜，除了平靜和孤寂之外，什麼也沒有，直到一道來自於廚房方向的叮噹聲響起，我的身體頓時緊繃了起來。

「有人在這裡。」我說。

「噓，沒有人在這裡。」

我越過他的肩膀望去，我想，我看到了一抹白色，聞到了一絲氣味，肉桂的味道，然後，它就不見了。我抓住毛巾，緊緊地將它裹在身上。

他穿上他的短褲。「我去幫我們拿點飲料。放輕鬆。我們明天會找到你的袋子的，別擔心。那就是你在擔心的，對嗎？」

那確實讓我感到擔心，就和那個影像和那抹氣味一樣，不過，也許是我反應過度了。我幻想自己看到了什麼，聞到了什麼，聽到了什麼。「喝點東西也好。」

當丹尼爾在廚房裡的時候，我穿過房間走向窗邊，注意到遠處牆壁上的白漆顏色並不均勻。很顯然地，他對這幢別墅的裝潢，並不像他對諾丁漢那棟房子那麼用心，他那身皺巴巴的衣服更彰顯了這種西班牙特色。

我注視著那面牆，等著丹尼爾帶著飲料回來。

✦

我們又一次地翻雲覆雨，並且在床上吃完羅培茲太太準備的食物，在那之後，我們睡著了。

當我醒來時，太陽已經不見了。丹尼爾在我的身邊發出低沉的打呼聲，我看了看我的手錶。十一點。一股強烈的口渴讓我不情願地從床上爬起來，逕自走向廚房。我懶得套上T恤，身上只穿著一件內褲。想來一瓶可樂的渴望讓我走向冰箱，但卻聽到了一聲哐噹的聲響。我原地轉身，把雙臂遮在胸前，心想也許是羅培茲太太或艾比蓋兒。

結果都不是。艾德正在盯著我看。

「你嚇到我了。」我慌張地搜尋著可以幫我遮擋的東西，但是，放眼所及只有一條抹布，我把抹布壓在胸口。艾德動也沒有動一下，那陰陽怪氣的眼皮連眨都沒有眨一下。他稍早也在這裡嗎？當我們在起居室裡纏綿的時候？這個念頭讓我想吐。

「聽著，你可以……」我的眼睛環顧著廚房。「把門後那件毛衣遞給我嗎？」

他走過去，拿起毛衣扔給我。我立刻把衣服套上。「計程車公司找不到你的袋子。你一定是忘記帶了。」他說。

「我沒有忘記。」

他用一種只有他才做得來的方式聳了聳肩。「你怎麼會這麼無知呢，羅絲？」

「你對我有什麼意見？」

「沒有。絕對沒有。」

「我需要我的東西。」我說。

「艾德，我告訴過你，你要進來的時候要先按門鈴。」丹尼爾站在門口，他的頭髮因為睡覺而凌亂，身上也一絲不掛。

我看了艾德一眼。他沒有反應；或許有一點點，因為我看到他把目光挪向了丹尼爾已然半勃起的下身。

丹尼爾毫無所覺地繼續說道：「你找到羅絲的袋子了嗎？」

「不在計程車公司那裡。」

他搖搖頭，離開了廚房，幾分鐘之後，他穿了一件淺灰色的絲質阿拉伯長袍又回來了。他用一隻手臂摟住我。「別擔心。我這裡有一些舊筆記可以讓你看，還有課本。」

艾德觀察著我的反應。但我不願讓他感到滿足。我懷孕了，我的實習也將會被搞砸。淚水刺痛了我的眼睛。

「艾德，你可以告訴艾比蓋兒，我們明天中午無法去吃午餐了。告訴她，我會打電話給她。」

「當然可以。」語畢，他二話不說地離開了。

✦

接下來的幾天在平安無事中度過了。我做著日光浴、游泳、閱讀丹尼爾的舊教科書。他為我講解骨科的臨床實務。下午稍晚的時候，我躺在一張日光浴的床上，一道影子投射在我身上。

「嘿，你玩得開心嗎？艾德和我沒能在餐廳見到你們。」

「艾比蓋兒，見到你真好。我真的想去。」

我並不是真的想去，不過，那只是因為我確定艾德會在那裡。丹尼爾決定不去讓我有點驚訝，但是，每個家庭都各有其行事規則。而我知道手足之間的關係有可能特別棘手。最近這幾年，我自己和山姆的關係就不像我們應該要有的那樣。他變成了我不認識的人，變得越來越像我母親——他選擇性地說真話，而且有點失去了我們大部分人與生俱來的道德感——這讓我感到擔心。他已經招惹到警察的注意了。

「那是一頓很棒的午餐，」艾比蓋兒繼續說著。「一群可愛的人，真希望你能見到他們，因為你現在是這個家庭的一分子了。」

當她說話的時候，我把我的太陽眼鏡滑下鼻子，然後抬頭看著她。今天，她穿了一件天空藍的長裙，白色涼鞋，耳朵上戴著閃亮的鑽石耳環，雖然，我知道那有可能是假的。然而，引起我注意的並非這些物質上的東西；而是她的表情，或者面無表情。或者，我又在幻想了。又或者她對於丹尼爾和我沒有去赴她的午餐之約感到不高興。也許她在對我生氣。我不希望她生我的氣。我希望一切都很順利。光是和丹尼爾的朋友關係惡劣就已經夠糟了。

「我希望我會再來。下次再一起吃飯？」我盡我所能地露出我最大的笑容。

她重重地在一張躺椅上坐下來。「我相信你會的。」我把太陽眼鏡推回鼻子上。「我買了一個禮物要給你。」她輕輕地把一個袋子放在我的腿上。

「你不用這麼做的，說真的，不過謝謝你。」

「你沒有一件像樣的比基尼，所以，我幫你選了一件。」她特別看了一眼凱茜的比基尼上半部。這件比基尼的上半身若非在過去幾天裡縮水了，就是我的胸部真的變大了。我把泳衣從袋子裡拿出來。明亮的紅色。鮮紅色。

「你喜歡嗎？」她問。

「我喜歡。」

「把它換上，讓我看看是否合身。提醒你一下，我猜幾個月之內，它就會太小了。」

「我去屋裡換一下——」

「羅絲，我覺得你不是那種害羞的人。我們都是女生。在這裡換上吧。」她停了一會兒。

「這裡只有丹尼爾在，還有我。你有的我都有，不是嗎？而且，也沒有什麼是他不知道的。」

她的話讓我體內緩緩地發燙起來，即便我知道她是對的。我完全不是那種害羞的人。醫學系會讓人遠離害羞。「說真的，我要進去換。」

「隨便你。」她說著微微地聳起肩膀，讓我覺得自己很笨拙，很不諳世故，而且過於年輕。

我開始希望自己有多問丹尼爾關於他姊姊的事，這樣，我就可以更了解她，雖然，我確實知道她沒有孩子。我猜她沒有結婚，不過，她也許是離婚了。我看了一眼她的無名指。很明顯的一道白痕。也許，那就是她和她父親不和的原因。因為她最近才離婚。

我進到屋裡把比基尼換上。非常地合身。

當我回到游泳池畔的時候，丹尼爾正坐在我的躺椅上，和他姊姊並肩而坐，他的手就放在她的膝蓋上。突然之間，我感到很不自在。

「很合身。」他說。

我抓起我的T恤，很快地套在泳衣上面。

「是啊，太完美了。」艾比蓋兒看起來很高興的樣子。

「你看起來令人驚豔，羅絲。」丹尼爾說。

「我要走了，不打擾你們兩個了。」艾比蓋兒站起身。「我們英格蘭見了。」她彎身在她弟弟的唇上一吻。

「一路順風。」我說。

✦

儘管我的袋子造成了一些困擾——事實上，在我們要打道回府的那一天，計程車公司終於找到了那個袋子——在飛返英格蘭的飛機上，我的身體感到了極大的滿足。能見到丹尼爾的姊姊很好，不過，雖然我喜歡我所看到的她，然而，我不確定我是否看到了她不想讓我看到的部分。我對她最後的印象是她吻了丹尼爾；那個畫面在她離開之後好幾個小時，依然深深地留在我的腦海裡。不過，在我們的西班牙假期中，丹尼爾和我聊了很多關於孩子的事，以及關於我在學業上應該採取什麼計畫。我即將來臨的實習讓我很擔心，但是，我會撐過去的。在那之後，我們會再看看應該怎麼做。

39

一九九一年七月十一日

我坐在里茲皇家醫院護士宿舍裡乾淨的床緣上，這裡是受人尊敬的骨科顧問麥克．瓦爾納先生工作的地方。丹尼爾昨天把我送到這裡，他說，這樣，在實習開始之前，我就有時間可以做好準備。

時間還不到下午六點，傍晚的陽光依然熱情地穿透了油膩膩的窗戶。我的肚子咕嚕咕嚕地響，雖然我餓了，但是我無法進食。自從西班牙之旅以來，那股想吐的情況更糟糕了。我把買來的食物放在公共冰箱裡，但是，我完全不想煮食，因此，我只是坐在那裡，沉浸在我的憂傷裡。

在筆試失敗之後，我一直感到脆弱又沒有安全感，雖然，威哥親自寄了一封信給我，通知我可以補考。丹尼爾一直很好，他百分之百地支持我。在前來里茲的途中，他提出了各種不同的計畫，包括我要如何繼續我的學業，如何通過補考，並且完成所有的課程，而同時又能兼顧一個新手媽媽的角色。不過現在，在這裡，我發現晨間害喜會讓我無法做出最好的表現。即便在最好的情況下，瓦爾納先生對於學生來說都可能是個大惡魔。這和我過去對自己這個階段的生命計畫有所不同，然而，我已經深深愛上了這個孩子。而且，我也愛丹尼爾。

當我上床的時候，這些念頭依然盤旋在我的腦海裡，不過，我實在累壞了，在頂著一臉陽光和一個空肚子之下，我很快地睡著了。

翌日上午，我被一陣敲門聲吵醒。那是同樣在這裡實習的另一名學生。史黛拉。

「羅絲，有個傢伙剛送花過來。」

我看了看時鐘。上午六點半。我已經睡了好幾個小時了。我們得在八點半整到醫院的櫃檯見瓦爾納先生。我跳下床，打開房門。「誰？」

「我猜是代客送花的公司？不過，他看起來不像快遞員。」

我很快地走到油膩膩的窗邊眺望停車場，結果看到了那輛MG。我仔細一看。艾德正坐在駕駛座上。丹尼爾要他大老遠送花過來。他的典型作風。艾德一定很討厭做這件事。我的心情愉快了起來。「我想，那是我男友的朋友。」

「那個盒子很大。花在廚房。有人很愛你，羅絲。」史黛拉笑著對我說。

我喜歡史黛拉。她就讀於倫敦的瑪麗皇后學院。我曾經拿到那裡的入學許可，突然之間，我真希望自己選擇了那裡，因為這樣一來，我就會和她同班了。不過，如果我去了那裡，那麼，我就無法住在我母親和山姆附近，也不會遇見丹尼爾了。我也不會懷孕，而會專注在我的學業，以及我一直都想要追求的職志上。

我衝下通往廚房的兩級台階，史黛拉也跟在我身後。

那些花太美了。我閱讀著上面的卡片。

愛你，丹尼爾。祝你好運，務必讓我們的小家庭安全無憂。X

「我會在你梳洗換裝的同時，先把花插到花瓶裡。」她看著我的一頭亂髮說道。

「謝謝，史黛拉。你人真好。」

當我聽到廚房傳來一聲尖叫時，我正在我的房間裡。我立刻就衝下台階。

史黛拉站在那裡，花就在桌上，一只醫院的鍍錫舊花瓶已經準備就緒地放在旁邊。然而，她的手卻沾滿了鮮血。「你男朋友是個瘋子，羅絲。」

「怎麼了？」

她走到水槽邊，拾起一坨我不知道是什麼的東西。我盯著那個物體看。內臟。包裹著保鮮膜。一陣噁心的感覺湧起。我抓著那層薄薄的塑膠膜。看起來似乎是子宮；我曾經在外科實習的時候看過幾次。我仔細打量了一番。絕對是一顆子宮，但不是人類的。也許是一頭牛，或者一隻羊。我四下張望著是否有塑膠袋，在找到一只塑膠袋之後，我立刻把那個東西放進去。然後開始清潔水槽。史黛拉依舊站在那裡，一動也不動。

「把你的手洗乾淨，」我說。「我來處理吧。我不希望你第一次和瓦爾納先生見面就遲到。這是在哪裡發現的？」我指著袋子裡那個碩大的東西。

「在裝花的那個盒子底部。真該死，羅絲。」

我覺得反胃；我不知道自己要如何面對在醫院實習的第一天。

史黛拉離開了。我繼續清潔。我把那些花和裝著那顆子宮的塑膠袋一併丟進垃圾桶。然後才走到共用的洗手間，開始嘔吐。

我不知道該怎麼想，不過，我什麼也無法思考，因為我必須要趕上八點半。

✦

那個第一天是個惡夢。我記不得任何有關人體的東西，瓦爾納先生顯然也很討厭我。史黛拉一整天都在鼓勵我，並且知道什麼也不要問我。不過，她注意到我大部分的時候都在嘔吐。

瓦爾納先生和他的親信花了一個星期的時間弄清了狀況，然後又用了另一個星期的時間建議我終止實習。當他們使用終止那個字眼的時候，我無法自已地大笑出來。然後就開始哭泣。

史黛拉就是在那個時候問我，她可以打電話給誰，讓那個人過來接我。我把丹尼爾的電話號碼給了她。

在過去兩週裡，每當和丹尼爾通電話時，我從來沒有對他提起過那些花或者那顆子宮的事。我曾經想要告訴他，然而，實習的悲慘壓過了我對艾德的憤怒，也壓過了我在某種程度上對於丹尼爾有那樣一個朋友所感到的憤怒。

我把兩個手提行李袋放在左右兩邊的地上，站在停車場裡等待著丹尼爾前來。

「你可以在孩子出生之後完成你的訓練，只要延後一年就好了。」說著，他把那兩只袋子放在車子的行李箱裡。然後打開車門，協助我上車。

我看著窗外的雨水，等他坐進駕駛座。「丹尼爾，你是不是讓艾德在我實習的第一天送花給我？」

「是啊。你從來都沒有說過你收到了，我也不想給你壓力或者煩擾你。我希望你能適應新的環境。」他看著我。「有什麼問題嗎？」

「你是指除了被踢出實習，以及毫無疑問地也會被退學之外嗎？」

「他們不能因為你懷孕就把你退學。」

「他們會找到辦法的，反正，我放棄了。」他沒有回應，於是，我繼續往下說。「艾德在那束花的盒子底部放了一個東西。」

「什麼東西？」他轉過頭來看著我。

「一頭牛還是羊的子宮，我猜。他知道我懷孕嗎？」

沒有回應。

「丹尼爾？」

「知道。聽著，是艾德把那個盒子交給你的嗎？」

「不是，他把盒子交給了史黛拉，另一個學生。我當時在我的房間裡。」

他爆笑地說：「那種老把戲，啊？你的朋友在對你惡作劇，羅絲。不要告訴我，你在醫學系讀了四年，卻從來沒有發生過類似的事情？」

有的。在我唸醫學系的第二年，我被告知要幫加護病房的一名老年病患判斷他的生命跡象。他罹患胰臟癌，末期，已經被插管了。我測不到他的脈搏。但是我假裝測到了，就像學生通常都會做的那樣。我記得我說他的脈搏是九十八。那個病患在一個小時前就死了。我的指導老師和其他幾個學生全都擠在加護病房的另一頭竊笑。當我不再感到丟臉時，我們全都對此捧腹大笑。醫學系學生之間的玩笑不僅幼稚，而且暗黑。

我讓自己擠出微笑。「沒錯，以前是有發生過。」我沉默了一下。「可是，史黛拉告訴我，她會幫我把花插在花瓶裡。如果她有意要讓我發現的話，她為什麼還要幫我插花？而且，她在發現那顆子宮的時候，她的震驚完全不下於我。」

「聽起來史黛拉不僅是個好演員，也是一名正在嶄露頭角的醫生。我不知道，不過，說句實話，事情就是：醫學系學生的一場愚蠢的惡作劇。」他拾起一盒薄荷糖，往他的嘴裡丟了一顆。「那些花可花了我不少錢。」

他是用客觀的角度在看待這件事。史黛拉人很好，但是，她有點頑皮。有趣。就像我以前那樣，雖然，我立刻就懷疑自己是否曾經有趣過。「我不知道我是怎麼了。」

「荷爾蒙。」他說。

我嘖嘖了兩聲，對這種男性的反應嗤之以鼻。他輕輕地碰了一下我的膝蓋，隨即將手滑向我的大腿，這是自從認識他以來，我第一次對此無法燃起慾望的火花。

他繼續說道：「一切都會好起來的。我要帶你回到我的房子。我已經和湯姆與凱茜說過了，他們正在幫你打包一些你可能會需要的東西。艾德會過去拿。」

我立刻轉過頭。「我不要艾德去拿任何東西。」我不希望艾德靠近我，或者我的孩子。

「你真的被荷爾蒙沖昏頭了。」

我嘆了一聲，突然覺得疲憊到不想爭辯。也許，精明的史黛拉早在見到我之初，就已經知道我懷孕了。我太容易被看穿了。而那就是她何以要在那個盒子裡放一顆子宮的原因。也許，我全都搞錯了，丹尼爾才是對的。

「我愛你，羅絲。我們何不在孩子出生之前，好好地享受我們的生活呢？」

我想要在明年取得醫生資格的夢想已經徹底被毀了，不過，我即將為人母；我和丹尼爾在一起。就目前而言，這就夠了。

「這個想法不錯，」我說。「之後呢？我們之後也會很快樂嗎？」我試著要露出笑容。但是我覺得很困難。

「我已經做好晚餐了。身為一個懷孕的女人，你太瘦了。」他沒有回答我的問題。

「你做了晚餐？我們可以去穆塞爾的。」

「那裡不再適合我了。」他啟動引擎。「最近，那裡的黑人和同志變多了。一定是諾亞的關係。」

「你在說什麼鬼話啊，丹尼爾？」

他看著我。「沒什麼。我沒有什麼意思。對不起。我只是擔心你而已。」

我捧著我的腹部，一股震盪的感覺猛然在我體內翻騰，宛如一群正在堅定趕往下一個戰場的士兵一樣。

40

一九九一年七月二十四日

丹尼爾精心準備了晚餐——烤羊肉、馬鈴薯千層派和四種不同的蔬菜——在我看著他準備的時候，他再一次地道歉。

「我們相差了半個世代，」他一邊調製著薄荷醬汁一邊說。「對不起，我剛才的用語太粗魯了。」

「是很粗魯。但是，年紀大不能構成藉口。一點都不能。你真的需要調整你的偏見。」我停頓下來以示強調。「大大地調整。」

「我確實需要調整。」

他端上晚餐，但是，我沒有胃口，只是在我的盤子裡把玩著食物，沉默瀰漫在我們之間。那個比較客觀的羅絲知道，他不說話是對的。他很清楚，當我如此疲憊、暴躁，並且還處在他剛才那些言論所帶來的衝擊之下時，想要和我溝通根本是不可能的事，而且，就算溝通也不會得出什麼好結果。

大聲作響的門鈴拯救了我。他從桌上起身，在經過我的座位時碰了碰我的肩膀。「你盡可能多吃一點，然後去睡覺吧。」

我點點頭，看著我的手錶。「這麼晚了還有人來。」語畢，我跟著站起來。「我要上床了。謝謝你準備這些食物，很抱歉讓你白費時間了。」

「沒關係。」他扶起我的下巴，注視著我。「我難過的時候，我母親總會餵我吃東西。」

「晚安，丹尼爾。」

當我上樓時，門鈴又響了一次，等我聽到丹尼爾打開前門時，我已經在刷牙了。

我在床上躺了半個小時，無法入眠。我感到很渴。於是，我從床上起來，套上一件毛衣，然後下樓去喝水。我聽到有聲音從廚房裡傳出來，我想應該是艾德。

不過，不是艾德。我認出那是邁爾斯的聲音。儘管他們是同事，而且，邁爾斯也在布魯菲爾德工作，但是，他從來沒有來過丹尼爾家。我可以理解：社交和工作都在一起可能太過了。

「我要讓你走，邁爾斯。是時候了。我會把所有你需要的推薦信都給你。」

「為什麼是現在？」邁爾斯回覆說。「我幾年前就想要離開了。」

「我希望你在這週結束之前把你的辦公桌收拾乾淨，然後離開。這個給你。」

「我不要錢。」

「隨便你吧。」丹尼爾說。

「我可以相信你以後什麼都不會說嗎？」邁爾斯說。

「我向你保證。」

一陣沉默。我等著他們繼續說。

「好好照顧羅絲。」邁爾斯說。「告訴她——」

丹尼爾打斷他。「恕我直言，羅絲和你沒有關係，從來都沒有。」

他們其中一個或者兩人正在朝著微微打開的廚房門走去。我一個轉身，幾乎是用跑的回到了樓上。當我進到臥室時，我衝進洗手間吐了。

我聽到邁爾斯的車子在屋外啟動。我等了幾分鐘，然後才再度下樓，看到丹尼爾正在清洗碗盤。當他聽到我的聲音時，他轉過身來。

「是邁爾斯。我要求他辭職。之前，我不想對你說什麼。」他用一條毛巾擦了擦手。「是時候讓邁爾斯去做他真正想要做的事情了，他想在國民保健署的醫院工作。這幾年來，他一直想要到加護病房工作。」他停下來，很快地吸了一口氣。「我不應該再保護他了。」

「保護？」

「邁爾斯有，或者曾經有過一點吸毒的習慣。不過，我想他現在已經循規蹈矩了。我很高興讓他離開，回到國民保健署的醫院去。」

「你確定那麼做沒問題嗎？」我靠在牆上。「我是說，他……你知道的，他還好嗎？你有責任，丹尼爾……保護病人。」

「沒事的。邁爾斯不會對任何人造成危險。我一直都在監控他。」

我討厭我們之間有秘密的感覺。「我聽到了；我下樓來喝水。邁爾斯是什麼意思，他說你應該要照顧我，還要告訴我什麼？」

「告訴你關於他的問題。」

「那和我沒有關係。」

他聳聳肩。「是沒有，不過，邁爾斯真的是一個很坦率的傢伙。也許，他只是希望你知道。」

「你給他錢了？」

「我只是想要幫他。讓他在過渡期間好過一點。」

我打開廚房的水龍頭，盛滿一杯水。「我察覺到邁爾斯有點悲傷。我們班上有一些學生也嘗試過毒品。他們在通宵唸書以及需要長時間實習輪班的時候會使用安非他命，好讓自己保持清醒。」我暫停了一下。「他在醫學院的時候就開始用毒品了嗎？」

丹尼爾點點頭。

「而你一直在保護他？」我啜飲了一口水。

「我試著那麼做，而且我也幫了他，不過，是我們分道揚鑣的時候了。」

我踢著廚房的地毯邊緣。「我要上樓了。我好累。」

「去吧。我會睡在客房。我不想吵到你。」

當丹尼爾終於上樓來的時候，他真的到客房去了。我在午夜時分起床，走過去，看到他已經睡著了。我爬上床，緊貼著他的背，用雙手環抱住他。他沒有動；只是拉住我的手親吻。

「我愛你，羅絲，我很抱歉說了那些關於諾亞的話。」

41

一九九一年七月二十五日

隔天早上，我打電話給我母親，當時，她正要到布魯菲爾德去上早班。她告訴我，她會在三點鐘回來。

我搭了巴士在兩點鐘的時候抵達，不過，我沒有讓自己進屋，而是坐在外面的台階上等她。天氣很好——溫暖但濕氣不會太重——我想起了我的童年，那時候，我常常忘了帶鑰匙。儘管我母親通常不太有愛心，不過，我記得在我忘了幾次之後，她開始把一副鑰匙放在後門旁邊的一只防水靴裡。

她不是全然那麼糟糕，而且，今天我需要和她談談。

半個小時之後，她已經在一間整潔的廚房裡幫我泡茶了。

「新工作做得如何？」我問。

「還不錯。」她看著我，同時把牛奶倒進馬克杯。「怎麼了，羅絲？」

「除了放棄學業之外——」

「喔，親愛的，發生了什麼事？」

「那不重要，而且困擾我的不是這件事。放棄學業是遲早的事。」
她往前走近一步，我以為她就要擁抱我了。我等著她上前來。但是那並沒有發生。「你可以在生完孩子之後再回去唸書。」她這麼說。
「不只是這樣。」
「你有疑慮嗎？」
「對什麼有疑慮？」
「墮胎。」
「不！絕對不是。我是對丹尼爾有疑慮。」我坐立不安地說。「我放不下。」
她嘆了一聲。「我以為你在西班牙玩得很開心。」
「我是，只不過——」
「什麼？他愛你。你愛他，不是嗎？他對你有好處，對我們家也是。」
我知道我母親喜歡他。「我確實愛他……可是，前幾天晚上，他說了一些話，那讓我真的很苦惱。」
「他說了什麼？」
「基本上是一些種族歧視和同志歧視的言論。」
「你為什麼總是要帶著非黑即白的使命感？丹尼爾和你是不同世代的人。」她停下來，微微一笑。「他只比我小五、六歲而已。」

「沒錯。」那正是丹尼爾那天早上說的話。

「他可以照顧你。」

「我和你不一樣。」

「對，你是不一樣。從來都不一樣。」她又嘆了一口氣。「你不需要像我把你養大時那麼掙扎。丹尼爾非常喜歡你，羅絲。饒了他吧。好吧，他說了你不認同的言論，那又如何？」

我打量著她，彷彿第一次真正看清了她。我從來沒有仔細問過她在愛爾蘭的童年和成長過程的事，因為我覺得她並不想提起。不過，我知道那段時光並不好過，也許還是她之所以變成這樣的原因之一。我應該要問得更多，挖掘得更深，那樣，我也許會多了解她一點。也許如同她偶爾所說的，我太自私，太放蕩不羈，但是，她真的沒有立下最好的榜樣。

「你的童年很糟嗎？」我問。

「不太好。」她彎下腰，拿出一盒餅乾，她並沒有面對著我。「我很抱歉，我不是最好的母親。但是，現在是打破這種循環的時候了，啊，親愛的？」

我點點頭。這是我和她之間有史以來最坦誠、也最真實的對話了。

當她把餅乾放在盤子上面時，我走進起居室，映入我眼簾的是一組品質高級的全新大型傢俱。

「很不錯的沙發！」我大聲地說。

她端著盤子走進來。「是啊，可不是嗎？丹尼爾在我上個月的薪水裡給了我一筆獎金。」

我試著要擠出笑容，但是卻笑不出來，然而，等我回到丹尼爾家的時候，我已經確定我所有的煩惱都過於小題大作了。我懷了丹尼爾的孩子；他照顧我母親。我愛他，我母親說他非常喜歡我。不管她有什麼問題，不管我們的關係有多麼殘缺，我都相信她。

我把他關於種族和性向的評論歸因於他的年齡和他優渥的成長背景，此外，他自己混血的血統也許意味著他覺得自己可以不需要為種族歧視的言論負責。當他說他會調整他的歧視時，我選擇相信他。在他為了我做了那麼許多之後，看來，他真的可能會做出改變。

42

一九九一年八月十八日

我放鬆地坐在廚房裡啜飲著花草茶；丹尼爾剛剛離開去送我母親回家了。看著這個一應俱全的空間，我承認這幢房子真的開始感覺像個家了。

在和我母親談過之後不久，我搬進了丹尼爾家，當時，他要求艾德搬出去，而我也決定搬去和他同住。西班牙之旅讓丹尼爾知道艾德和我不適合共處，因此，他問艾德是否介意住到艾比蓋兒家，幫忙她處理她公寓的事。原來，艾德並沒有自己的住處；在他失去他的工作之後，他的住處就被收回了。丹尼爾曾經讓我看過他姊姊家的照片，那個房子的大小真的讓我有點驚訝。當我表露我的想法時，他終於告訴我她在兩年前離婚了。

過去幾個月以來，我已經逐漸接受在學業上受到淘汰的事實，我也繼續在穆塞爾工作了一小段時間，直到幾個星期前才放棄工作。湯姆和凱茜曾經來看過我，雖然，湯姆對丹尼爾的冷漠讓我有點惱怒。不過，凱茜是真的很喜歡他，而且，她也不像湯姆那樣擔心我的處境，她承認，儘管她是個強烈的女性主義者，不過，發生在我身上的事情是最自然不過的了。你有丹尼爾。他那麼喜歡你。多個一年兩年又如何？你可以完成你的醫生訓練。沒有問題。

不過，最讓我感到訝異的是我母親的來訪。我們不曾在她來的時候吵過架，她甚至還尷尬地擁抱了我。上個週末，當丹尼爾去看艾比蓋兒時，她還留下來過夜陪伴我。她說了她兩次的生產經驗來取悅我，並且向我保證，生完孩子之後回到學校唸書，對於如此年輕的我而言絕對不成問題。年輕的能量是生育上的一種天賜之福。很多人都說生小孩要趁著年輕。她甚至還主動表示願意負起保姆的責任。

她很享受在布魯菲爾德工作，而且看似真的很自制，同時也有乖乖服藥。今天，我們甚至一起看了嬰兒用品的目錄，並且下了一堆訂單。我提醒她帳單底下的那個鉅額數字。她卻只是聳聳肩。丹尼爾會買單，不是嗎？我原本以為她打算付錢，因此明智地刪掉了大部分的商品。

稍後，當我們躺在床上時，我把這件事告訴了丹尼爾。

「她是你母親。給她一個機會。」他的聲音裡帶著愉悅。

我向他依偎得更靠近。他親吻了我的鼻子，隨即鑽入棉被底下。他的唇滑過我的腹部，尋找著我已然濕透的私處。我彷彿無法控制自己的身體或思緒，也無法控制自己對這個正在用舌頭深入探索我的男人的感覺。我拱起臀部，等待著即將來臨的狂喜；我的身體從來不曾有過如此強烈的反應。我們的孩子正在我的體內成形，這個念頭讓我的狂喜遽增，讓我感到無比的震撼。

「天哪，羅絲，我從沒想到你對我會產生這樣的影響。」

他把頭撇開，看著枕頭，我聽到了一道呻吟：是狂喜，還是解脫？不過，當我漸入夢鄉的時候，他的低語變成了一種悲傷的聲音。

隔天，我們在黎明時分雙雙醒來。醫院幫我安排了第二十週的掃描，並且是當天早上的第一個時段。丹尼爾已經醒了，在我來得及喝完他幫我送到床上的熱茶之前，他已經洗完澡，並且換好了衣服。

「你不用去的。」我說。

「我想去。」他輕輕地擺弄羽絨被，將棉被頂端整齊地折疊在我的腹部上，然後又朝著被我靠在床頭板上那一片木雕捲髮上的枕頭捶了一拳。

✦

當我們抵達的時候，醫院裡人山人海。櫃檯人員對丹尼爾點點頭，然後給了我一個微笑。現在，我是丹尼爾女友的事實已經是人盡皆知的消息了，而我必須承認，那讓我感到不自在。這不是我第一次覺得也許到國民保健署的醫院會比較好，不過，我已經認識了很多產科的工作人員。我喜歡卡姆，我的助產士，雖然我的主治醫師依然是馬克・史蒂芬斯。他還可以，但不是我最喜歡的人。

丹尼爾把我帶到馬克的看診室，馬克已經在裡面等著我們了。

「請坐，羅絲。」他看了丹尼爾一眼。「你也是。」他看著我，他的唇型看似在微笑，然而，他的表情卻讓我覺得他有話要說。「未來，在你的孩子出生之後，我絕對相信你會回到你的學習軌道，成為你應該會成為的醫生。」

我瞄了丹尼爾一眼，疑惑地聳起肩膀。馬克．史蒂芬斯怎麼會知道我在擔心我的學業？在我們所有的看診過程裡，我從來都沒有對他說過什麼。

「馬克，你能給我們五分鐘嗎？」丹尼爾說。

馬克咳了一聲。「我得去查看一名已經陣痛了十五個小時的產婦，所以沒問題。」他很快就離開了診間。

「你為什麼在我不在場的時候，私自和馬克討論我的事情？」我問。

「他有點擔心你的心理狀態……我想是你母親對他提了些什麼。」

「天哪……」

丹尼爾在他的椅子上動了動。「別這樣。」

「我不希望別人知道我的事，而我卻不知道他們已經知道了。特別是我的醫生。」

他把他的椅子拉近我，將手放在我的腹部。「馬克是個好人。」他暫停了一下又說：「他有一個年紀和你相仿的女兒。她雙眼失明，身心殘障。那是她三歲的時候染上痲疹導致的結果。」

「真可怕。」我看著他。「不過，我對你和他討論我的事依然感到生氣。」

「是你母親和他討論的。」

「我不管。」

診間的門打開，馬克回來了。

「你要躺到床上嗎，羅絲？」他的聲音有點大。

當馬克把超音波的儀器拉近時，我爬到了床上。他等我把那顆薄枕頭放到頭底下時才說：

「那我們就開始吧。」

丹尼爾站在我旁邊，把手放在我的右肩上。「你想要知道孩子的性別嗎？」他問。

我曾經想過，結果我的結論是我想知道。因此，我點了點頭。

馬克咧嘴一笑。「那我們就來看看吧！」

丹尼爾從我身邊走開，這樣他才能看得到螢幕。馬克按下按鈕，專注地掃描，而我則躺在床上等待著。

「你要看看嗎？」他問。

當丹尼爾把儀器拉近時，我抬起了頭。馬克已經把超音波探頭從我的腹部移開了。螢幕上顯示出我的寶寶，那是一張截圖。

「我可以看得到，」我覺得好神奇。「是個女孩。」一份焦慮立刻湧上心頭，那是一種責任和承諾的感覺，緊接著是愛。親子的愛。

接著，馬克告訴我，我的女兒預計會在一九九二年一月十一日來到這個世界。我天生就相信科學，但是，我立刻就知道了兩件事：她會是屬猴的摩羯座。我那照相般的記憶立刻就把我們尚未出生的女兒和一些性格的特質聯想在了一起：聰慧、口才流利、靈活。有才氣、聰明、機靈。自律。我喜歡這些形容詞，同時異想天開地幻想，有朝一日，她是否也會想要成為一名醫生。

馬克繼續告訴我，她的器官、骨骼和大腦都很正常，雖然，我之前並不擔心這個成長中的孩子健康，不過，聽到她正在正常地成形，我依然大大地鬆了一口氣。我忍不住想起丹尼爾剛才提及的關於馬克女兒的事。

最後，我與高采烈地離開了醫院，而且覺得相當平靜。我感到很滿足。一直以來，我只是一心想要符合資格，成為一名醫生，一名兒科醫生，因為我喜歡小孩和醫學，不過，我還年輕，並且已經相信我可以同時為人母、陷入愛河，而且最終擁有我夢想的職業。為什麼不行呢？這個世界在等待著我。我才剛起步而已。

在超音波掃描之後，丹尼爾帶我到市中心，我們在不同的商店裡閒逛，尋找著嬰兒的衣服和絨毛玩具。儘管我對自己知道許多關於星座和生肖的資訊偷偷地感到開心，不過我並不迷信，而且，瀏覽和採購嬰兒用品也充滿了樂趣。我們花了好幾個小時在John Lewis尋找嬰兒床，在小心翼翼地檢查過大量生產的商品之後，丹尼爾宣布說，他決定自己在家親手做一張嬰兒床。這個消息讓我大為驚喜。我真的很喜歡他這種務實的性格。

在比薩快餐吃完中飯之後，我們就打道回府了，到家之後，由於時間還很充裕，因此我上樓打算睡個午覺，然後再開始準備晚餐。湯姆和凱茜稍後會過來，我打算煮義大利燉飯，這是一份新的食譜，也是一個嶄新的我。過去的我從來不下廚。

我幾乎立刻就睡著了，直到門鈴聲吵醒了我。我等著丹尼爾去應門，但是，門鈴卻一直響個不停，然後，我記起他告訴過我，他會到花園的小棚舍開始動手做嬰兒床。我兀自一笑。我真的無法想像他做嬰兒床的樣子，雖然，我喜歡他有這樣的想法。

我下床走到樓下，睡眼惺忪地打開門。一名男子站在我面前。我不認得他，當他露齒的笑容與驚人的紅皮膚和我如此貼近時，我當下的反應是將門稍微掩上，並且往後退開一步。那名男子舉起手臂，將他的手貼在門上。就在此時，我看到了盤據在他手指上的那些蛇的刺青，然後，我認出了他是誰。很久以前出現在穆塞爾的那個男人；就在我和丹尼爾初次見面的那一天。當時，我不慎把酒渣潑灑在了他的襯衫上。

「很高興再見到你，」他舔舔嘴唇地說，同時看著我的腹部。「丹在嗎？」

「你是誰？」

「我是誰不重要，親愛的。我只是需要找丹而已。」

「他在花園裡。」

「啊，如果你不介意的話，我就直接去那裡找他了。」

噁心的感覺穿透了我。「通往花園的門鎖住了。你需要密碼。」

他咧嘴笑道：「我有密碼。」他上下打量著我，然後轉身，沿著屋側走開了。

我放棄了午睡，走到廚房，打開那本食譜，懷著一股不安開始準備晚餐。半個小時之後，丹尼爾從後門走了進來。

「好香！你要我去接湯姆和凱茜嗎？」

我聳聳肩。「隨便你。」

「怎麼了？」

「那個人——」

「啊，謝謝你叫他過去找我。」

「我們認識那天，他就在穆塞爾。那個在我屁股上抓了一把的人。」

「我不記得了。他是個建築工人，這屋子有些工程都是他做的。」丹尼爾走到我身後，將手放在我的臂部上。

我推開他的手。「不要。」

「怎麼了？」

「你當時告訴我你不認識他。結果，他居然在幫你工作。」

「我沒有那樣說過，我有嗎？老天爺，羅絲，我那天甚至可能沒有注意到他是誰。」

他坐下來，雙手搓揉著他的頭髮。「你要我去載湯姆和凱茜，還是不要？」

「不用了。我這就去找他們。我自己去。」我扔下手裡握著的餐具。「你可以準備你自己的晚餐。」

✦

稍後，在我的舊窩裡，凱西不停地在幫丹尼爾解釋，就連湯姆也為他說話，那讓我真的覺得自己反應過度了。最後，凱茜做了一頓他們原本應該在我們家享用的晚餐。我們吃了炒蛋夾吐司，湯姆因此發出了不少怨言。在我們吃完之後，他還幫自己準備了一碗麥片。他真的是個大胃王。

凱茜握著我的手。「這段時間對你來說並不好過。堅持下去，回家去找丹尼爾。我覺得你不應該為這件事擔心。」

湯姆站在她身後。「你知道我對你孩子的父親沒有那麼多的好感，不過，我真的認為你這次太過頭了……有那麼一點。」

他們給了我搭計程車的錢，我回到家的時候，丹尼爾正在車道上等我──凱茜一定打過電話給他了。當我在起居室的沙發上重重坐下來時，他走到他的書桌旁，拿起一大張紙，然後放在我的腿上。我勉強看了一眼，像個正在耍脾氣的小孩一樣。一張嬰兒床的設計圖。

「你喜歡嗎？」他問。

「喜歡。」

「我真的不記得在穆塞爾發生的那個意外了。」他在我身邊坐下，將我拉向他。「我當時忙著想要讓你對我留下印象。」

「他是個下流的傢伙。」

「不過，他在工作上表現得很好。」他停了一下。「我會再找其他人。」

「很好。」

43

一九九一年十二月八日

濃濃的松樹味混合著濾煮咖啡美妙的香氣瀰漫在廚房裡。幾分鐘之前，丹尼爾把一棵巨大的聖誕樹拖過廚房，拉到起居室裡，我們打算明天在起居室裡裝點那棵聖誕樹。咖啡是給丹尼爾的，雖然，我渴望著可以暢飲一大杯。我現在所做的每一件事都是孕婦應該要做的，大部分的事對我來說都不是問題，但我實在太想念咖啡了。不過，丹尼爾無時無刻都在鼓勵我要聽話。他對我的懷孕、對我的身體都感到迷戀；我覺得自己宛如女神或什麼的，自從我們因為他對諾亞的評論以及那個手指上有蛇紋刺青的男子發生爭吵以來，我們的生活一直都很平靜，他也邀請了諾亞在耶誕節前一天到家裡來喝一杯。只不過，他的殷勤和關注偶爾會讓我感到窒息。

我再度帶著渴望的眼神看著咖啡機。當那股嚮往啃食我的時候，我只需要捧著我的腹部，感受肚子裡的胎動，那股對咖啡的渴望就會消失。那就是我現在正在做的，靠在廚房的凳子上。

就在我打算拿起我的外套、鞋子和過夜袋時，額頭上一臉汗珠的丹尼爾——那是一棵大樹——把頭探進廚房裡。

「我會載你去湯姆和凱西家。」

「我會搭巴士。我需要散步，呼吸一點新鮮的空氣。」

「羅絲，你太臃腫了。讓我送你過去。你還有袋子要拿呢。」他指著我的行李袋。

他說得沒錯，我很臃腫。我見到的每個人都對我這麼說：街上、巴士上和公園裡的陌生人。起初，我對於這些從來沒有見過的人，或許以後也不會再見到的人，竟然能對我的身材和孩子的性別給出如此個人的評論感到有趣。肚子這麼尖，顯然是個男孩。

「說真的，沒那麼遠，而且我的袋子也很小。」

「好吧。」他遞給我一把雨傘。「你也許會需要這個。」

我咧嘴笑笑，很快地在他的臉頰上親了一下。今晚的行程是幾個星期前就計畫好的。一名住在我舊房間的學生不在家，我可以睡在她的床上。「明早見。你明天一大早來接我沒有問題吧？」

「當然。完全沒問題。」

我穿過房子的腹地，很幸運地，一路都是下坡，雖然，我還是花了半個小時才走到出口。我在巴士站等了十五分鐘，任憑十二月刺骨的冷風吹亂了我的頭髮，才想起來我把禮物留在丹尼爾家了。

「他媽的。」我大聲地說。和我一起在等車的那對夫妻張大了嘴，看著我的肚子。巴士也剛好出現了。「別擔心，她聽不到我說的話。」當他們爬上巴士的時候，我笑著對他們這麼說，然後發出一聲嘆息，開始慢慢地重新走回坡路。等我拿到禮物之後，我會讓丹尼爾送我到湯姆和凱茜家。

當我終於回到屋子時，我已經筋疲力盡地滿頭大汗了，而且還不停地在咒罵著自己，我看到車道上停了一輛我不認得的車。我打開前門；屋裡一片安靜，丹尼爾書房的門是關著的。我朝著書房走去，就在我準備敲門之際，我聽到了一個熟悉的聲音。

緩緩地——我真的只是想要坐下來而已——我往前靠近。

「老天，你深深地愛上她了，不是嗎？她可以隨意地擺布你。」一隻手落在我的肩膀上。我跳了起來，以為我當下就要陣痛了。

「哈囉，羅絲。好久不見。」艾德打量著我隆起的腹部，同時看著那扇關著的門，然後搓揉著他凹陷的左臉。「你的肚子好大。」

「怎麼回事，艾德？」我把我的袋子扔在地上。

「一個姊姊可以來探訪她的弟弟，不是嗎？」他抓住我的手臂。

「不要碰我。」我甩開他。

在此之際，丹尼爾書房的門打開了，我發現自己和艾比蓋兒面面相覷。

「羅絲！丹尼爾說你今晚不在。我真高興你回來了；我還在為錯過你而懊惱呢。」她說。

「我有東西忘了帶。」她穿了一身白色的褲裝，胸前戴了一條藍寶石項鍊。她看起來儼然就像要外出晚餐或者什麼的。「我以為你下週末才會來。」

「我想要見我弟弟……還有你。」她的目光挪到我的腹部。「哇。」在我來得及回覆之前，她已經轉向了艾德。「你可以把袋子從車上拿下來嗎？」

「可以。」艾德回答。「你打算留下來過夜嗎？」他問她。

艾比蓋兒笑了笑，但是並沒有看著我。「這是個好主意。」

丹尼爾從他的書房裡走出來，雙唇緊抿，微微地扭曲。「羅絲，你還好嗎？」

他走向我。但我往後退開。「我忘了把禮物帶走。」

「我會送你去湯姆和凱茜那裡。沒問題的。」

「我到外面等你。」我沒有看他，只是轉向艾比蓋兒。「有兩間房間都整理好了。」

「我知道。我看過了。」

「走吧，羅絲。」丹尼爾說著，拉住我的手臂。

我甩開他，拾起我的袋子和稍早被我放在前門旁邊的禮物，然後跟著他走向屋外的車子。

我打開車門，努力讓自己坐上車。不過，我一個字都沒說。

「你還好吧？」他問。

「不太好。」

「我不知道他們今晚要來。」

「你以為我有那麼糟嗎？我也許是懷孕了，但是我並不笨。」

「我不知道他們要來，羅絲。艾德說他試著打電話給我們，要讓我們知道，但是我們沒有接電話。」

家裡的電話那天一直響個不停。有時候，這裡收不到手機訊號，不過，艾比蓋兒和艾德毫無預警地出現並不是我的問題。「你姊姊為什麼對你愛上我感到那麼驚訝？怎麼回事？」

「你偷聽我們談話？」

「拜託，才不是，我沒有偷聽。停車，讓我下車。」

「嘿，冷靜，寶貝。」

「也不要叫我寶貝。」

他停下車。「我姊姊有一點精神上的問題……那就是我父親和她之間的問題。他要她去接受治療，但她拒絕了。這造成了他們之間的裂痕。」

「你想要告訴我什麼。」

「艾比蓋兒的情結。」

「什麼，丹尼爾？直接說出來吧。」

「她有點問題……對於我生命中的女人。她對我和艾德他妹妹的關係也有問題。」

「你是在說我以為你在說的事嗎？」

他點點頭，重新啟動引擎。在我們抵達湯姆和凱茜家之前，一路上，我們都沒有再開口。

「在艾比蓋兒和艾德離開之前，我不會回家。」我說。

「我明早會來接你。那時候他們已經走了。」

我笨重地想要下車，然而，我的力氣已經用盡了。丹尼爾在幾秒鐘之內就繞到了我的車門旁邊。「走開，我自己可以下車。」

「我可以要求他們今晚就走。」

「不，你不能這麼做。不過，我要他們明早就走人。你姊姊和艾德，他們兩個讓我毛骨悚然。」他試著要親吻我，但我把頭轉開，甚至不願去思考他剛才告訴我的事情。「等我們的女兒出生之後，只要我不在場，我真的不希望艾比蓋兒靠近她。」

他把手放在我的手臂上。「對不起……」

「太詭異了，丹尼爾。她太詭異了，艾德也是。」我停了一下。「我們明天需要談談這件事。是時候了。」

他把手移到我的肚子上。我並沒有推開他。在現實生活裡，丹尼爾陷入了一個黑暗的深淵之中。我可以看得到，也許，那就是我初次見到他的時候所看到的。不平靜的水面。當時機來臨時，我也許可以和艾比蓋兒談一談，並且建議她尋求幫助。

關於丹尼爾姊姊的事情，我只告訴了凱茜。她大笑著問我，她是否可以把這件事用在她的論文裡。天哪，羅絲，如果艾比蓋兒對她弟弟懷有單方面的性幻想是丹尼爾家裡唯一的難言之隱，那麼，你是不會有事的。她聽起來像是個缺少關懷、想要博取別人注意的小女巫。

我喜歡凱茜說這種話的時候，雖然她不常如此。她是我見過最善良的人，而且通常都不會說任何人的壞話。

但是，那天晚上，我無法入睡，我的手放在我的肚子上，直到深冬的曙光告訴我終於可以起床了。

44

一九九二年一月三日

一個小時前，丹尼爾結束他在赫里福德郡的慈善之旅回來了，在新年當天下午接獲心煩意亂的艾比蓋兒打來的電話之後，他就臨時動身了。我對他此趟行程一直冷靜以對，只是一心專注在即將分娩的興奮感上。我好期待。

當我以大字形的姿勢躺在廚房地板上以減緩背部的壓力時，他坐在廚房裡一邊喝茶，一邊告訴我，艾比蓋兒的狀況不佳。我把一顆枕頭塞在頸部底下，仰躺在地地聳聳肩，深深地呼吸。我真的不想去思考關於艾比蓋兒對她弟弟懷有異常情愫的事。

「她需要長大，好好過自己的生活。」我抬起頭看著他。「並且釐清她……和你之間的問題。」

「你說得對，她是需要如此。而且她也在這麼做。我想，在她離婚之後，情況就變得更糟了。」他彎身抓住我的腳，幫我做了短暫的按摩。感覺好舒服。

我已經完全不再同情艾比蓋兒了，雖然我很期待在孩子出生之後到摩洛哥和薩卡里亞見面。那位老先生曾經寫信給丹尼爾（他拒絕使用電話，甚至也沒有電話），在那兩封信裡，他都寫了一段要給我的話。

我繼續躺在地板上思考。我們度過了一個愉快的聖誕節，那天一整天，我們都和我母親及山姆在一起。除了我們四個人以外，晚餐桌上唯一的賓客就是芬絲伯太太，她依舊每週來打掃一次（我總是期待著每週四的到來）；她隻身前來和我們共度聖誕節，儘管丹尼爾幫忙她找了一名不錯的律師，她兒子依然只能在獄中度過他的耶誕節。我為我不認識的那個不守法的羅伯感到遺憾。被關在監獄裡一定會讓我崩潰。

最後，我終於從地上爬了起來。我穿過走廊，來到偌大的起居室，然後笨拙地坐在那張萊姆色的沙發上。天哪，我好不舒服。等孩子出生的時候，我一定會很開心的。我拍拍自己的肚子，深深地陷進飽滿的椅墊裡。小寶貝，一切都會沒事的。我對這個孩子的愛遠勝過無法參加最後一年的醫學訓練所帶給我的自我鄙視，不過，九月很快就會來到，那是我們一致同意讓我重回學校的時間。丹尼爾曾經建議要找保姆，但我告訴他我不想要。我們會想出辦法的，他當時曾經這麼說。不過，我知道，要在九月重新復學只是我自己的一個夢想，也是他的，然而，我們誰也沒有說出來。

我緩緩地爬起來，上樓朝著我們的育嬰室走去。一進門，我看著正在那面粉紅色牆壁上靜靜擺動的小熊維尼時鐘。剛過十一點。我關上房門，坐到搖椅上，欣賞著丹尼爾做的那張嬰兒床。他花了無數的時間在他的工作室裡，一想到這點，我不禁泛起一絲微笑。

下午，我要和凱茜在本地的游泳池見面，我們每週都會進行一次例行的游泳。她說，她每次都很期待我們的會面，因為她想看到我巨大無比的肚子。距離我的預產期還有三天，但是，我的肚子已經大到我覺得自己撐不到那個時候。馬克曾經表示，他覺得我的孩子會提早出生。

我聽到育嬰室房門打開的聲音。是丹尼爾。

「你還好吧？」

「我很好。」

「你等一下需要我送你去游泳池嗎？」

「沒關係的，我會搭巴士去。」

「羅絲，你幾乎連十公尺都走不了。」

我咧嘴笑道：「我知道。」我低頭看著自己的肚子。尖尖的形狀，就像那些陌生人對我說的那樣。

他蹲下來，把雙手放在我肚子的最頂端，然後磨蹭著我的耳朵。「薩蜜拉還好嗎？」

「等著要去游泳。」我們已經取好名字了。源自於摩洛哥的名字，同時也是丹尼爾的主意，不過，我是真心喜歡這個名字。在薩卡里亞的最後一封來信裡，他告訴我，他很喜歡這個名字——那顯然是他高祖母的名字。我曾經試著弄清老薩蜜拉和我們這個薩蜜拉之間的關係，我想，應該是曾曾曾祖母吧。「我想，她在她媽媽肚子裡不停地在游泳。」我繼續說道。

他的手滑過我的腹部，一路往下游移，熟練地探進了我的鬆緊褲褲頭，他用手指溫柔地搓揉著我的恥骨。「羅絲。你好美。我喜歡這個模樣的你。豐滿又有孕在身。」

我嘆了一口氣。在過去幾週裡，我的性慾高漲到了天際，或者，那純粹是丹尼爾對我造成的影響？儘管我們對艾比蓋兒、艾德、那個在穆塞爾出現過的男人，以及我學業上的遺憾有過歧異，但是，我陷入了愛河，而且依然充滿了慾望。我懷了一個孩子，我擁有丹尼爾，就連我和我母親的關係都改善了。

他把手拿開，將頭靠在我的肩膀上。「我沒有想到會是這樣。」

我轉過頭。「這樣是指什麼？」

「我的感覺。」

我把自己的手放在他硬挺的下身。「你是指這樣嗎？」

他幫忙我從搖椅上起身，然後和我一起躺在地板上。我笨重地側躺在柔軟的長毛地毯上，感受著宛如瀑布一般灑進窗戶、停歇在我臉上的冬日暖陽。他拉開我產婦裝褲頭的鬆緊帶。我聽到他脫下他自己的褲子，然後移到我身後，微微地往前推進。就在那個時候，我感到雙腿之間湧出了一股暖流。

我無法和凱茜一起游泳了。我的羊水破了。薩蜜拉很快就會來到她的新世界，我好高興。如此如此地高興。

「我的寶貝準備好了。」丹尼爾低聲地說。

「我們的寶貝。」

他把頭轉開，站起身。「我是說你準備好了，羅絲。」

我沒有動，因為第一波的疼痛開始在我體內升起了。丹尼爾已經離開了房間，去打電話給所有相關的人。

他從來都沒有叫過我寶貝。偶爾會叫我親愛的，但是從來不曾叫我寶貝。

45

我感覺丹尼爾彷彿已經離開了好幾個小時。從薩蜜拉的房間，我可以聽到他在咆哮地下著指令，雖然我聽不出他在說些什麼，當另一波陣痛向我席捲而來時，我立刻就停止嘗試要聽清楚他在說什麼了。

他終於回來了，他把我扶起來，我們一起下樓坐進車子裡。我感覺到一股刺痛，他立刻發動引擎，火速地駛出大門口。他的MG擦撞到入口的磚柱，發出了令人難受的金屬撞擊聲。

◆

當我們抵達布魯菲爾德的時候，馬克已經在外面等著我們了，卡姆也陪同在側。他的笑容滿面，彷彿生產這件事應該要被好好享受一般，我覺得享受應該是事後的事才對。我曾經見過初為人母的人，在她們升格為母親的第一天結束之際，就已經忘記了她們承受過的大部分痛苦，即便是那些經歷了最可怕的孕期和生產過程的人——這當然是在寶寶平安健康的情況之下。如果不是的話……那就是另一個故事了。一股更強烈的陣痛襲來，讓我幾乎就要跌出車外。

丹尼爾衝到車子另一邊來幫我，同時說道：「卡姆，你可以打幾通電話嗎？」

我以為他在家的時候已經打過電話了。然而，一股刺痛突然在我體內擠壓，讓我渾身冒汗。我覺得呼吸困難，這是自從陣痛開始以來，我首度感到害怕。

馬克抓住我的左手臂，丹尼爾則抓住另一邊，不過，在我們開始往前走之前，馬克輕輕地拉起我毛衣的衣袖，我想，我感覺到被針扎了一下。然後，我們三人立刻跌跌撞撞地走向醫院的入口。

我喘了一口氣，轉向丹尼爾。「有點不對勁。」

「沒事的。」他安慰地說。「馬克是最優秀的。我們先扶你進去，這樣，他才可以幫你檢查。別著急。一切都在掌控中。」

我抬起頭，我覺得自己看到有人站在旁邊。是我母親嗎？我很高興她在這裡。可是，在我能呼喚她之前，她又不見了。我在幻想嗎？她有可能在這裡，現在也許是她值班的時間，然而，我的視線模糊，我無法聚焦。她不可能在這裡，除非是丹尼爾把她接來的。但是，他和我一起在這裡，他沒有去接我母親。然後，我想起自己剛才想到的事。她今天可能有上班。

「加油，羅絲，」卡姆對我說。「一切都很好。你只是在恐慌。」

「我沒有恐慌。」

當我們走進醫院主要的中庭時，我感覺到丹尼爾的手臂環繞在我的腰上。「大家都在這裡為你準備好了。」他的聲音聽起來放鬆了許多，這讓我冷靜了下來。

「她需要氧氣。」我聽到卡姆在說話，雖然我看不到她。她在我身後，試著要讓我保持直立。

我轉頭去看馬克。他的臉看起來一片模糊。不過，我可以看到他那惱人的笑容在我們從醫院外面走到這裡的途中已經消失了。

「去弄個手推車過來。」丹尼爾安靜地說。謝天謝地，他在這裡。他的手施加在我手臂上的壓力讓我感到一陣安心。

卡姆站在我的一側，馬克則在另一側。我勉強把臀部坐到手推車上。「等一下。」我說。我往前微傾，雙掌撐在我的大腿上，目光落在櫃檯區那片海藍色的地毯上。我感到身邊所有人都在等我。「等一下就好……拜託。」最後，我抬起頭，我的視線終於比較清晰了。

「羅絲，拜託你，我們需要送你到分娩室。」馬克的聲音響起。他和丹尼爾隨即將我的雙腿抬起來。

我把頭枕在枕頭上，感覺到丹尼爾的手就貼在我的額頭上。「試著放輕鬆，讓其他人做他們的工作。」他對我說。

手推車被推進了產房大門。自從抵達醫院之後，我就沒有再陣痛過了。馬克掀起我的襯衫，將聽診器貼在我的肚子上，然後是他的手。我不應該躺下來的。我想要到分娩池去，但是，我知道我完全不是在朝著分娩池而去，驀然之間，凱茜的影像在我的腦海裡掠過。我真希望今天有見到她。我還會再見到她嗎？我就要死了，我的寶寶也會死。我為什麼會這麼想？

「她沒事，羅絲，薩蜜拉沒事。」馬克告訴我。「這是正常的陣痛。」他的臉似乎變大了，腫起來了。扭曲了。

「我做不到。」

「你沒事的。」丹尼爾在我耳畔低語。「馬克會幫你搞定的。你當然做得到。」他握住我的手。然而，他的手隨即又鬆開了，我無法看清楚。

「你愛我嗎？」我問。

「我當然愛你。」

「我媽媽在這裡嗎？」

「不，還沒有。不過，她已經在趕來的路上了。」

「我以為我看到她了。」我抬起頭。

「羅絲，你需要專心把薩蜜拉生出來。」

他說他愛我，可是，他已經走開了。我身邊的每個人都變成了我不認識的人，或者我想像中的人。此外，丹尼爾的聲音裡有一絲冷酷刺穿了我。

他的雙唇再次靠近我的臉。「我真的愛你，羅絲……我打從一開始就愛你。」

「我的陣痛停止了。」

「噓。」

我再也感覺不到他的碰觸。

一個小時之前，我們還打算要親熱。他當然愛我。藥效正在吞沒我；馬克幫我注射了什麼？

我試著要保持客觀；我不是曾經看過那麼多陣痛中的女人變得歇斯底里嗎？我太戲劇化了。我也許產生了幻覺。我需要為薩蜜拉冷靜下來。

明天，我們將會一起待在她的育嬰室裡。

然而，淚水浸濕了我的臉龐，而且，丹尼爾也不再撫摸我了。

「我們把一切都準備好吧。」我聽到馬克在說話。他的聲音是如此不同，和我聽了幾個月的那個聲音完全不一樣。難道一樣嗎？卡姆正在把一根插管插入我的手臂，在此同時，我感覺到氧氣面罩覆蓋住了我的臉。他們在幹什麼？陣痛已經停了。恐懼淹沒了我。

「幾點了？」我問。

「剛過中午，羅絲。」卡姆輕聲地回答。「星期三。」

「安靜。」我聽到馬克在說。

我想要感覺丹尼爾的手在我的肌膚上，然而，我的肌膚上卻空蕩蕩的。我把自己的手放在肚子上，試著撫摸我的孩子。

「她快要出來了。」馬克大聲地說。他說的是薩蜜拉嗎？她並沒有快要出來。一切都停滯了。

不過，我已經要臨盆了。我眼皮後面的那片漆黑正在轉為灰色，然後是白色，然後，薩蜜拉的影像宛如影片般地在我的腦海裡播放。一個還未出生的寶寶，但我卻已經看到了她的一生。一個學步的幼兒，一個年少的孩子，一個青少年，一個女人。我永遠也見不到她。

丹尼爾已經是一個遙遠的記憶了。

一個錯誤。這一切全都是宇宙在報復。我的身體變成了丹尼爾的奴隸，而它現在正在反擊。

我看到分娩室的門口站了一個人，但是，我無法看清那是誰，直到那個人開口。那是一道熟悉的聲音。一股熟悉的味道。

你敢這麼做就試試看，丹尼爾。

儘管在這種情況下，我還是羅絲，那個具有科學思維的醫學系學生，我知道，我很可能產生了幻覺。這個認知在我失去意識的那一瞬間讓我冷靜了下來。

46

我睜開眼睛，不過，一道狹長的光線在我上方閃爍，讓我很快就又閉緊雙眼。我等了一會兒，才小心翼翼地再度嘗試，朝著那道雷射般的光線瞇起眼睛。我花了幾秒鐘的時間才記起自己身在何處，我是誰，以及關於薩蜜拉的事。我試著要移動，然而卻無法動彈；只有眼部肌肉似乎還具有功能。門口有一名男子。他很快地轉身，但是，我認得他。他看起來既煩躁又焦慮。我幻想到了艾德，如同我幻想到我母親一樣嗎？他為什麼在這裡？我的寶寶在哪兒？

卡姆正站在我旁邊。她一定一直都在那裡。

「那個人去哪裡了？」我說。

「哪個人？」卡姆回答，她的聲音很緊繃。「沒事的，羅絲。試著不要動。」

「我的孩子，她在哪兒？我想要看她。」

「她還沒出生，羅絲。你剛才睡了一會兒。」

就在我打算回答她之際，一陣痛楚彷彿龍捲風一般地向我襲來。「陣痛——」

「馬克已經幫你檢查過了，薩蜜拉很快就會出生了。」

「我睡了多久？」

我怎麼可能睡著了呢？

她沒有立刻回答。「一陣子。」

「多久？」

「現在已經很晚了，羅絲。噓，丹尼爾很快就會到了。」

「我不要丹尼爾。我要我的孩子。到底發生了什麼事？」不過，在她來得及回答以前，馬克出現了。

「陣痛很規律。」卡姆對他說，彷彿我根本不在場一樣。

一陣灼熱的劇痛湧現。

馬克站在床尾，我歪著頭，看到自己的雙腿被架高了。「宮頸已經全開了。」就在他說話的同時，又一波陣痛幾乎就要將我撕裂成兩半。

這種情況似乎維持了好幾個小時。我聽到卡姆和馬克在談論讓新生兒加護病房準備好的事。

「到底發生了什麼事？」我大聲喊叫，雖然，我知道我的聲音聽起來不過只是低語。丹尼爾在哪裡？

一股駭人的疼痛。

「用力，羅絲，用力。」卡姆正在說。

馬克站在我的腳邊，手裡握著鉗子。

「怎麼了？」我試著要問，但不確定我那已然麻痺的嘴唇是否有將那些話吐出口。不過，那股疼痛減弱了，我也跟著虛弱了下來。我試著抬起頭，看到了我的孩子，臍帶，看到了薩蜜拉遭遇到的問題，儘管如此，我還是鬆了一口氣地發出了嘆息。她出生了。我等著她嚎啕大哭，但是，卡姆正在剪斷臍帶，筋疲力盡讓我的頭再度落下；隨後，丹尼爾就站在了我身邊，抱著我那被白布裹住的寶寶。

我試著要坐起身，但我無法動彈。我知道我的頸動脈跳得太快。我閉上眼睛數著。一百二十二。我很清楚地感受到血液在我體內流動的聲音。而且，我覺得很熱。非常非常熱。

「你出血得很嚴重，羅絲，不過，已經控制住了。」丹尼爾說。

我試著要聚焦在丹尼爾身上，以及我的孩子。

「他們已經盡力了——」

「讓我看她。」我沙啞地喊叫。

「對不起。」他拉開白色的毯子，將我的女兒輕輕地放在我的胸口。

我凝視著她的臉龐，如此平滑。她沒有動。我緊緊地抱住她，淚水灼燙著我的臉頰。「你們做了什麼？」

「他們做了他們所能做的一切。薩蜜拉的臍帶脫垂；你的陣痛引發了太大的壓力，讓血液無法流向她的——」

「你殺了我的孩子。」

「別這樣。」他往前走，彎身靠近我。「你需要休息。」

我女兒死了。我死了。我和他的關係也死了。

他把手放在我的手臂上，摸著我女兒那張漂亮臉孔旁的毯子。「不應該是這樣的。」他低聲地說。

不，不應該是這樣的。

從來都不應該是這樣的。

我緊緊擁著薩蜜拉，多少希望可以藉此讓她活過來。丹尼爾再度彎身。「不要碰我。」我試著要大喊，然而，我的聲音卻像冬天早晨裡已然凝結的空氣。「不要打擾我和我的孩子。」

「我也失去了孩子。」

「結束了。一切都結束了。」我是認真的，而且，我絕對不會改變心意。我不確定我期待他說什麼。我只希望他離開，讓我和薩蜜拉獨處。然而，那個昔日的羅絲出現了。「我想要看手術報告。」

「別荒謬了。你需要睡一下。我們晚點再談。」

他以為我只是隨口說說。歇斯底里從我的體內流竄而出。「你殺了我的孩子。」

「別這樣，羅絲。」他的聲音很安靜。「你母親在等候室裡。」

「不要煩我，丹尼爾。」

他畏縮了一下，但是並沒有離開。

「艾比蓋兒在這裡嗎？」我問。

「艾比蓋兒當然不在這裡。」

「我看到了她……也聞到了她的味道。」

「羅絲，她在赫里福德郡。」他握住我的手，那份冰涼讓我猛然抽動了一下。我在發燙，很燙很燙。

「艾德也在這裡。」

「艾德當然不在這裡，就和我姊姊不在這裡一樣。」他再度摸著我的額頭。「試著睡一下。」

他離開了，沒有再多說一個字，然後，馬克和卡姆一起走進了房間。

「我們需要送你到你的病房，羅絲，」他說。「讓你舒服一點。」他碰了碰我依然插著管子的手臂。

「你殺了我的孩子。」

卡姆站在病床另一邊，試著要把針筒插入管子。我不要這些。我要讓自己醒著，並且保持警覺。

「放開我。」我依然抱著薩蜜拉。

馬克從她手中搶過那支針筒，熟練地操作著卡姆做不到的事。一副冷漠的樣子。

然後，他們把她帶走了。薩蜜拉。我的女兒。

47

一九九二年一月四日

當我醒來時，卡姆告訴我已經是隔天了，她說丹尼爾等著要探視我。我拒絕見他。他們都認為我會改變心意。但是我沒有。而丹尼爾也沒有進來。

我的孩子死後整整四十八個小時，我母親才終於來到我的病房。她捧著一大束鮮花走進來，將它們放在我的床頭櫃，什麼也沒有說。我認為她在等我問她為什麼這麼晚才來，不過，我已經不想說了。我什麼都不想說。

最後，是她開了口。「丹尼爾要我把花給你。」她坐下來。

我沒有回答。

「你感覺怎麼樣，親愛的？」她繼續說道。

「我什麼感覺也沒有。」

「我的意思是，你痛嗎？」

我看著她。「我當然痛。」

「那就告訴馬克。他可以開止痛藥給你。」

「痛的不是我的身體。」

她傾身靠近我。「你看起來很糟。」她沒有把我說的話聽進去。「你不應該再這麼傻了，羅絲，讓丹尼爾來看你。他很痛苦。」

「沒有什麼東西阻止他走進那扇門。」

「如果你一直說你不想見他的話，他就不會進來。」

「我們之間結束了。」

「你會改變心意的。」

我注視著我母親。「他沒有為了來看我而不顧一切。也許，他很高興發生了這種事。」

「這麼說實在太荒謬了。」她繼續往下說。「馬克說你已經穩定下來了，明天就可以出院。」

就在我要回答她的時候，一股難以忍受的痛楚穿過我的腹部，自從薩蜜拉死了之後，我一直不斷地感覺到這種疼痛，不過，我並沒有向馬克或者卡姆提起。也許，這股疼痛會越來越加劇。也許我會死掉。我感到如此空虛，也許死亡並不是一件太糟糕的事。我等著那股疼痛減緩，等著我母親提起我孩子的死。但是，她並沒有提起。

「丹尼爾帶我來的時候，你在這裡嗎？」我終於有力氣繼續說話。

「丹尼爾說，你以為你看到了我。不，我不在這裡，羅絲。我一整天都在外面張羅山姆的事。直到隔天早上，我才知道你被送進了醫院。」

她一邊解釋著這一切，一邊重新插著花，花香和我腹部的痛楚在在都讓我感到反胃。我根本不想問她為什麼那麼久才來看我。過去七個月期間所修復的母女關係已經被遺忘了。

我母親繼續說：「這件事是個悲劇，也很不幸，可是，它畢竟發生了。你也知道，親愛的。」她停了一下。「我得走了，十分鐘後我的班就要開始了，而且我得先換衣服。我要去見……」

「見誰？」

「沒有。我是說，我要去見我得向她匯報的那個前台人員。我已經把你以前的房間整理好了。山姆現在和他女朋友住在一起，所以，家裡有很多空間。」她摸了摸病床，但是沒有碰我。「你最好和我住在一起，」她疲憊地說完她要說的話。「丹尼爾讓艾德收拾你的東西。他正在把東西送過來。」她看著她的手錶。「約莫就是現在吧，我想。」

「艾德有你家的鑰匙？」

「對。」

我沒有力氣問更多關於艾德的事。我已經不在乎了，雖然，我還是問了艾比蓋兒的事。我被帶到醫院的那天，我是否看到她了，或者那是我的想像？「你見過丹尼爾的姊姊嗎？」

「沒有，我沒見過。你告訴過我，她住在赫里福德郡。她為什麼會來這裡？」她沒有等我回答就繼續往下說。「我得走了，羅絲，」她說。「等我下班之後再來看你。」

那天，或者在我出院之前，她都沒有再來過。

那天傍晚來看我的人是湯姆，查看我床邊那些紀錄、並且指出我體溫過高的人也是湯姆。我告訴他，我沒有任何感覺，那是真的，我沒有。什麼感覺也沒有。我沒有覺得不舒服。我完完全全地被掏空了。存在我體內斷斷續續出現的那股痛楚是一種身體上的幻覺。我是這麼告訴自己的。

湯姆消失了一會兒，我懷疑他去找馬克了，因為稍後，馬克就來看我了。

沒什麼不對勁，他說。只是有點高燒。沒什麼好擔心的。你那年輕的學生朋友反應過度了。

當時，我確實認為那股疼痛完全是心理引起的。是精神上的痛苦轉移到了我的身體。

48

一九九二年一月五日

隔天，我搭乘計程車離開布魯菲爾德前往我母親家。我繞了一個圓圈，回到了我開始的地方，不過，也許待在我舊家一陣子，直到薩蜜拉的葬禮結束才是最好的。湯姆對我回舊家住感到很生氣，他建議我和他以及凱茜住在一起。我不能對我朋友那麼做。

當馬克和卡姆協助我上車的時候，他們誰也沒有提起丹尼爾。我也覺得無所謂。我們結束了。

✦

那天晚上，我躺在我兒時的床上，在渾身汗濕和極度的疼痛中醒來。那是真的疼痛。直到我走進走廊對面的那間小衛浴時，我才看到那不是汗水。鮮血彷彿一條朱紅色的液態毯子覆蓋在地板上。

我坐在馬桶上，既震驚又痛苦。我要死了嗎？奇怪的是，這個想法讓我鎮定了下來。鮮血依然不停地湧出，沾滿了地板和我的身體。我困難地從馬桶上起身，躺在地板上，雙腳伸直，等待著那股痛楚的頻率擴大。當我母親進來的時候，我不知道自己已經在那裡躺了多久，她看了我一眼，隨即打電話到布魯菲爾德。我聽到她在講電話。

「馬克說你明早就會好了。他說，流點血是很正常的。這不是什麼緊急的事。」她一邊說，一邊用一條毛巾把那些血跡擦乾淨。

那個時候，儘管我已經失去了理智，我知道，如果我想要活下去的話，我就得到急診室去。「媽，打給999。」

她在我旁邊坐下。「不需要。我們照馬克說的做就好。」她摸了摸我的額頭，我想要感覺到她的愛。「我應該要打給丹尼爾嗎？」

「不！你敢。」我已經對丹尼爾逐漸失去了感覺，而那並不是一種不愉快的感受。

她並沒有打電話叫救護車，而是協助我回到了床上。

我發現自己被推進了全民保健署醫院的手術室，因為在我家附近一間全科診所實習的湯姆碰巧輪值早班，所以，他一大早就順道先來探視我。我母親再度試著要打電話到布魯菲爾德，但湯姆無視於她的決定，逕自打給了999。

我在恢復室裡醒來，身上裹著銀色的電熱毯，宛如置身在一艘太空船裡一樣。我沒有感覺到疼痛，不過，我顫抖得太厲害，以至於我可以聽到自己身體底下的推床正在發出震動的聲響，彷彿在遊樂園裡搭乘著什麼遊樂設施一樣。

薩蜜拉的一部分胎盤被留在了我的體內，而我又出血過多。
為了救我，外科醫生割除了我的子宮。

49

西奧

二〇一六年四月二十六日

當羅絲敘述完她的故事時，西奧深深地呼出了一口氣。

羅絲所遭到的對待令人震驚，不僅駭人聽聞，也同樣地冷酷無情。她為什麼不向她的聽證會法官、她的律師，或者她的丈夫透露她和丹尼爾的關係，以及關於薩蜜拉的事？

西奧握住她的手。當她說到自己在一間全民保健署醫院的恢復室醒來的那一天，她的眼裡充滿了淚水。西奧現在可以理解她犯罪的動機了。在失去理智的一瞬間，她在皇后醫院的特別加護病房裡殺了人。

「你看，西奧。你現在知道了？我是亞伯的護士，在很多層面上，我從來都不想當個護士。艾德一直在惡意破壞我獲得學位的努力。在我踏進那間醫院的那一刻，丹尼爾就已經拋棄我了。甚至在那之前。他們奪走了我的事業，奪走了我能夠擁有更多孩子的能力。」

西奧緊緊捏住她柔軟的手。她的眼裡有著強烈的痛苦，不過，在她的眼眸深處，同樣也隱藏著其他的事情。她沒有告訴他的事。「還有更多的故事，是嗎，羅絲？」

她點點頭；她的話似乎被困在了她的內心深處。

「你怎麼知道亞伯是丹尼爾的兒子？」

她倒吸了一口氣，將她的手從西奧手中抽出來。當她下定決心要往下說時，她的神情看起來很堅定。「因為亞伯死的那天，他母親到醫院來看他。我遇見她了。」

「你認得她？」

她點點頭。「是艾比蓋兒。」

西奧彷彿觸電了一般。那是一股類似憤怒的感覺。「丹尼爾的姊姊？」他想起多年前，羅絲在丹尼爾的臥室裡發現的那張紙條，紙條上寫著A的生日。以及放在那輛MG乘客座上的那個粉紅色的信封。

艾德不是去看他母親。他是去見艾比蓋兒。

「以丹尼爾的姊姊身分被介紹給我的那個女人，是的。當我看到她在亞伯的床畔時，我的呼吸就要停止了。我的生命在一瞬間消失了，在剎那間化為了烏有。艾比蓋兒是亞伯的母親。」她抱住自己的腹部。「她不是丹尼爾的姊姊，而是他的妻子。」

他最瘋狂的推論，一個只在他腦海裡短暫掠過的念頭，一個被他認為太過可笑和荒誕的猜測，竟然是一個悲慘的事實。「羅絲——」

「那個女人假裝是我孩子父親的姊姊，在見到她之後，我內心裡的憎恨氾濫了。艾比蓋兒．

迪恩是這個年輕人的母親，而我卻永遠也無法擁有孩子。」

西奧仔細審視著羅絲那張因為悲傷而皺起的臉。然而，這些都無法被用來當作藉口，讓她對一名無辜的男子做出恐怖又有預謀的報復。

他身上的每一個細胞都在告訴他，羅絲沒有殺人。

「我愛上了錯誤的人，西奧。我看到的那個男人是我想看到的。一直到薩蜜拉的事情發生之後，我才真正看清了。」她注視著他。「也許在那之前，在那之前我也看到了，但是我懷孕了。也許我不想看到。」

「我很遺憾，羅絲。」他用手掠過自己的頭髮。他是真的感到遺憾，然而，他想到了娜塔莎、米婭和亞伯，他內心裡的那份矛盾又開始蠕動。他想要告訴羅絲他內心裡的衝突，但是，他卻說：「那個胎盤的失誤……這件事後來如何處置？」

「馬克辭職了。我沒有進一步追究。湯姆希望我追究責任，但是那沒有意義。我失去了我的孩子，我的子宮，什麼……什麼也無法讓它們再回來。」她顫抖地說。「馬克．史蒂芬斯在辭職後不久就移民到澳洲去了。」

「對，然後，不到一年，他就在澳洲內陸發生的一場車禍中身亡了。在你前幾次提到他之後，我就已經調查過他的資料了。當時，澳洲警方對於車禍的原因曾經提出質疑。據我所知，那個案子還沒有結案。」

羅絲搖搖頭。「我對我所做的事感到後悔，西奧。我希望你知道這點。我每天都在後悔。每一刻。」

「你應該清楚地表達這件事。你為什麼不這麼做，羅絲？為什麼？」

「我有罪。所以我才會在這裡。」

他點點頭，一陣沉默籠罩在空氣之中好一會兒。

西奧把手肘靠在桌上。「你為什麼對丹尼爾冷卻了下來？你當時在熱戀之中。」他咳了一聲。「這整件事太可怕了，失去薩蜜拉，失去將來還能有孩子的可能性，可是，為什麼？當時，你並不知道艾比蓋兒的事。」

「我們的關係錯得太離譜。」

「你為什麼不把丹尼爾和艾比蓋兒刻意誤導你的事情告訴你的律師？」

她的眼裡充滿傷心寂寞。「亞伯死了。我無法挽回。」她拉起毛衣的袖子，開始用力扯著指甲周圍的皮膚，導致鮮血滲透了出來。她拭去臉上明顯的淚痕，不過，卻在臉上留下了淡淡的血跡。「我很丟臉，」她繼續說道。「我太無知了，就像艾德說的那樣。我無法讓世人知道這件事。我不想把這件事告訴世人。」

「喔，羅絲。」他想要跳過桌子去擁抱她，照顧她，以一種多年以前，她相信丹尼爾・迪恩會照顧她的方式那樣地照顧她，然而，在看到那名獄警比平日更加嚴厲的眼神之後，他制止了自己。

羅絲也抬頭看著那名獄警，然後在椅子上往前坐，用雙手的指尖撥過頭髮。「薩蜜拉死後，我彷彿可以真正地看清丹尼爾。我不愛他，從來都不愛。當我女兒被放入我懷中的時候，一切都變得清晰了起來。我彷彿看到了我過去沒有看到的東西。」她暫停了一下。「我過去不想要看到的東西。」

「你從國民健保署醫院出院之後發生了什麼事？」他輕聲地問。

「我離開了我母親家。我無法忍受待在她的身邊。她應該打電話給救護車，但是，她沒有那麼做。我和湯姆及凱茜住在一起，邁爾斯就是在那個時候聯絡了我。他來看我，然後去參加了薩蜜拉的葬禮。在那之後的幾個月，他一直都和我保持聯繫。」

「丹尼爾有參加薩蜜拉的葬禮嗎？」

「沒有。我不希望他出現在那裡。我母親也沒有去。只有凱茜、湯姆和邁爾斯。」她瞄了他一眼。「我母親繼續在布魯菲爾德工作，天哪。她認為我離開丹尼爾簡直就是瘋了。」

「丹尼爾有試著和你和好嗎？」

「在薩蜜拉死後的幾個星期裡，他曾經打過一次電話給我，但是，我不願意接他的電話。自此，他再也沒有嘗試過了。我也不在乎。」

她的目光在燈光明亮的會客廳裡徘徊。「那麼多年以後，當我在醫院看到艾比蓋兒去探視亞伯，並且發現亞伯是何時出生之後，丹尼爾．迪恩赤裸的真面目重重地打擊了我。他從來都不打算和我在一起，如果薩蜜拉活下來的話，他也一定會拋棄我。」她停了一下。「艾比蓋兒一定是在我要生薩蜜拉的預產期左右懷了亞伯。甚至可能是在我女兒的葬禮前後。」她把握緊的手攤平在桌上，彷彿在抓著塑膠桌面一樣。

「我也看了那些醫療紀錄，」她接著說。「也許，他們真的盡力了。發生在我身上的大失血並不是不尋常的事。這種事雖然並不常見，但是確實也發生過。」

她等著他接口，不過，他只是搖了搖頭。

她繼續往下說，彷彿緊關已久的閘門被打開了一樣。「亞伯住院之後，我見到了艾比蓋兒，我發現，在我和丹尼爾交往期間，我的內心深處一直都知道有什麼事不太對勁。他床上的那些雕刻。艾比蓋兒看起來和我很神似。」

她還有沒有告訴他的事情。耐心，西奧，要有耐心。

「你認為丹尼爾要求邁爾斯辭職，是因為邁爾斯知道他什麼事嗎？」他微微地試探。

「不，是丹尼爾控制了邁爾斯和他的生涯，你在聽完我的故事之後也知道這點。很多年前，邁爾斯就想要離開布魯菲爾德了。」她看著他。「我不知道為什麼丹尼爾突然同意讓他離開。邁爾斯也不知道。」她扶著桌子的邊緣，指關節已經發白了。

「關於邁爾斯，有什麼我需要進一步知道的嗎？」他問。

「你覺得你知道的還不夠多嗎？」

「很多醫生都在對抗藥物成癮的問題。」他說。

「如果這件事曝光的話，邁爾斯絕無可能在國民保健署醫院——或者任何地方——得到一個像樣的職務。」她往前靠向他。「當他還是個醫學系學生的時候，他就開始調換一種藥物——嗎啡——那應該是要用在他的病人身上，但他把臨床試驗的安慰劑給了那個病人。邁爾斯是個嗎啡成癮者；他上癮了。當一名資深護士發現的時候——她發現她的病人對藥物沒有反應——她開始提出一些問題，並且查出每當這種事情發生的時候，輪班的人剛好都是邁爾斯。丹尼爾介入了此事。他和邁爾斯都在普通內科病房工作。當那名護士採取了進一步的行動，向醫學院院長舉報這件事的時候，邁爾斯被要求主動接受血液測試。丹尼爾為他背了黑鍋，說那是他的錯；他說他在無意中把那個病人的藥弄錯了。邁爾斯因此欠了他人情。永遠地欠了他。」

「在那之後，他們還讓丹尼爾留在學校？」

「是的，因為他去做了血液測試，結果他的血液裡並沒有任何毒品的成分。丹尼爾從來都不嗑藥。」

「難以相信。」

「邁爾斯熱愛他的工作……他以前很熱愛他的工作，那是他活著的目標。他已經很多年不碰毒品了。他已經為他的錯誤付出了代價。」

「你會為了保護他而做任何事，因為你覺得你欠他？你會做任何事，好讓他繼續執業？」

「我希望他繼續工作，是的。」她看似就要咬指甲了，然而，她只是把手插入牛仔褲的口袋裡。「告訴我更多關於艾略特的事。」

西奧也對她說了，因為，他認為羅絲不會再多說任何關於她丈夫的事。他談起艾略特，以及他知道自己是個什麼樣的人。一個曾經擅長報導小道消息的記者，一個漠視妻子的人，一個在艾略特最需要他的時候卻忽略他的父親。一個因為不願失敗而計畫著要利用她的故事來引起轟動的作家。

她仔細地聆聽，緊緊地凝視著他的眼睛。

他愛上了羅絲。但是，他從她口中聽到的故事並不完整。是她對他全然坦誠的時候了。流動在他們之間的那股能量是他們誰也沒有預期到的。然而，羅絲已經結婚了，她愛邁爾斯，而他當然知道邁爾斯也愛著她。這就是她之所以認罪、並且接受定罪的根本原因：他們之間共享的愛和忠誠。

羅絲還沒有告訴他的是什麼？

她是否為邁爾斯承擔了罪責，因為她覺得自己欠他太多？

或者，她是為了報復亞伯的父母對她所做的事而殺了亞伯？那是她的動機嗎？如果是的話……如果是的話，他簡直不敢想像，因為這樣的理由會讓羅絲變成一個精神變態者。西奧審視著她。她不是精神變態者，他知道這點。

探訪時間結束的提醒鈴聲迴盪在會客廳裡。

「我即將要和艾德·麥登的伴侶見面，」他很快地甩開先前的念頭。「我想，他可以告訴我一些關於丹尼爾·迪恩的事。」他停了一下才又說：「我也見過貝拉·布里斯了。」

「她有告訴你任何事嗎？我有寫信給她，但是她一直沒有回信。我沒有把她對我說的話告訴任何人。」

「艾德的伴侶雨果是貝拉的哥哥。我希望可以從他身上弄清貝拉沒有告訴你的事。我相信亞伯也知道一些事。我需要查出那是什麼事。」他往後把背靠在椅子上。「你真的認為你陣痛那天，你在布魯菲爾德看到了你母親、艾德和艾比蓋兒嗎？」

「一切都很模糊，不過，我確定我母親在那裡，至於艾德和艾比蓋兒，我不確定。」

他無視於那名獄警的目光，自顧自地往前傾身，吻了她的臉頰。她轉過頭，他的唇在那一瞬間短暫地碰到了她的嘴唇。

「不要為你兒子的事自責，西奧。你是個好人。」

他聳了聳肩回應她，然後悲傷地笑笑，轉身離去。

當他朝著監獄的出口走去時，傷心和絕望填滿了他的內心。上車之後，他打開手機，一串簡訊出現在他眼前。一則來自娜塔莎的簡訊讓他的神經都繃緊了，那是三個小時前發來的。

我發現了一封亞伯寄給我的電子郵件，那是在他被送到醫院的那個早上發來的。那封信被轉到了我的垃圾郵件箱。他真的去見了艾德．麥登，艾德告訴他，他不是艾比蓋兒的兒子。亞伯覺得自己可以查出他的親生母親是誰。也許丹尼爾也不是他父親？回電給我，西奧。

艾德．麥登有可能惡意欺騙亞伯，不過，西奧覺得他並沒有欺騙亞伯。這全都說得通。在亞伯的成長過程中，艾比蓋兒對待他的方式，她和薩卡里亞之間的爭執，沒錯，這全都說得通。至於丹尼爾是不是亞伯的親生父親……這有可能是真的，並且足以解釋那對父子之間何以沒有強烈的親情，因為西奧看不出丹尼爾對亞伯有任何的愛存在。他甚至沒有去醫院探視他。也許，亞伯是被這對夫妻收養的，這就可以說明亞伯在幼時和青少年時期的那股孤立感，為什麼他總是沒有歸屬感。可是，如果他們不想要他的話，又為何要收養他？如果亞伯是他們收養的孩子，那麼，他的鬆皮症就可能不會被診斷出來，而這對夫妻也不會意識到亞伯的缺陷。

他打給了娜塔莎，然後是貝拉，確定雨果會依約前往他的公寓。他也需要盡快對瑪麗恩來一次出其不意的拜訪。

他發動車子，同時想起羅絲，在回家的路途上，他無法讓自己不想她。

50
羅絲

西奧已經離開兩個小時了，我在唐恩的房間裡，等著再度接受艾莉森．格林伍德偵緝警司的問訊。她會在三點鐘的時候抵達。我已經在這裡待了半個小時了。我不安地站起來，走了幾步，來到這間小房間的另一頭，然後看著牆上那個電子時鐘。上面顯示兩點五十九分，就在它跳到三點的時候，房門打開了。一如我所知道的，艾莉森．格林伍德很有效率。上次和她見面的時候，我覺得自己喜歡她，因此，我沒有理由認為自己在第二次見面的時候會不喜歡她，雖然，我很好奇她為什麼而來。

她對我露出一個微笑，然後朝著陪她進來的那名獄警也笑了笑。獄警把門關上，她隨即轉過身來。「羅絲，很高興再見到你。」

「我也是。」我說著走回椅子，然後坐下來。我依然喜歡她，而她的臉看起來也依然很誠實。

「有件事你應該要知道，羅絲，而我想要親自告訴你。」

一股不祥的感覺在我胃裡滲透開來。

她繼續說道：「丹尼爾．迪恩和他的妻子失蹤了。」

「失蹤？」

「是的。」

「那不是什麼犯罪行為。」

「不，不是，不過，他在蒙特診所涉及的犯罪活動就是了。幾個月前，一名女子出面對那間診所和丹尼爾．迪恩提出了嚴重的指控。我沒有在我們第一次見面的時候告訴你這件事有幾個原因，其中一個是這件事還在調查中。然而，在這幾次的調查中，丹尼爾和艾比蓋兒．迪恩潛逃了。」她稍微停了一下。「而且，自從他們消失之後，有好幾名女子陸續聯繫了我們。」她看著我。「我們很想找出他和他的妻子。」

我看著她姣好的面容。「我想，我沒有什麼能告訴你的。我真的沒有。之前，我沒有對你說謊；我對蒙特診所的事一無所知。」

「我想你說的是真的。」艾莉森．格林伍德說。

我點點頭。「我希望你找到迪恩夫婦。」

「我們會找到的。」她依然站在原地。「羅絲……」

「什麼？」

「監獄的典獄長告訴我，你在和那個作家西奧．海澤爾會談。」

「是的。」

「你認為那是明智之舉嗎？」

「我認為那非常地明智。」我回答。

她扣上她雨衣的鈕釦。「我很快會再和你聯絡。」她把手掌貼在我的手臂上，凝視著我的眼睛。我笑了笑，不過，我知道那是一個悲涼的笑容。

警司隨即轉身，把我獨自留在了那個房間裡。

51

二〇一六年四月二十九日

我看著坐在我對面的凱西。我們坐在食堂裡一張只能容納得下兩個人的桌子。我把玩著我的義大利茄汁肉醬麵。我吃不下。艾莉森．格林伍德幾天前的採訪依然困擾著我。這一切都將走向何處？

「你對你所做的事有感到任何的罪惡感嗎？」我從來都沒有如此直接地問過凱西這個問題。

「有，我有。」她說。她的聲音很低，只能勉強地聽到。

「真的嗎？」

「不。」她看著我。「不過，我知道你有罪惡感，但是，你不應該有的。你不應該在這裡。你的運氣太糟了，羅絲。」

打從一開始就只有凱西知道真相。關於艾比蓋兒、西班牙、我的痛楚、我的苦惱，以及那天發生在特別加護病房的事。

「可是，你愛你的孩子？」我問。

「當我和他們在一起的時候，我愛他們。當我沒有和他們在一起的時候，我就忘了他們。彷佛他們不存在一樣。或者存在別的地方。」

「我真的不懂。」我說。

「我知道你不懂，我自己也不懂。」她停了一下。「你和西奧會怎樣？」

「我總是想到他。」是真的。我很高興有人可以聽我訴說我對西奧的感覺，因為這是多年來，我第一次感受到除了長期孤寂之外的感覺。

她握住我的手。「你覺得自己是在幫邁爾斯，但是，你是在摧毀他。」她舀起一湯匙的西班牙燉飯。「是時候了，你應該讓他做他一直想要做的事。」

我搓揉著她的手掌。「情況不可能更糟了，對嗎，凱西？」我聽到我聲音裡的沙啞。

她凝視著我的眼睛，這對凱西而言很不尋常。「你不會死的，羅絲。你在接受治療之下將會慢慢好轉的……不過，不只這樣。」

我不是在問凱西關於我死亡的問題，而且，現在擔心這個問題有可能已經太遲了。不過，凱西似乎對於未來有一種直覺。她缺少的那個部分被其他部分填補了，或者，也許她只是對這個她無法參與的世界具有一種透徹的理解，事實上，她並非一個預言家。我從來都不曾質疑過她的直覺，我只是全然接受。這就是她為什麼會接受我的原因；為什麼如此了解我的原因，即便是我自己都未必了解的事。

「『不只這樣』是指什麼，凱西？」雖然我知道。在我的內心深處，我知道。而我相信她也知道。艾莉森．格林伍德的探訪和她帶來的消息讓我確認了這點。關於亞伯，以及他死的那天，我清楚而強烈體會到的那股感覺。

凱西看著她面前那盤已經乾掉的素食西班牙燉飯。她無法吃死掉的動物。「你需要和邁爾斯談談。」

在剩餘的用餐時間裡，她沒有再看我，也沒有再開口說話。

52

西奧

二〇一六年四月二十七日

西奧在隱隱的頭痛中醒來；他的太陽穴在抽痛，他感覺到些微的不適。他嚥了嚥口水，然後抬起頭，看著床頭的時鐘，瞇起了眼睛。老天，不出幾年，他就會需要眼鏡了。早上七點。他轉過身，把頭埋到枕頭底下，試著不要去想，試著轉移他的思緒——不去想羅絲，也不去想在崔斯特菲爾德那間醫院裡到底發生了什麼事。

枕頭並不管用，早晨的噪音正在從他房間的那扇小窗鑽進來。然後，他聽到他的對講機發出了令人不悅的聲音。

他起床套上褲子和一件T恤，然後走下公共樓梯。透過前門上的那塊玻璃，他可以看到外面有一男一女。在那一瞬間，他考慮不要理會他們，回到他自己的公寓，回到床上。這麼早的時間，這些人一定是來推銷東西，或者傳教之類的，不過，就在此時，那名男子拿出了他的證件。

他真希望自己有先梳過頭髮，因為他知道他的頭髮看起來必定就像灌木叢一樣，西奧把門打開。那名女子對他笑了笑。她的臉和神情刺眼得就像早晨雷射般的太陽一樣。西奧對著那份刺眼的感覺皺起了眉頭。

「早安，先生。海澤爾先生？」

他點點頭。

「偵緝警司艾莉森．格林伍德，這是我的巡佐。我們可以簡短地和你聊幾句嗎？」

「當然可以，請進。我住在三樓。」語畢，他轉過身，順手抽走他信箱裡免費的週報。他很快地瞄了一眼報紙。然後又多看了一眼，隨即忘了還站在他公寓前廳裡的警察。

蒙特診所遭到的指控加劇，迪恩夫婦失蹤。

頭版。

「我猜，你今早還沒有看報紙吧？」艾莉森．格林伍德偵緝警司說道，在她說話的同時，有人的手機響了，那名巡佐從他外套的口袋裡掏出他的電話。

「我們在處理另一個案子，長官。」他說。

「到車上去接聽吧。」

那名巡佐消失在屋外，艾莉森．格林伍德則跟著西奧上樓前往他的公寓。當他們來到廚房時，他問她是否要來杯咖啡，並且在她婉拒的時候感到很高興。他沒有牛奶了，當他看著咖啡罐裡面，想要為自己沖一杯咖啡時，卻發現他的咖啡也用光了。

「有什麼事嗎，格林伍德警司？」他一邊問，一邊試著撫平他的頭髮，同時試著要閱讀此刻就放在他流理台上的報紙頭版。他明白了；他現在知道警察為什麼來找他了。

「我昨天去看了羅絲．瑪洛，海澤爾先生。」她朝著報紙點點頭。「我正在調查迪恩夫婦失蹤的事。我期待羅絲也許能為這項指控提供一些資訊。事實上，應該是複數。這些指控。我們在幾個月前收到了第一個指控。很不幸地，就在我們蒐集到足夠的證據可以質問丹尼爾．迪恩關於蒙特診所的非法活動時，他和他的妻子就逃之夭夭了。」

「我對此事一無所知……直到現在。」

「我想也是。」她瞄了一眼報紙，然後靠在廚房的牆壁上。「監獄的典獄長和羅絲的諮商師告訴我，你和她的關係很友好……我猜，你打算用她的故事大賺一筆，海澤爾先生。」

他感到一陣躁熱。他絕對不會撰寫羅絲的故事。永遠也不會。像艾莉森．格林伍德這樣的女性會恨死他的。不過，那不是理由。真正的理由要比這個深切多了。他愛上了羅絲．瑪洛。

最後，他終於回應說：「打從一開始，我就直覺地感到一切並不像表面上那樣。」

「看來你似乎是對的。羅絲有對你透露任何可能有助於我們找到迪恩夫婦的事嗎？她告訴你的事情裡，有任何事會對我們的調查有所幫助嗎？」

「只怕沒有。」他說。

她嘆了一口氣。「你知道他和丹尼爾．迪恩，也就是亞伯．杜肯的父親，在九〇年代早期的關係嗎？」

「我知道。現在知道了。在她告訴我之前，我並不知道。」

「看來，在她的聽證會期間，沒有人知道這件事。羅絲有對你提起她在一九九二年生下的那個女兒，以及那個孩子後來死於布魯菲爾德醫院的事嗎？還有，在那之後不久，羅絲就動了緊急手術嗎？」

「她告訴過我。」他不能把艾比蓋兒．迪恩的事情說出來。那得由羅絲自己來說。

「關於羅絲的事情，還有什麼是你可以告訴我的，海澤爾先生？」

「我不認為她犯了謀殺罪。」他說。

「你和羅絲．瑪洛有多親近，海澤爾先生？」

他沒有回答，但他也沒有避開她的注視。

「海澤爾先生，如果我們能找到迪恩夫婦，那絕對會對羅絲有利。」她遞給他一張名片。「如果你有什麼事想要和我分享的話，你可以聯絡我。我自己出去，不用送了。」

在聽到他的公寓大門關上之前，他已經埋首在當天的最新消息裡了。針對丹尼爾．迪恩的調查正在迅速擴大中。他在手機上谷歌這件事的時候，發現媒體鋪天蓋地在報導此事。迪恩被指控在九〇年代期間，參與了諾丁漢蒙特診所的非法墮胎事件，當時，他也是布魯菲爾德的經理。此事與羅絲．瑪洛的關係——她因為殺害丹尼爾．迪恩的兒子而被捕入獄——也被穿插在報導之中。迪恩夫婦的失蹤開啟了潘朵拉的盒子，曾經是蒙特診所病患的一些女性紛紛挺身而出。現任的布魯菲爾德管理階層否認他們知道迪恩的行為，同時也否認他們現在和他有任何的關係。

西奧折起報紙，關掉手機上的視窗。他深深吸了一口氣，將雙臂往上伸展，然後走向浴室去刷牙。稍後，他得出門大肆採購咖啡因。

53

二〇一六年四月二十八日

西奧的手機發出叮叮噹噹的聲響，將他從支離破碎的睡眠中吵醒。昨晚，他很晚才上床睡覺，他的腦子裡塞滿了關於羅絲的各種推論和事實。當他在清冷的晨光下醒來時，羅絲的故事已然明朗化了。他應該把他所知道的告訴艾莉森．格林伍德警司，但是，他想要等到他和雨果．布里斯見面之後再說。

他拿起手機。上午七點。那是一則來自蘇菲的簡訊。

他已經忘記自己在大半夜裡興奮地留給她的那則語音留言了——他甚至沒有喝醉，只是腎上腺素高漲而已。他沒有對象可以分享他這個最新的工作計畫，只有蘇菲，而她也是他唯一想要訴說的對象。他語無倫次地告訴她，他不相信羅絲犯了殺人罪。

好長的一則留言啊！如果你想要聊聊的話，我隨時都在。尼克出差去了。

我有時間。菲X

在完全清醒之下，他朝著房間裡的晨光泛起了笑容。無論如何，蘇菲依然都支持著他。他真的需要好好努力。他想起了羅絲，除了蘇菲以外，她是唯一讓他有感覺的女人。蘇菲是他大學的初戀，雖然，在艾略特死後以及他和蘇菲離婚之後，他已經為自己在年輕時沒有經歷過的風流人生做足了補償。

就在他打算回覆她的簡訊之際，他的對講機響了。他跳下床，從起居室的窗戶往外看，但是，他並沒有看到大門入口處有任何人。他回到臥室，穿上一件運動衫和一條慢跑褲，然後走下樓去查看。他看到一只信封已經從大門底下被塞了進來，而沒有被投遞到公共信箱裡，信封上潦草地寫著他的名字。他的心臟差點就停了，他彎下腰把信封撿起來。

一張A4大小的紙被整齊地折成三等份，塞在了信封裡。他很快地打開那張紙。

不要插手和你無關的事。遠離羅絲．瑪洛。不要再去探視她。

如果你不聽從這個忠告，你的前妻和她的新女兒有可能會發生很糟糕的事。我相信你並不希望如此——讓蘇菲再次失去一個孩子，並且讓你自己再度背負這樣的責任。

不要接近羅絲。

西奧動也沒有動，他的腳彷彿黏在了水泥地上。直到住在他樓上的那名女子輕輕推了推他的手臂，他的肌肉才又恢復了功能。

「西奧，你可以讓開一下嗎，我需要出去……」

他將視線從那些打字的字體上挪開來。「抱歉……」他往旁邊閃開，讓她推著她的雙人嬰兒車過去。兩對充滿好奇的眼睛直盯著他。

「這對雙胞胎今天看起來真可愛。」他對自己沒有看到她困難地下樓懷抱著罪惡感。他通常都會幫忙她。

她甩甩頭。「他們整個早上都不太可愛。」她勉強擠出笑容。「我得走了，西奧。」

他幫她打開門，看著她把嬰兒車搬過門檻。

西奧衝上樓，在廚房找到了他的手機。他立刻就打電話給蘇菲。

「西奧，很高興你打來了，可是，現在時機不對──」

「小菲，我需要長話短說。你帶女兒去學校了嗎？」

「沒有……正要出門。西奧，怎麼了？你聽起來很不安。你昨晚顯然半個晚上都沒有睡覺，從你留言給我的時間就知道了。你沒事吧？」

「我沒事，不過，你今早可以不送女兒去學校嗎？先不要。很抱歉，我不想嚇到你，不過，我收到了……一封恐嚇信。」

「關於什麼？」

「那和我對羅絲．瑪洛的調查有關。有人試著要嚇退我。」他吸了一口氣。「寄信的人用你和你女兒來威脅我。」

「你覺得那可信嗎？我的意思是……我是說……」他聽出她的聲調在提高。「西奧，你真的很容易招惹厄運，不是嗎？」

「蘇菲，對不起。我得掛電話了。我要打給警方。你和你女兒待在家裡。我稍後再打給你。尼克在家嗎？」

「他出國出差了。我告訴過你了。」電話線發出劈啪的聲響。「我很害怕，西奧。我愛我的女兒。」

「我知道。留在家裡，哪裡也不要去，我很快會再和你聯絡。」

他掛斷電話，感覺冷汗正在沿著肩胛骨之間流下。他走到書房，重重地坐在椅子上，給了自己一分鐘，然後才撥打了艾莉森．格林伍德警司的專線電話。他昨天就應該這麼做了。

「我是格林伍德警司。」

「嗨，我是西奧．海澤爾。」

「啊，海澤爾先生。有什麼事嗎？」

「我打這通電話是因為我剛收到一封由專人送到我公寓大樓來的打字信函，信中警告我說，如果我對羅絲的事情不罷手的話，我前妻和她兩個幼小的繼女就會出事。」

「你真的應該早點配合的，海澤爾先生。」她的聲音轉為單調。西奧猜測，她生氣的時候聽起來就是這副樣子吧。她繼續說道：「把你前妻的電話給我，我現在就打給她。」

他把蘇菲的詳細資料給了她。「麻煩隨時讓我知道狀況。」

「我會的，海澤爾先生。我相信資訊共享才是為大局著想。」

她的語氣依然完全不帶感情。他真的應該把娜塔莎那則關於亞伯身世的簡訊分享給她。等到和雨果見面之後吧。不過，他得要提供給她一些什麼。「關於那封信，你可能需要和艾德・麥登談一談，格林伍德警司。」

「艾德・麥登？我知道他和迪恩夫婦的關係。」她清了清喉嚨。「我會和你保持聯繫。我們需要和你會談，海澤爾先生。在理想的情況下，我們現在應該要面對面地談，但是，距離是個問題。」格林伍德警司的辦公室在赫里福德郡。「請確保你隨時可以接我的電話。」

十分鐘之後，蘇菲打來了。

「一個名叫艾莉森・格林伍德的偵緝警司派遣了當地的警察來我家，他們正在趕過來的途中。」她說。她聽起來冷靜多了。「我真的對你很生氣。」

「小菲——」

「不要那樣叫我。」

「蘇菲——」

她已經掛斷了。

除了羅絲以外，唯一知道他到處在問問題的人就只有瑪麗恩。他無法想像瑪麗恩會大老遠跑到曼徹斯特來把那封信塞到他的門底下。那就只剩下兩個選擇了：丹尼爾・迪恩和艾德・麥登。迪恩已經失蹤了，西奧不認為他會冒這個風險。那就剩下艾德了。

他試著要釐清思緒，好讓自己專心在雨果的來訪。那名室內設計師要到中午一點鐘才會抵達，不過，西奧需要先到阿斯達[14]去囤購亡命之徒。

他考慮著是否要再打電話給艾莉森．格林伍德，把娜塔莎給他的訊息告訴她，不過，他知道，在他再度和她談話之前，他需要先蒐集到足夠的事實。明天，他將會面對面去問瑪麗恩有關丹尼爾．迪恩的事。

[14] 阿斯達（Asda）是英國的超市連鎖店。

54

雨果準時到了，西奧下樓來到公共入口，開門讓他進來。

「有點難找，我不得不這麼說。」這是雨果的開場白。

「很高興見到你。謝謝你跑一趟。貝拉好嗎？」

「她很好。我昨晚在她那裡打地鋪。有時候，回到基本面有助於健康。她載我到這裡來，雖然她想進來，不過她得去上課。」他停了一下。「她也希望我有時間和你獨處……」

「我想，你妹妹希望你一切都很順利，雨果。」

「是啊。」他調整了一下他的襯衫領口。「她要我幫她問候你。」他審視著西奧的臉。「你還好吧，朋友？你看起來有點心煩意亂的樣子。」

「我沒事。只是剛聽到一個消息。」

「不是什麼好消息，我猜？」雨果問。

「是個可以解決的問題。進來吧。」

雨果環視著公寓大樓的門廳。「這裡看起來不錯。」

「我想，你通常不會接這種案子吧。」

「我什麼案子都接。」他伸出雙手，表示可以接受。

西奧忍不住泛起微笑。他很確定雨果並不常接位於查爾頓的兩房公寓整修案。

「三樓。」他朝著電梯比劃了一下，但雨果謝絕了。

西奧跟在他身後，看著雨果兩階併作一階地爬上樓梯；他出人意料地充滿精力，讓西奧不禁感嘆自己早已過了三十幾歲的年紀了。他喜歡雨果，也並不喜歡他自己即將要做的事，雖然，貝拉和雨果在某種程度上都暗示了雨果此行是為了卸下他內心的負擔。

格林伍德警司很快就會和艾德．麥登聯繫，不過，她顯然還沒有——或者她已經聯繫了，只是雨果並不知道。如果他知道的話，他就不會在這裡了。

他們進到公寓之後，這位年輕的設計師開始在室內踱步，西奧則在一旁看著他。

「房子很小，不過光線很好。你說是起居室和廚房嗎？」雨果問。

西奧點點頭。他們現在就站在廚房裡。「啤酒？」

「我真的不應該喝酒，因為正在工作之類的，不過，貝拉說她會來接我，送我去車站。我不開車的。我很樂意今晚再去住她那裡，不過，艾德希望我回家。」西奧遞給他一罐亡命之徒。

「乾杯，老兄。我們的最愛。我和艾德的最愛。」他喝了一大口，然後很快地就喝光了那一整罐。

西奧的上限是三罐這種混合了龍舌蘭的啤酒。他從冰箱裡再拿了一罐給雨果。

雨果很快地就在滿足中放鬆了。「在這個兩房公寓裡，廚房比我想像的大。我們可以在這裡進行很多改裝。」他在一本用皮革滾邊的剪貼簿上草草地寫下筆記，不過，他用筆的方式已經不如他那天在工作室那樣靈巧了。他喝光第二罐啤酒。「起居室，」他接著說，「……有點擁擠，但是有大量來自陽台落地窗的光線。這點很棒。我相信我可以做點什麼。我們要不要來討論一些想法？」

「好啊。我們到陽台去坐吧。」西奧拿出更多的啤酒，帶到室外。天氣很涼爽，不過，他很久以前就花錢在室外裝了一台小型暖氣。雨果在狹窄的露台坐下來，交叉著雙腿。他坐在那裡看起來很自在。西奧把另一罐亡命之徒放在他面前，然後將暖氣開到最高溫。

「我喜歡這裡，」雨果說。「氛圍很好。」

西奧開始切入話題。「你和艾德在一起多久了？」

雨果開始坐立不安。「五年。他給人的印象很愛生氣，不過，我愛這個老傢伙。」他那對綠色的眼睛在明亮而清冷的陽光下閃爍。

「他一定有些包袱吧？」西奧探究地問。

雨果看著他。「我們不都有嗎？你有交往的對象嗎？」

「離婚了，所以才住在小公寓裡。」

「啊！」

「再來一罐？」西奧問。

「你不介意的話。」

他站起身，拿了兩罐啤酒回來，喀噠一聲地拉開扣環，然後將兩罐全都遞給雨果。

「喏，老兄。」雨果放下交叉的雙腿，讓膝蓋打開，癱坐在椅子上。「艾德確實有很多包袱。貝拉不喜歡他。她要我結束這段關係。她覺得他很討人厭。」他嘆了一聲，吞下更多啤酒。「他當然不完美……」他暫停了一下。「貝拉說我應該和你聊聊。」

「那也許有幫助。」西奧輕聲地回答。

「丹尼爾・迪恩和艾比蓋兒，艾德的妹妹，都是令人討厭的人——」

「艾比蓋兒・迪恩是艾德的妹妹？」

「是啊。」雨果看著他手中的啤酒罐。「這些小惡魔挺猛的。」

「哇。」西奧等著他往下說。「這不是眾所周知的事實吧？我的意思是，這件事沒有被公開討論過。在羅絲的聽證會期間也沒有被提及過？」

「沒有。為什麼會被提起？艾比蓋兒在遇見丹尼爾之後就消聲匿跡了，雖然，她甚至在嫁給他之前就已經改名了。她顯然想要改造她自己。根據艾德所言，她決定要甩掉她那工人階級的家族背景。」他又停了一下。「而現在……他們兩個似乎都失蹤了。」

「是啊。這是個大新聞。」

「沒錯。」雨果又喝了一口啤酒。

「你見過艾比蓋兒嗎？」

「沒有。不過，我想她應該很討人厭。」

「你為什麼這麼說？」

「她想要什麼就一定要得到手……不過，有一樣東西是她得不到的。而那就是導致這一切的原因。羅絲．瑪洛，這一切。對艾比蓋兒來說，這個結果和她當初所預期的不一樣。」

「什麼結果？她得不到什麼？」

「我不能說。我不能這麼做……孩子。艾比蓋兒不能有她自己的孩子。」

「啊，原來如此。」西奧開始明白了。「你知道些什麼，雨果？」

「老天，我不能告訴你。我會惹上麻煩的。艾德絕對會面臨法律問題的。不過，自從他告訴我之後，我的腦子裡就一直在想這件事。而在迪恩夫婦逃走之後的現在，這件事在我腦中就更揮之不去了。」

「這牽涉到人命。」西奧喝了一口他自己的啤酒。「羅絲的性命。」

雨果用手背擦著額頭——室外的暖氣有點太強力了。他顯然渴望要把心裡的事一吐為快。貝拉了解這點。而迪恩夫婦的失蹤又進一步地推了他一把。

「真的很悲慘，羅絲．瑪洛，」他說。「她的孩子……」他停下來，仔細地想了想。「然後，她在醫院裡發現艾比蓋兒是丹尼爾的妻子，也發現了亞伯的存在。不過，天哪，謀殺亞伯……」他喝下更多啤酒，然後盯著西奧。「羅絲看起來是什麼樣子？」

「她很……悲傷。」西奧呼出了一口氣。

「亞伯不是艾比蓋兒的兒子。這就是問題所在。」西奧越來越接近他想要知道的事實了。

「這件事我只對貝拉說過。她叫我去報警。」雨果垂頭喪氣地陷入椅子裡；他的手臂往下垂落，啤酒罐在兩根手指之間晃蕩。「可是，問題是，問題是……」

「是什麼，雨果？」

「我要打電話叫貝拉來接我。」他站起身，腳步蹣跚。那只空罐子掉到了地上。

「艾德和他妹妹以及丹尼爾．迪恩有聯絡嗎？」西奧追問。

一抹絕望的神情湧現在雨果英俊、對稱的五官上，一串汗珠沿著彷彿雕刻般工整的深色鬢角流下來，停歇在了他的顴骨上。「我算什麼伴侶？我是個叛徒，是個猶大。可是，我無法不想起羅絲．瑪洛的事。」

西奧看見了真正的矛盾，真正的痛苦，他也開始把所有的片段串連起來。他告訴自己，把這一切藏在心裡正在折磨著眼前這個年輕的設計師，而他是在幫雨果和貝拉一個忙。

雨果持續往下說。「最糟糕的是艾德知道。他一直都知道。我怎麼會愛上這樣的人？貝拉就是這麼說的。」

「艾德知道什麼？」

雨果用雙手捧著頭，然後，彷彿一名在告解室裡的天主教徒一樣，他終於告訴了他。

55

貝拉來到西奧的公寓接雨果。他們把他扶上她的那輛Corsa，然後，她和西奧一起站在車子旁邊。

「告訴他把帳單寄給我，我很期待看到他的想法。」西奧說。

「雨哥告訴我，他對你說了。」

「是的。」西奧轉換著雙腳的重心。

「我很高興。雖然，我認為反正一切很快就會揭露了。」她彎下身。查看她那正躺在後座微微打呼的哥哥。

「我得要把這件事告訴警方，貝拉。我很抱歉。」西奧說。

她挺起胸膛，關上車門。「我知道。我可愛的哥哥。」

「我很抱歉。」

她輕輕地聳了聳她單薄的肩膀。「我會照顧他的。」她坐進駕駛座。「我們會面對後果的。是時候了。」

西奧看著她揚長離去，然後才回到他的公寓。他一邊想著羅絲，一邊從冰箱裡拿出一罐亡命之徒。他得要告訴艾莉森．格林伍德，讓她知道雨果是他的消息來源。他並不想這麼做，但是，他別無選擇。就在他喝下一大口啤酒時，他的手機突然大聲作響。自從蘇菲稍早打來之後，他就把手機音量調到了最大聲。

艾莉森．格林伍德。

「海澤爾先生。」她的聲音低沉，語氣嚴肅。「蘇菲和她的繼女很安全。偵緝警佐穆荷蘭正在曼徹斯特負責這起調查。我需要問你幾個問題。我們需要知道羅絲．瑪洛是否對你透露了什麼她沒有告訴警方的訊息。考量到你前妻現在所發生的事，我需要知道你知道些什麼，或者羅絲知道些什麼。我期待你會告訴我。」

「你找過艾德．麥登了嗎？」

「你知道些什麼，海澤爾先生？」

「羅絲．瑪洛沒有殺害亞伯．杜肯，格林伍德警司，你知道艾德．麥登是艾比蓋兒．迪恩的哥哥嗎？」

電話那頭一片沉默。

「我現在知道了。」

「你是說，現在剛剛知道嗎？」

「最近。」她的聲音大了一些，他猜測她把嘴湊近了話筒。「你認為羅絲為什麼承認她殺了人，海澤爾先生？」

「這點我真的不確定，格林伍德警司。」

「那有什麼是你確定的?」

「引發我注意的是一九九二年發生在諾丁漢布魯菲爾德醫院的事件,說得更確切一點……」他停了一下,咬著嘴唇,然後嚐到了鐵鏽的味道。「羅絲在布魯菲爾德發生的事,和這個案子的關係非常密切。」

他必須告訴他雨果透露的事。他必須告訴她亞伯在二〇一五年春天到英格蘭的時候,曾經去見過麥登的事,以及他認為在那次的見面中,麥登對亞伯說了什麼。

他權衡著他所知道的事。他需要時間思考。「抱歉,格林伍德警司,有人在按我的對講機。給我一分鐘。」

他按下靜音,放下電話。他得要鎮定下來。他確定雨果說的是實話。

羅絲為什麼不告訴格林伍德警司有關西班牙之旅的事,以及在那之後所發生的事情?她在幫她丈夫背黑鍋嗎?她為什麼要那麼做?羅絲想要被關進監獄——她認為她的生命價值就只有如此,她認為自己真的毀了。她為了邁爾斯而犧牲自己的自由。老天,瑪麗恩知道丹尼爾.迪恩和艾比蓋兒的精心密謀嗎?

艾莉森.格林伍德還保持在靜音的狀態,而西奧也還在沉思。是讓警方知道一切的時候了。那封被送到他公寓的信件改變了他的計畫。一陣寒意在他過暖的書房裡籠罩了他,這件事不只牽涉到艾比蓋兒和丹尼爾.迪恩,也和艾德.麥登有關。麥登是那封信背後的藏鏡人,西奧相信,他那麼做是出於丹尼爾.迪恩的要求。

西奧應該要告訴艾莉森．格林伍德有關娜塔莎從垃圾郵箱裡撿回來的那封信。他感到一股深深的罪惡感在他心裡蔓延開來。

當亞伯．杜肯的真相被揭露的時候，羅絲將會崩潰、大受衝擊，唯一能夠拯救她的，可能就是存在於舊金山的一個小女孩。娜塔莎和亞伯的女兒。西奧在自我鄙視的同時，很快地把這句話寫在一張便條紙上，然後才終於按下解除靜音的按鍵。

「嗨，格林伍德警司，抱歉。我剛簽收了一件很大的快遞。」

「我在等你繼續說。」

他把他所知道的事實告訴了她，包括雨果所透露的事。說完之後，他們之間瀰漫著一陣沉默，輪到西奧等待了。

最終，格林伍德回應了。「原來如此。我原本打算明早到曼徹斯特去和穆荷蘭警佐接洽，不過，我現在需要盡快過去。我今天傍晚稍晚一點就會抵達，到時候，你可以親自對我做正式的聲明。」

西奧看著他的手錶。「你最快也要十點才會到。」

「那有什麼問題嗎？」

「沒有，不過，我認為你真的要認真考慮我的話，去找艾德．麥登。」

「在你稍早打完電話給我之後不久，我們就已經派遣幾個小隊去艾德．麥登的住處了，海澤爾先生。幾分鐘之前，法醫正在檢驗DNA。」他聽到她大聲發出了一道指令，因而想像她正坐在一間忙碌的辦公室裡。「我是個女人。但我有很多事情要同時處理。我會在今晚八點之後抵達曼徹斯特。」

56

二〇一六年四月二十九日

艾莉森．格林伍德警司和她的巡佐在昨天晚上九點剛過的時候抵達，然後停留了兩個小時。西奧向他們做了正式的聲明，不過，他刻意決定不要在任何情況之下提及瑪麗恩。羅絲要他查出瑪麗恩涉及此事的程度，儘管她們之間的關係破裂，瑪麗恩依舊是羅絲的母親，無論她有多麼可疑，羅絲依然愛她。他懷疑這就是她之所以要他去調查，而沒有直接告訴警方的原因；早在他探訪羅絲之初，他就已經明白了這點。不管瑪麗恩一直以來做了什麼，羅絲都不願讓警方知道。

相較於丹尼爾．迪恩對邁爾斯的勒索，西奧思忖著瑪麗恩的情況是否完全相反。是瑪麗恩在勒索丹尼爾嗎？或者，打從一開始，從羅絲陣痛的那天起，他們兩人之間就已經建立了某種協議？不過，西奧很好奇，瑪麗恩為什麼同意和他對話？這樣一來，她就可以判斷他對事情的調查有何進展嗎？而丹尼爾．迪恩也會因此而得知？

他傾靠在廚房的流理台上，啜飲著一杯冷咖啡，配著一根瑪氏巧克力棒。他的手機突然震動了起來，他接起手機。

「海澤爾先生，我只是讓你知道，我們正在根據你所提供的資訊採取行動。」格林伍德警司說。

「艾德・麥登？」

「我不能和你討論任何事。不過，我可以讓你安心，並且告訴你，我們現在知道寄那封信的人是誰了。」

「那迪恩夫婦呢？」

「我知道你一直以來所做的事，不過，是時候讓我們接手了。在我們完成行動之前，我希望你不要和羅絲・瑪洛聯繫。我是認真的。」

「好。」

「祝你有個美好的一天，海澤爾先生。」

西奧把那根瑪氏巧克力棒的包裝紙丟進垃圾桶，然後打了電話給蘇菲。「你們都還好嗎？」他問。

「我們沒事。很抱歉我剛才對你那麼兇。」

「你告訴尼克了嗎？」

「嗯，他明天晚上就到家了。」她回答。「西奧……羅絲・瑪洛？」

「她沒有犯下殺人罪，小菲。」

「你還要寫那本書嗎？」

西奧看到那筆錢和他擦身而過。他沒有回答。

「你戀愛了。」雖然他看不到她的臉，不過，他可以想見她臉上的笑意。「錢的事怎麼辦？寫書的訂金？你要怎麼辦？」

「也許搬出這間公寓吧。到別的地方租一個房間。我不知道，小菲，不過，我不能撰寫羅絲的故事。」

「尼克說我們可以借錢給你，沒有還款期限。」

「噢，你沒有告訴尼克吧？」他不知道哪一種狀況更糟，是被蘇菲知道他是個失敗者加窮光蛋，還是被她丈夫知道？

「我們之間沒有秘密，西奧。他知道我一直在擔心你。」

「沒事的。我不需要你的錢。或者尼克的。」

「這個提議一直都有效。」

「我知道。再見。」他掛斷了電話。

不到十分鐘之後，他已經在他的車上了，同時試著不要喜歡尼克。不過這不可能。他喜歡尼克，向來都喜歡。他看了一眼儀表板上的時鐘：上午七點三十二分。中午之前，他就可以抵達瑪麗恩家了。他需要查清她是否知道所有的來龍去脈。如果她知道的話，很簡單，他就會通知艾莉森．格林伍德。如果她不知道的話，他就什麼也不會說。也許，他——以及羅絲——完全誤解了瑪麗恩。然而，如果不是誤解的話，接下來又該怎麼辦？

他陷入車子的座椅裡。他不知道。

行駛在M1高速公路的途中，他在一陣良心的攻擊下，把車停在加油站，然後打了電話給瑪麗恩，讓她知道他要過來找她。她家的座機沒有人接聽，因此，他試著撥打她的手機。也許她去看山姆了。也許他完全錯了，山姆的岳父真的在幫忙他買那幢別墅。

也許，他不應該這麼做。

她的手機響了幾分鐘。終於，瑪麗恩不耐煩地接起了電話。「我現在不能說話，西奧。警察和我在一起。」語畢，她就掛斷了。

他突然感到自己需要空氣，隨即下了車。瑪麗恩聽起來並沒有對他有所不滿；不管艾莉森．格林伍德為什麼去找她，都和他告訴警方的資訊無關，那麼，警方的出現必然和艾德．麥登在被警方詢問時所透露的事情有關。

或者，也許格林伍德真的是一名優秀的警探。

當加油站光禿禿的停車場刮起陣風時，西奧扣緊了他的外套，然後回到車上。他重新上路，在下一個出口一百八十度轉彎，朝著來時的方向而去。

他駛向崔斯特菲爾德和老惠廷頓，希望邁爾斯會在家。他懶得打電話。該發生的就會發生，雖然，他的確懷疑警方是否已經搶先了他一步。

西奧坐在邁爾斯的廚房裡。在他上次來訪之後，邁爾斯已經清理過廚房了。他把他家整理得井井有條，彷彿即將出門去度假一樣。

他們省略了寒暄的客套話。邁爾斯在濾煮咖啡的同時，拿出了一袋可頌，麵包散發出的香氣讓西奧知道那是今早才剛買回來的。邁爾斯今天刮過鬍子，看起來不像西奧上次來訪時那麼淒涼絕望。

「你來得正是時候。」他一邊說，一邊把兩只可頌分別放在兩個盤子上。「這是老惠廷頓最好的可頌。」

「警方和你聯絡了嗎？」

「沒有，還沒有，不過，我相信他們很快就會找我了。我已經和一名辯護律師以及羅絲的律師談過了。」

「是你嗎，邁爾斯？」

邁爾斯在躺椅上坐下來，那只裝著可頌的盤子在他的腿上微微搖晃。他拿起可頌咬了一口，費力地咀嚼，然後放回盤子裡，再將盤子放在他旁邊。他沒有回答。

西奧繼續往下說。「我有一個瘋狂的推論，真相可能是艾比蓋兒．迪恩殺了亞伯，而你和羅絲一直在保護彼此，你們互相以為是對方殺了亞伯。」他注視著他的可頌。「可是，我錯了，對嗎？」

「老天，我認為即便是艾比蓋兒·迪恩也對她自己的兒子下不了手，而且，她為什麼要那麼做？不，是我。一個醫生，一個拯救生命的人。」

邁爾斯不知道艾比蓋兒不是亞伯的親生母親，而他顯然也不知道誰才是。那他為什麼要承認自己殺了亞伯；是什麼讓他現在說出了真相？

「你為什麼讓羅絲背負這個罪名？你愛她。」

「她想要那麼做。」邁爾斯回答。

「她為什麼想要這麼做？」

「那得讓羅絲來告訴你。」

「這可能需要在法庭上解釋。」

「羅絲已經在獄中服刑了一段時間，」邁爾斯說。「檢方不會再以妨害司法公正的罪名來追究她。」

「這是你的辯護律師說的嗎？」

「不，是羅絲的律師說的。」

雖然他剛才在車上的時候已經飢腸轆轆了，但是，西奧並沒有碰那只可頌。「我想要告訴你一件事，瑪洛先生。」

「說吧。」

當西奧丟下那顆毀滅性的炸彈時，時間停止了，邁爾斯的表情也沒有變化。

亞伯．杜肯是羅絲的孩子。

最後，邁爾斯轉過身。他的肩膀開始抖動，輕微地顫抖，並且在幾秒之後轉為了抽動，他的啜泣聲在他整齊的廚房裡迴盪。一陣清新的風從打開的窗戶吹進來，撫過西奧手臂上豎起的寒毛。

邁爾斯終於轉過來面對他。「沒有必要告訴羅絲，」他說。「已經發生的就發生了，而且無法重來。」

「我想你忘了……」西奧的喉嚨堵塞了。他清楚地想起了艾略特，他和蘇菲擁有這個兒子十五年的事實也同樣湧現。「亞伯的女兒。羅絲有一個孫女。」

「我……」

「對，你說得對。」邁爾斯向他靠近。「你對羅絲有感情。」

「我殺了亞伯。不是羅絲。從來都不是羅絲。她以為我所失去的會比她更多。她為了我入獄，這樣，我才能繼續工作。然而，我無法工作。在很多方面，我都讓她失望了。她的犧牲沒有換來任何東西。讓她出獄至關重要。誠如你所言，她有一個孫女，所以，出獄對她來說就更重要了。」

「我會盡一切所能幫忙。」西奧說。

「她會需要一切的幫助，」邁爾斯安靜地說。「還有最後一件事是你需要知道的。不過，那真的要由羅絲來告訴你。」

西奧站起身，把他的盤子放在流理台上。「我會自己離開。」他轉身就要離開，不過卻又停下腳步，突然轉過來。「你怎麼能讓一個無辜的女人，你的妻子，因為她沒有犯的罪而入獄？」

「我很懦弱。而且向來如此。」

西奧從廚房離開，朝著前門走去。

✦

回到曼徹斯特之後，他相信自己需要釐清思緒。他很快地在他的公寓裡暫時停留了一會兒，收拾他的游泳裝備，然後前往當地的公共游泳池，他無法再去他的健身房了，因為一個月前，他已經把那個昂貴的會籍取消了。

除了等待警方的消息之外，他沒有什麼可做的，如果他們決定要和他分享什麼消息的話，不過，他覺得那似乎不可能。

這個故事的結局太悲慘、太痛苦，也太諷刺到令人難以理解。

57

二〇一六年五月十日

十一天之後，丹尼爾和艾比蓋兒・迪恩再度成為了重大新聞。

西奧正在閱讀泰晤士報的第五頁：二〇一五年的亞伯・杜肯謀殺案新證據曝光，迪恩夫婦在摩洛哥被捕：羅絲・瑪洛獲准保釋。他把報紙折好，在折疊報紙的同時，他的手機接到了一通來自艾莉森・格林伍德的電話。

「哈囉，格林伍德警司。」

「早安，海澤爾先生。我只是想讓你知道，你現在可以去探視羅絲・瑪洛了。我相信你應該知道，她很快就會出獄了。」

「看來似乎如此。邁爾斯・瑪洛認罪了？」

「我想你知道的，海澤爾先生。是的，他也被捕了。他現在被拘留了。我相信當你見到羅絲的時候，她會告訴你詳情的。」

「羅絲還好嗎？」

「我今早見過她。她崩潰了。」

「迪恩夫婦說了什麼？」

「我不能和你討論這件事。我只是出於禮貌才打這通電話給你。」她沉默了一下。「我很感謝你提供的資訊。」

說完，艾莉森．格林伍德警司就掛斷電話了。

58

羅絲

二〇一六年五月十日

在艾莉森．格林伍德來訪之後，我去找了凱西。我的頭在抽痛，彷彿有東西在撞擊一樣，這讓我在走向她的囚室時，視覺受到了影響，我不知道那是因為艾莉森帶來的消息所造成的，還是因為我的疾病，或者是兩者加在一起的毒素。

兒子。我有一個兒子。

艾莉森的話雖然確認了我最恐懼的懷疑，卻也把我掏空了。我的內心被撕裂了，並且散落在了精神與肉體分離的空間裡。我原本認為事情不可能更糟糕了，因為在我的內心深處，我曾經極度地希望亞伯死的那天，我的直覺是錯誤的。我記得我問過凱西。她原本就知道事情有可能變得更糟嗎？她原本就隱約知道亞伯是我的兒子嗎？我的思緒回到了在皇后醫院的那天，但是，我不能在這個思緒裡逗留太久。當時，我是知道的。在事情發生之後。在亞伯死了之後。

當我對著我囚室裡的小水槽嘔吐時，艾莉森就坐在我的床上。她從她的手提袋裡掏出一條手帕遞給我，同時並沒有避開我的目光。我很欣賞這點。我欣賞艾莉森．格林伍德。她在盡她的本分，她問我為什麼說謊，為什麼要承認我沒有犯下的罪行。她很有耐心，但也很敏銳。她沒有什麼可以對我說的，而她也沒有嘗試要對我說什麼，她只是告訴我她需要告訴我的，並且提及西奧的前妻和她繼女的事來鼓勵我開口。然而，我無法開口；我不想要面對太多問題，太多障礙。我不希望事情變得複雜。

此刻，特別加護病房那天的記憶在我的腦子裡是如此的支離破碎，我不確定到底發生了什麼事。我無法告訴眼前這名警探完整的真相，因為我對那個真相感到不確定。

艾德．麥登。丹尼爾．迪恩。我不願意說出他妻子的名字，即便在我的腦海裡，我也不希望那個名字出現。

我快走到凱西的囚室門口了。現在是自由時間，雖然我知道，就算不是，獄警也會讓我到凱西的囚室去探望她。他們給了我很大的自由度。其他的囚犯也是。這裡的小道消息傳播的速度很驚人。天知道他們是怎麼知道的，不過，從他們低頭的模樣以及避免和我眼神接觸的行為來看，我知道他們已經知道了。

我崩潰了，我所受到的重創是如此地刻骨銘心，無論怎麼做都無法安慰我。因此，沒有人試著要安慰我，彷彿他們都受到了艾莉森的影響。我的恐懼和孤獨將會永遠包圍著我。然而，儘管身處黑暗之中，因為米婭，我得承認，還有西奧，現在，我必須尋求治療。如果為時還不晚的話。我必須信任西奧，不過，儘管我對他懷有一份感覺，但是，我並不確定。我可以告訴他嗎？

我推開凱西的門。

她坐在她的床上，她的表情一如既往。直到她抬起頭、看到我，我才在她臉上看到了自從我認識她以來首度見到的神情，我把那個蝕刻在她那張漂亮面孔上的表情解讀為不著痕跡的同情。她躺下來，然後拍拍她的床。我也跟著躺下，我的腳在她的頭旁邊，她的腳也放在我的頭旁邊。我們頭尾相連。

「我很遺憾，羅絲。」

我沒有回應。我抓起她的腳，揉著她腳踝四周光滑的肌膚。

然後，她告訴我她依然愛她的孩子，也愛她死去的那個女兒。

「我無法解釋，羅絲，」她說。「可是，我希望你能多少了解一部分的我。」

我想我可以。她說話從來沒有如此清晰過，而我知道也就只有這一次。不過，我知道，在我的腦海裡，我對凱西的認知已經更豐富了，我知道我可以問她。

我告訴她我需要的。「你願意為我做這件事嗎？你願意為西奧寫一則故事嗎？」

她點點頭。

我們靜靜地躺著。我的朋友是一個疏離的存在，在特別加護病房的某個短暫時刻裡，當我和亞伯獨處時，我也是一個疏離的存在。凱西不具有道德的指南針，不過，她的自我意識足夠敏銳，讓她至少認知到了這個事實。我不禁質疑自己和凱西的相似程度是否超過我願意承認的。

在自由時間結束之後，我按照安排地去見了唐恩。我不想見他，但是，典獄長堅持我得去，加上我的律師也建議說諮商是件好事。我很快就要離開這裡了。邁爾斯會支付我的保釋金。

唐恩還是唐恩，他依舊想要探索，不過，他也知道自己什麼也做不到。這次的諮商很短。我懷疑未來他是否會和邁爾斯談；如果他也在其他的監獄機構工作的話。我從來都沒有問過他，他不在這間監獄的那兩天都在做些什麼。邁爾斯不會和像唐恩這樣的人對談的。

在艾莉森．格林伍德來過之後，他們允許我的丈夫立刻和我見面；我想，那是他們刻意的安排。我們無須在會客廳見面，他們允許我們在我的囚室裡交談。他抱著我，我也感覺到他試著在忍住不哭。他從來都不希望我被關在這裡。我已經預見到，對西奧而言，這將會是這個故事裡最難處理的部分：邁爾斯輕易地就同意了我的計畫，以及他同意的理由。

邁爾斯離開之後，我哭了。這是自從薩蜜拉的葬禮之後，我第一次哭得如此傷心。

薩蜜拉：另一個可憐的女人死去的孩子。

丹尼爾和艾比蓋兒對我和那個女人、以及她的孩子所做的事是無可原諒的。太邪惡了。

然而，我問自己：他們有比我暗黑的那一面更糟糕嗎？

59

西奧

二〇一六年五月二十日

西奧很期待終於可以再見到羅絲了，雖然艾莉森·格林伍德早已允許他去探視，但羅絲卻遲遲沒有同意，她表示她需要更多時間。過去的十天讓他難以忍受。當他通過監獄的安檢時，他驀然想到，這將是他最後一次坐在會客廳那些不舒服的椅子上，雖然，他會繼續到這裡來教授寫作課直到七月份。

昨天，他接到唐恩·懷廷的來電。西奧說，在和羅絲見面之前，他會先到唐恩的辦公室。現在，他就在敲門，不過沒有人應門。

一名他認得的獄警經過。「唐恩今天請病假，海澤爾先生。」他說。

「啊。」越過那名獄警的肩膀，他瞥見了凱西。他覺得她沒有看到他，因為她的頭往前低垂，目光盯在地板上，不過，她正在朝著他的方向走來。

「凱西，你沒有應該要去的地方嗎？」那名獄警在她走近的時候說道。

凱西開口的時候，她那張空洞而漂亮的臉龐既沒有看著西奧，也沒有看著那名獄警。「現在還是自由時間。」

那名獄警瞄了一眼自己的手錶。「沒錯，可是你不應該在走廊裡遊蕩。」

「我有東西要給海澤爾先生。」

「你知道那是不可以的，凱西。」那名獄警說。

「那是我的作業，我的故事。別這樣，我花了好長的時間才完成的，而他上一堂課沒有來。」

他確實沒來。西奧對她笑了笑。

「我很樂意拜讀。」他對那名獄警說。

「總有一天，凱西，你會害我被叫去懲戒聽證會。」

她把她的作品給了西奧。

「謝謝，凱西，」他說。「我很期待閱讀這篇文章，不過，其實你可以等到我們的下一堂課再給我。」

她聳聳肩，轉過身，輕鬆地沿著走廊跑走。西奧把那幾張A4大小的紙收進他的背包裡。

「怪人。」那名獄警說。

「不過，她的文筆很好。」

那名獄警大笑，他圓滾滾的肚子也跟著笑聲同時在晃動。

西奧朝著會客廳走去，也朝著羅絲而去。

自從雨果在酒後吐露真言以來，西奧一直在等待著這個時刻，雖然他懷疑雨果當時是否真如他以為的那麼醉。這件事已經夠悲慘了，而瑪麗恩的介入無疑是火上加油。瑪麗恩對於她女兒被送到布魯菲爾德分娩那天的事情並沒有深入探究，她也沒有質疑過蒙特診所的種種作為，而丹尼爾．迪恩向來都以現金來支付她幫蒙特診所執行的清潔工作。

瑪麗恩——羅絲自己的母親——和迪恩夫婦一樣有罪。

他深深吸了一口氣，然後嚥了嚥口水。在他無邊無際的想像裡，他無法想像羅絲的精神狀態。不過，他知道當他自己發現他獨子的屍體時，他是什麼樣的感覺。

震驚，罪惡感，恐懼，煩亂，痛苦。悲傷。難以忍受又永無止境的悲傷。

他在艾略特身上犯下了那麼大的錯誤，當他從臥室門把上解開露營繩和蘇菲的圍巾，並且把他死掉的兒子平放在地板上時，他才意識到自己的疏忽和漠不關心。他不能在羅絲身上犯下同樣的錯誤。而他也不會。

羅絲看著他朝著這張桌子走來所邁出的每一步。會客室今天出奇地空曠，只有他和羅絲，以及坐在房間另一邊的兩個人。他不知道這是不是典獄長的安排。如果是的話，西奧很感激他這麼做。當羅絲站起來，朝著他走出幾步時，他企圖要忽略自己臉上溫暖的汗水。那名值班的獄警把頭轉開，盯著另一名犯人。

羅絲已經是自由之身了。

她伸出右手。他握住她的手，如此滑順，如此溫暖，如此輕柔，然而，他感受到了來自她肌肉的細微搏動。他把她拉近，擁抱了片刻。然後，他們才坐下來。

「我不知道要說什麼。」

「什麼都不用說也沒有關係，西奧。」

「你要我去查清關於瑪麗恩的事。」這個話題似乎比較安全。羅絲對她母親的懷疑是她同意和他會談唯一的理由。

「我母親一直都是我夢境邊緣的一個陰影，一個鬼魂。」她的聲音如此低微，以至於他幾乎聽不見。

「很遺憾，結果證明你對她的懷疑是正確的。」

她聳聳肩，把那頭美麗的頭髮塞到耳朵後面。「我分娩那天，我母親在布魯菲爾德。她知道有什麼不太對勁。」她的每一個音節裡都充滿了疲憊。「可是，她不可能知道亞伯是我的兒子……她的孫子？」

西奧懷疑瑪麗恩確實知道亞伯的事。她一定已經把一切都拼湊起來了。羅絲依然在保護她母親。

她繼續往下說。「我埋葬了別人死掉的孩子，西奧。那個可憐的女人。那個可憐的嬰兒。艾莉森·格林伍德告訴我發生了什麼事。一個來自蒙特診所的移民懷著她胎死腹中的女嬰等著分娩。丹尼爾付錢給她，讓她接受催生，如此一來，他和艾比蓋兒就可以帶走我還活著的男嬰，然後把她死掉的孩子塞給我取而代之。他們給我反效果的藥，那是宮縮抑制劑，延緩了我分娩的時間。」

羅絲在述說的時候，她的眼裡並沒有淚水。就像西奧之於艾略特一樣，她的淚水已經流盡了。「我應該要知道的，」她接著說。「艾莉森告訴那個女人，她的女兒發生了什麼事。她已經去過薩蜜拉的墳上致哀。我也安排下週要和她見面，我們會一起去上墳。我打過電話給她。他們允許我打電話給她。」

「那樣很好，羅絲。那是個好主意。」

她注視著他，審視著他的臉。「一個懷胎九月的母親應該要知道孩子是不是她的。」她歪著頭，眼神和他相遇。

「不要這樣對你自己，羅絲。」

她接著又說：「如果不是你的話，西奧，我永遠也不會發現。」她把毛衣的袖子拉過手背，用手指擰著衣袖，然後狠狠地咬著自己大拇指的指甲。一絲鮮血滲了出來。

西奧無法看著她，因此，他轉而和那名獄警四目相對，只見那名獄警正在微微地搖頭。

「一直以來，邁爾斯想要的，只是一個孩子，」她繼續說。「我想要的，也只是一個孩子。」

「我想要照顧你，羅絲。」西奧說。

她再度握住他的手，從桌面上往前傾身，將他的手貼在她的臉頰上。「娜塔莎看起來是什麼模樣？」

「她很可愛。」

「那……米婭呢？」她輕聲地問。

「我只看過一張照片。」

他昨天和娜塔莎通過話，並且把一切都告訴了她。他問她是否有米婭的照片可以讓他拿給羅絲看。她立刻就發給他了。一張亞伯的女兒清楚的影像。

羅絲的孫女。

「你想要看嗎？」他說。

「我想。」

他從外套口袋裡拿出那張照片，連同一張娜塔莎的相片，將它們遞給了她。她溫柔地接過，彷彿正在碰觸什麼神聖的東西一樣，然後仔細地端詳。「米婭遺傳了我的頭髮，不過顏色更深。」

「是啊，不是嗎？」他暫停了一下。「羅絲，你為什麼要替邁爾斯擔罪？」

她聳聳肩。

「告訴我。」

「我得走了，西奧。我需要一點時間獨處。」她從椅子上站起來，不過遲疑了一下。「你的書怎麼辦？」

「沒了。變成了過去的事。我還有很多其他的點子。」

「那麼，我們監獄外見了？」

「但願如此，羅絲。」

60

羅絲

二〇一六年六月二日

因為我就要離開了，也許也因為替我感到難過，所以，監獄的典獄長允許我在他的辦公室打電話給娜塔莎。西奧之前已經將她的電話寫在了照片後面。

西奧離開後，我到監獄的圖書館去谷歌了娜塔莎，並且找到一張她和亞伯在二〇一四年的照片。我想，那是來自於臉書的一個舊頁面。看著那張照片，我的胃晃動了一下，就像艾莉森·格林伍德告訴我那個可怕的真相時一樣。我兒子的臉回視著我，我在特別加護病房裡曾經多次幫他清洗過皮膚，護理過他下巴長出來的鬍碴，因此，那張臉對我來說是那麼地熟悉。

那天在醫院裡，事發之後，一個母親的悲傷重重地落在了我的肚子裡；深沉、隱痛，就在我的子宮曾經佔據過的地方。為什麼直到那個時候，我才意識到如此重要的認知和亞伯的溫暖？

我凝視著網路上的那張照片。天啊，我有多麼討厭資訊永遠不會被連根拔除的事實。到處都留下了痕跡。無法移除，關於我的資訊也將如此。

典獄長已經離開了他的辦公室，這樣，我就可以私下打那通電話；他只要求我不要講好幾個小時。我們沒有錢支付打到美國的電話費，羅絲，他這麼說。

我鍵入號碼。

「嗨，我是娜塔莎。」

「娜塔莎，我是羅絲。」一陣沉默。我繼續往下說：「西奧覺得——」

「我告訴他你可以打電話給我，羅絲。沒關係的。」

娜塔莎帶有美國口音，不過，並不是太重。她的聲音很輕柔，也很動聽。我現在可以告訴她了。「我不知道該說什麼。」

「我會在九月初到倫敦，出差。」我聽到孩子的哭聲。「我會帶米婭同行。」她說。「你想見她嗎，羅絲？」

「我真的想見她，我也想見你，娜塔莎。」

我聽到她吸了一口氣。「亞伯知道，羅絲。天知道在事隔多年之後，艾德當時為什麼會告訴他。」她吸了一口氣。「他原本能找到你的。」

淚水從我的臉頰簌簌流下，沾濕了典獄長那個皮革鑲邊的水墨花色椅墊。我這才注意到他的辦公室充滿了老派的氛圍。一盞綠色的復古銀行燈，水墨圖案的椅墊，一支萬寶龍的鋼筆。這讓我想起了我舊日老師的辦公室。我相信威哥早已不在人世了。

「娜塔莎，我很抱歉。」我停了一下。「你要怎樣才能原諒我？」

「這不是你的錯。你已經受過太多苦了。」娜塔莎再度深深吸了一口氣。「米婭長得很像亞伯。很像你。」

丹尼爾一定會痛恨米婭的膚色。我想起多年前和艾比蓋兒見面的事，不由得渾身起了雞皮疙瘩。她想要見我——那個在她同意下，和她丈夫上床的女人。直到現在，我才看清他們扭曲反常的婚姻。在經過這麼長的時間以後，一想到羅培茲太太以及河畔餐廳的那個領班，甚至我的助產士卡姆，都讓我的胃在自我厭惡之下感到一陣翻騰。

「亞伯快樂嗎？」我問。

她調整著電話的位置。「他和我在一起很快樂。」

他才剛找到幸福，就被從這樣的滿足中帶走了，但是，我需要和我剛剛發現的這個生命有所連結。我愛的人所剩無幾，而其中一個竟源自於我唯一憎恨的人。我也許活不了多久了。然而，艾莉森．格林伍德來訪所帶給我的那份劇痛，也就是撕裂我的胃黏膜以及我內心完整性的那份痛楚，正在徹底地改變——變成了一份堅定的目標。目標只有一個。也只能有一個。

米婭。

否則的話，我將會一無所有，即便還有西奧。

我無法讓自己想起亞伯。然而，我可以讓自己想起米婭，以及也許我還有一點點的時間可以給她。

娜塔莎繼續說道：「那麼，我們九月份在倫敦見嘍。西奧也想來。可以嗎？」

「很好。我得掛電話了。我不能講太久。我還在監獄裡。明天就出獄了。」

「再見，羅絲。」

典獄長剛好回來了。「你該收拾東西了，羅絲。」

61

西奧

二〇一六年六月三日

關於亞伯的身分和羅絲出獄的消息成了今早的重大新聞，羅絲在她的律師和艾莉森・格林伍德，以及兩名穿著制服的警員陪同下離開了監獄。這則新聞佔據了今早所有媒體的版面。

羅絲回到了她婚後的家，回到了邁爾斯身邊，後者已經交保，並且正在等待他的聽證會召開。

西奧感到坐立不安。他昨天一整天都在他的書房裡，包括昨晚，試著要鼓起勇氣撥打那通令他擔心的電話給貝拉——一通他到現在都還沒有打的電話。現在，他終於拿起他的手機，按下她的姓名。幾秒鐘之後，她接起了電話。

「我一直在等你打來。」

「我以為你會生我的氣。」他說。

「我心裡有數，雨哥也是。」

「警方會指控雨果嗎？」他問。

「不會。艾德沒有拉他下水——他告訴警方雨哥什麼都不知道。看來，艾德真的愛我哥哥。」

「好好照顧雨果。盡你的全力，優先照顧他，我知道你會的。」

在他們道別之後，他站在廚房裡，考慮著接下來要怎麼辦。他環顧室內。他絕無可能繼續住在這間公寓裡；他得把這裡賣掉，然後租屋。他看著褪色的裝潢。他一直沒有裝修過這裡，他永遠也負擔不起。反正向來也沒喜歡過這裡。不過，他不會收下出版社的訂金，他不會簽下那份合約。

他不會出版羅絲和亞伯的故事。

他回到書房，打開一個檔案櫃，拿出一份手稿。那是他在艾略特死後寫的一本書。這份稿子從來都沒有見過天日。這不是他向來的風格。這是一個愛情故事。他把稿子裝入一只大型的厚信封裡，封好之後，在信封上寫下他編輯的姓名和地址。他稍後會把信封寄出去，然後打電話給葛雷格，告訴他關於羅絲那本書的壞消息。

他從同一只抽屜裡取出艾略特的照片，把相框放在他的書桌上，那張照片將會繼續擺在那裡。

然後，他坐回椅子上，眼神瀏覽著室內。最終落在他最後一次到監獄和羅絲見面時所帶的那只背包上。

凱西的故事。他完全把它給忘了。他起身將那只背包拿過來，從裡面抽出一張張發皺的紙張。他大聲地唸出那個故事的標題。未說出口的事情。

他開始閱讀。

在看完最後一個句子之後，他從頭開始重新閱讀。羅絲看著艾比蓋兒到醫院探視亞伯。艾比蓋兒傷人的言語宛若一支矛刺穿了羅絲的心臟。然而，羅絲當時並不知道亞伯是自己的兒子，邁爾斯也不知道。噢，羅絲。我們都會犯錯。

凱西所寫的故事透露出羅絲對丹尼爾和艾比蓋兒．迪恩所隱藏的憤怒日漸加劇，並且在醫院聽到艾比蓋兒無情的長篇大論之後，終於在那個致命的日子裡爆發。這也透露了羅絲的另一面。她為什麼把這些事隱藏在自己心裡？當他想到她必須獨自忍受一切時，他對她充滿了同情。即便是那個冷酷的診斷結果——癌症，她也得獨自面對。

他再次閱讀著那些文字，不過這回，當他意識到凱西沒有寫出來、卻又隱藏在字裡行間的寓意時，他理解到了一件事。

他有可能錯了，然而，他覺得自己並沒有錯。凱西會為羅絲做任何事。

淚水掉落了下來，他看著那顆淚珠被紙張吸收掉。他等待著，那塊淚濕的漬痕終於變乾了。彷彿那顆眼淚從來都不曾存在過。

62

二〇一六年九月七日

丹尼爾和艾比蓋兒．迪恩雙雙承認了所有對他們的指控，因此，他們的案子並沒有接受審判。他們上週已經被判刑了。邁爾斯的聽證會在六週前結束了，他現在正在坐牢。羅絲無罪釋放。在西奧和她的電話交談中——自從他最後一次去監獄探訪之後，他們一直沒有再見過面——他完全沒有提及他讀過凱西的故事。他希望她今晚會說起這件事，如果她沒有的話，那他就會提出來。

不管他去監獄探視邁爾斯讓他知道了些什麼，他都會將自己的這份解讀繼續隱藏在他的心裡。他到尤斯頓的火車誤點了，因此，等到他走進總理客棧的酒吧區，透過擁擠的人群四下張望時，娜塔莎、羅絲和米婭已經在那裡了。娜塔莎坐在一架大鋼琴旁邊的皮沙發上，羅絲坐在鋼琴凳上，那個孩子則不安穩地坐在她的腿上。

米婭假裝在彈鋼琴，她那肥嘟嘟的手指泰然自若地敲在覆蓋著琴鍵的厚實楓木琴蓋上。一絲笑意浮上西奧的臉頰。她看起來很冷靜，距離他記憶中恐怖的學步期還有很長的一段時間。

那個孩子有著一頭深色的金髮，粗硬而捲曲，當他走得更近時，他可以看到她那雙焦糖色的大眼睛，她的膚色就像鋼琴的木頭顏色一樣深。她遺傳了她祖母的頭髮和眼睛，不過臉型和五官卻繼承了她的父親。當羅絲在凳子上轉過來時，他留意到那孩子的體型承傳了她的母親；米婭又瘦又長，和娜塔莎一樣。

他的目光落在羅絲和她發亮的笑容上。這個笑容是因為她出獄了，還是因為她和她的孫女在一起？不過，在知道她罹患癌症的真相之下，他留意到了她眼睛底下的黑眼圈，同時也感覺到了她內心的苦惱，他的心在胸口彷彿鉛塊一樣沉重。

他吸了一口氣，加快腳步。羅絲穿了一件草綠色的洋裝，她的頭髮鬆綁成一只馬尾，幾撮捲髮散落在兩鬢上。

她舉起手，揮了揮，不過，娜塔莎大喊了一聲：「西奧！在這裡！」

他看著羅絲，她對他笑得更燦爛了，不過也同時對著米婭在說著什麼，只見米婭朝著這個幾個小時前才認識的女人咧嘴而笑。羅絲聳聳肩，佯裝不在乎的模樣。

羅絲繼續陪著米婭坐在鋼琴前面，任由西奧去和娜塔莎談話。酒吧裡的嘈雜讓她絕對聽不到他們的對話。

「你做得太好了，」他說。「怎麼樣？」

「很好。我喜歡她，」娜塔莎回答。「亞伯一定也會喜歡她的。」她溺愛地看了一眼她的女兒，後者正全神貫注在鋼琴和羅絲身上。

「她有對你說了嗎？」

「有。我們都住在這裡，同一層樓。稍早，米婭睡覺的時候，我在她的房間裡和她單獨聊過。她把一切都告訴了我。她的母親，瑪麗恩——」

「瑪麗恩說她不知道嬰兒被調包的事，雖然她承認那天稍晚，她確實看到艾德帶了一個嬰兒出現在布魯菲爾德外面。那個來自蒙特診所的嬰兒。」

「這就是丹尼爾．迪恩這麼多年來一直給瑪麗恩錢的原因嗎？為了確保她不會說出去？」

「對。不過，在羅絲入獄之後，那筆錢就中斷了。丹尼爾可能覺得自己可以逃脫責任了。所以，山姆才會無法買下那幢別墅——要負擔這筆錢的人原本是瑪麗恩，不是山姆。」

娜塔莎搖搖頭。「你知道瑪麗恩現在有什麼感受嗎？」

「在警方釋放她之後，她打了電話給我。她要我幫她乞求羅絲的原諒。」

「羅絲為什麼在這麼多年之後才懷疑她母親？」

「貝拉．布里斯的探訪。不過，貝拉差點就把全部的真相都告訴她了——艾德在丹尼爾．迪恩的指示下送錢給瑪麗恩，讓她對羅絲的孩子所發生的事三緘其口。那筆錢讓艾德推測瑪麗恩知道調換嬰兒的事。不過，瑪麗恩並不知道亞伯是她的孫子。她是這麼說的。」

娜塔莎看了看米婭，只見米婭的注意力依然在羅絲和鋼琴上面。她轉回面對西奧。「丹尼爾為什麼要這樣對待羅絲？」

「他想要取悅他父親。薩卡里亞渴望抱孫子，當丹尼爾的姊姊——他真正的姊姊——在一九七八年死於分娩時，他就更加渴望孫子了。艾比蓋兒無法生育。他們多次嘗試人工受孕，丹尼爾並不想領養別人的小孩，事實上，領養對他來說很容易做到，因為我們都知道蒙特診所和他都做了些什麼勾當。他要他的孩子身上有他的DNA，而不希望孩子的母親是什麼匿名又絕望的女孩。他從來不懷疑羅絲不會愛上他。丹尼爾是個前科累累的花花公子；艾比蓋兒知道、也接受這樣的事實。她只是想要一個孩子。丹尼爾也確保他和羅絲所使用的任何避孕方法都盡可能不會有效，甚至還要確保她服下的事後避孕藥是安慰劑。」

娜塔莎再度搖了搖頭，一對銀色的小耳環在酒吧昏暗的燈光下閃爍。「可是，羅絲會接受掃描。她當然會看到——」

「她在她的超音波掃描上看到的那個孩子只是一張靜態的圖片。那是馬克．史蒂芬斯從另一個女嬰的掃描影像上儲存下來的。當時沒有放射技師在場。只有馬克．史蒂芬斯、那個助產士和丹尼爾。」

「這真的是一個希臘式的悲劇。」

「確實如此，」他說。「丹尼爾並不希望他父親知道他和艾比蓋兒所做的事。薩卡里亞對於亞伯父母真正的身分並不知情，直到艾比蓋兒帶著亞伯在一次造訪摩洛哥的行程中說溜了嘴。我相信，亞伯在他祖父家中所聽到的那場爭執——艾比蓋兒和薩卡里亞之間的爭執——和他真實的身分有關。他把他聽到的事情埋藏了起來。深深地埋藏了起來。」

娜塔莎的眼裡泛著淚光。也許他不應該在今晚解釋這一切。「你希望我繼續說下去嗎？」他朝著羅絲和米婭瞄了一眼，不過她們對於身邊的狀況渾然不覺。

「我想知道。」她擦拭著眼睛，隨即在椅子上坐直。「這麼說，有鬆皮症基因的人是羅絲？」

「是的，但是她一直沒有發現。」

「因為她無法再有孩子了。」

他點點頭。

「讓我感到毛骨悚然的是那個周密的計畫。」她的聲音很小，讓他不得不往前靠近。

「丹尼爾和艾比蓋兒在亞伯的出生日期上欺騙了薩卡里亞，他們謊稱他出生於九月，而非一月。丹尼爾甚至假冒薩卡里亞寫信給羅絲。」

娜塔莎突然轉向鋼琴。羅絲和米婭不在那裡。她從椅子上半站起身，掃視著擁擠的酒吧，尋找著她的女兒。只見羅絲正在吧檯點飲料。米婭則緊緊地被抱在她的懷裡。

「米婭和羅絲在一起很安全，不用擔心。」西奧說。

「我知道。不過，我就是無法自已。」

「為人父母。永遠沒有下班的時候。」

「真的。」她說。

他在座位上換了個姿勢。「我原本打算要在你和羅絲今天見面之前打電話給你。有件事我想要告訴你……」

羅絲和米婭已經從吧檯走過來了，但他的話還沒說完。

「嗨，西奧。」羅絲安靜地說。「很高興再見到你。我想讓你們兩個好好聊聊，這樣我也有時間多認識米婭。」

西奧跳起來，在這個和監獄會客廳如此迥異的環境裡，他感到一股強烈的彆扭。

羅絲把他的身體語言看在了眼裡。「感覺很奇怪，不是嗎？」

「有點。很高興見到你……在監獄外。」他露齒一笑。

娜塔莎從沙發上起身。「我要帶米婭去洗手間。該換尿布了。」她把女兒抱進懷裡。「然後，我想我就要上床睡覺了，如果二位不介意的話？」

「沒關係的，」西奧說。「祝你一夜好眠，娜塔莎。」

羅絲傾身對著米婭說：「你也是，小傢伙。」

那對母女隨即離開了。

西奧再度看著羅絲。「你氣色不錯。」她看起來真的不錯。也許凱西弄錯了她的病情。也許她所寫的故事是虛構的。所有的情節都是。

羅絲在娜塔莎空出來的那張沙發上坐下來。「你有心事，西奧。」

突然之間，冷氣似乎過強了。「這裡有屋頂露台。要上去抽根假想菸嗎？」他說。

她的臉亮了起來，唯有一絲籠罩在她五官上的悲傷依舊殘存。「好啊。」

他把她從沙發上拉起來。「走吧。」

他們走向電梯，在那個封閉的空間裡，來自她身上輕微的氣息向他襲來。他轉過頭，注視著她的側面，他的心臟在胸腔裡急遽地跳動，他身上的每一根肌肉都繃緊了。她轉過頭來，握住他的手，親吻了他的臉頰，在此同時，他轉動了頭部，他們的唇於是交會。

首先退開的人是羅絲。她按下六樓的按鍵，電梯停了下來。

「我們等一下再到屋頂。我的房間往這邊走。」

他跟在她身後，無言地看著她打開門鎖。她走進房間，但他卻停在門口。

「請進。」她坐在床上，肩膀挺直，雙腿交叉，雙手放在腿上，西奧留意到她左手的手指並沒有戴著戒指。

他關上門，大步走過長毛地毯，來到她身邊坐下。

羅絲緩緩地褪去她的洋裝，脫掉她的內衣，然後輕輕地將他推倒。西奧閉上眼睛。她吻了他，這讓他的脖子、肩膀和胯下陷入了難以言喻的緊繃。他往旁邊挪開了一點，脫去了他自己的長褲和襯衫。

在自然又毫不尷尬的過程中，西奧成為了羅絲的一部分。過去所有的會面、所有的對談，全都堆疊成了這個開始，一個新的開始。他試著不去想結束的事。他感覺到她在安靜之中釋放了，感覺到她正在咬著他的胸口。他永遠都不會離開她。

她橫躺在飯店的床上，轉身面對他。「這和我預期的感覺一樣。」

「我也是。」他笑著說，然而，那個笑容稍縱即逝。「我在監獄見到了凱西。她給了我一篇創意寫作。一個故事。你的故事。」他看著她的表情。她並未感到驚訝，不過，他經常在獄中見到的那個神情又出現在了她的臉上。害怕？悲傷？罪惡感？安慰？他不確定，一如他每一次探訪時那樣，從來都不確定。

「你大可告訴我的，羅絲。」

「讓凱西告訴你會比較容易。」她的頭埋在他的頸窩，他搓揉著她背上絲滑的肌膚，撩起她濃密的頭髮。「我和邁爾斯一樣有罪。」她說。

他把臉頰靠在她的脊椎上。「別說了，羅絲。不要再說了。」

在凱西的故事裡，羅絲和艾比蓋兒在亞伯的病床畔爭吵，羅絲被艾比蓋兒極度冷酷無情的態度弄得幾乎發狂。當艾比蓋兒終於離開時，羅絲在那瘋狂的一瞬間，的確想到要奪走亞伯的性命。為了讓自己冷靜下來，她離開了特別加護病房。當她回來時，她驚恐地看到了邁爾斯所做的事。

「那是邁爾斯所犯下的罪行。不是你。」西奧說。她把臉轉開，他卻將她摟得更緊。「看著我，羅絲。」他捧起她的臉，這樣，他才能注視著她的眼睛。「這就是你為什麼承認你殺了亞伯的原因，對嗎？因為你覺得那是你的錯，也因為你被診斷出癌症，所以，你覺得最好由你來承擔罪責。」他畏縮了一下。「告訴我，當你發現的時候，發生了什麼事？」

於是，羅絲告訴了他。

去見腫瘤科醫生看化驗結果的時間安排在傍晚，在她下班之後。就在她值班即將結束之際，她看到了——第一次——艾比蓋兒來探視她的兒子亞伯。羅絲的病人。

半個小時之後——在羅絲的世界著火之後，因為她發現丹尼爾．迪恩的姊姊事實上是他的妻子——腫瘤科醫生告知她，她罹患了低度乳癌。她清楚地向醫生表達，她不會尋求治療，她也沒有把她的診斷結果告訴任何人。她想要從她絕望的痛苦中得到平靜，同時相信接受拒絕治療的結果，將會讓她找到那份平靜。

「我為邁爾斯承擔罪責，是因為他的行為是我促成的。」

西奧沒有說話。他把她溫暖的身體拉到他旁邊，然後坐起身。「你需要去看腫瘤科醫生。」

「我會的。」

◆

西奧和羅絲穿上衣服，搭乘電梯來到屋頂的露台。他們走到建築物的邊緣，望著已經變暗的倫敦天際線。

他把她摟近。「你剛才並沒有說完，羅絲。為了冷靜下來，你離開了，當你回到特別加護病房時，你發現邁爾斯在那裡？」

「是的，他正站在亞伯的病床邊。我檢查了亞伯的生命跡象。什麼也沒有。」他感覺到她的肩膀在顫抖，也感覺到她的淚水決堤。「當我轉身的時候，邁爾斯已經走了。我按下警鈴通知其他工作人員，然後就去找他了。我知道他會在哪裡：在醫院的側門入口。那是他想要思考時的去處。每當我們失去一個病人，一個我們拯救不了的病人時，我向來都會在那裡找到他。」

她離開他的胸口，憑靠在欄杆上，眺望著城市。「邁爾斯那麼做是為了我。他聽到了我和艾比蓋兒之間那場恐怖的對話。艾比蓋兒離開之後，他暗中觀察了我。他明白我在思考什麼。所以，他才做了那麼恐怖的事。」她依然望著倫敦壯觀的美景，然後繼續說道：「我告訴他，我才是應該入獄的那個人，不是他。我告訴他，我不想活了——我是真的不想，西奧。直到你，然後……我知道了亞伯的事。還有米婭。」

「而他同意了？」

「是的。」她把雙手捧在面前，用力吹了一口氣。

「我永遠也無法原諒他。」他靜靜地說，同時摟著她，凝望著這座城市的萬家燈火。

她用手掌摩擦著鐵欄杆，打了個寒顫。「謝謝你讓我和娜塔莎以及米婭相聚。你不知道這對我來說代表了什麼。可是，我必須告訴她那天在我腦子裡閃過的瘋狂念頭。」

「我想……為了你，你應該要說。」

「情況極有可能正好相反。」她安靜地說，彷彿是在對自己說話。

他站在她身後，擁著她，他的臉貼在她的頭髮上，雙臂輕鬆地圍繞在她的肩膀上。他看不到她的表情。「但是並非如此？」

他感覺到她的下巴在他緊緊擁住她的前臂上動了動。

他將她的這個動作解讀為「是的」。

兩個小時以後，他已經在返回曼徹斯特的火車上了。坐在他隔壁那名男子正在吃的漢堡味強烈到讓他反胃。他別過臉，望著窗外。在他離開羅絲之前，他懇求她要和腫瘤科醫生預約。她保證她會。她向他保證她會沒事的。

如果羅絲沒事的話，那麼，他也會沒事，而他兒子死亡那天的記憶以及羅絲今晚在屋頂露台上的反應，都將永遠被鎖在他記憶的閣樓裡。

63

羅絲

二〇一六年九月十四日

我坐在崔斯特菲爾德前往彼得伯勒的火車上。當我翻閱著我在車站報攤買來的報紙時，我的心臟在胸腔裡撞擊著。我真的不應該讀這些垃圾，那些記者也不應該寫這種東西。報紙的內頁依然充滿了我的故事。不知怎麼地，我生病的消息已經走漏了。

我俑傻在座位上——很幸運地，這個車廂裡沒有其他乘客——試著去想好的事情；試著把迪恩夫妻丟到腦後，雖然那是我永遠也做不到的事。不過，癌症並未進一步擴大，而我也已經開始服藥了。那名腫瘤醫生說我是死裡逃生，不過，他並沒有問我為什麼在獄中沒有尋求治療。我留意到他對我的處境感到不安；他不想介入任何和我身體狀況無關的事。他是一名好醫生，有效率，仔細又和藹。那些都是我曾經想要追求的特質。我是如此渴望能符合資格，最後成為一名兒科醫生。我曾經的夢想：一個出色的醫生生涯，一個家，一個丈夫，一群我自己的孩子。我不想當個護士，然而，在薩蜜拉的事件之後，那是我唯一能做的事。在亞伯的事件之後。

我透過火車的車窗望出去，看著窗外的牧場、農舍、地平線，以及浩瀚的自然景觀，不禁為生命的茫然和空虛感到不知所措。

不過，很快地，我就會再見到西奧了。

✦

「你就是離不開？」那名獄警對我說，不過，他臉上帶著善意的微笑。

「有些部分讓我想念。」

「你會很驚訝有多少人會這麼說。」他停了一下，揉了揉下巴。我向來都喜歡這名獄警。

「我很遺憾，羅絲，關於所有的一切。」

我對他點點頭。儘管我母親已經獲釋了，不過，她涉入這個事件的消息已經遭到大部分全國性媒體的報導。告發她的人是艾德，他揭露她曾經長期接受來自丹尼爾的鉅款。艾德．麥登直到最後都依然是個混蛋。不過，我母親對於嬰兒調包的事情並不知情，她也不知道亞伯是我的兒子。我想要這麼相信。我無法面對她。還沒有辦法。也許永遠也做不到。

我把我所有的物品都放入那個盒子裡。以訪客的身分來此感覺很奇怪。凱西正坐在我每次和西奧見面的位置。我朝她揮揮手，但她並沒有對我揮手；她只是俯身在桌上，幫我把椅子拉出來。

我坐下來。「還好嗎？」我問。

「老樣子。沒什麼變化。」

「今天是你見唐恩的日子，不是嗎？」凱西每週三都得和唐恩會面。

「他走了。他們說他是留職停薪，不過，他離開了。」

「啊。」

她看著我。「西奧好嗎？」

「他很好。我愛他，凱西。」我用手指敲擊著桌面。「謝謝你寫了那個故事。」

她點點頭。

我不能再到這裡來探視凱西。我的思緒回到艾比蓋兒在亞伯死亡那天所說的話。一個床上高手，可是——如果我沒有打斷她的話，我可能當下就會知道關於亞伯的事了。如果……

「你知道的，」我說。「我比你以為的更像你。」這是我不能再和凱西聯繫的另一個原因。

她搖搖頭。「不，你不像。絕對不要那麼說。」

「我恨我自己，可是，我愛我的孫女勝過這份恨意。」

「不要恨你自己，羅絲。」

「那你呢？」

「我想要改變。我已經向典獄長求助了。」

「那很好。」我知道凱西不會改變，但是，我也知道她想要離開這裡。

「試著快樂起來，羅絲。」

我站起身。「我很快會再來看你。」

「不要。就這樣吧。」

我低下頭。我們彼此都明白。

然後，我朝著出口走去。

64

西奧

二〇一六年九月十七日

西奧正在等待計程車前來送他去曼徹斯特機場，他將會在那裡和羅絲會合。她的腫瘤醫生已經准許她展開這趟旅程。她的預後良好。

他讀著報紙打發時間，報紙持續在報導迪恩夫婦和羅絲的消息。他讀了好幾個標題，暗自希望羅絲不會看到這些新聞。

嬰兒調包的悲劇

羅絲．瑪洛正從癌症復原當中

羅絲和邁爾斯．瑪洛即將離婚

作家拒絕七位數的訂金，無意撰寫羅絲．瑪洛的傳記

蒙特診所——更多受害人出面

他把報紙丟到一邊，打開他的筆電檢查郵件。

有一封來自他的編輯。

嗨，西奧，

我很喜歡那部新的小說。誰想得到你會寫出一個愛情故事？我打算把它帶去下個月的採購會議。

有個好消息，自從迪恩夫婦被捕並且舉辦了聽證會之後，瑪洛的紀實故事訂金已經增加了百分之五十。我知道你會拒絕，不過，我想我應該讓你知道。

祝好，

葛雷格

西奧很快地回覆了他：

抱歉，我還是要拒絕。

祝好

西奧

他關掉筆電，把它放進他的手提行李袋，然後將報紙折疊好，也同樣收進他的手提行李袋。他把袋子揹在肩上，拿起他的行李箱，下樓走到溫暖的戶外去等計程車。秋老虎已經來臨了。

不到二十四小時，他和羅絲就會抵達舊金山，下榻在距離她孫女家只有四分之一哩路的一間飯店。

✦

在機場裡，他穿梭在許多為了度假和商務旅行而正在櫃檯報到的旅客之間。雖然已經開學了，不過，機場依然擠滿了孩子、母親和祖母們。他以羅絲的視角看待著眼前的畫面。他愛羅絲，全心全意、無條件地愛她。遠超過他想要成功、遠超過他想要金錢的渴望。也遠超過他自己的生命。他願意把自己的性命給艾略特。他也願意把自己的性命給羅絲。為了羅絲，他願意付出一切。

他們相約在出發區的Costa Coffee見面。羅絲穿了洗白的牛仔褲和一件海軍藍的露肩上衣，外罩著一件藍綠色的T恤。她看起來依然很疲憊。

一看到他，她立刻就向他走來，不過卻突然停下腳步。他很快地邁開步伐朝著她的方向走過去，然後不發一語地將她擁入懷中。

「見到你真好。」她說。

「我也是。」

「我們有很多時間可以等飛機。航班延誤了。」

「不過，多點時間在機場等待確實比較好。」

「你是凡事提早型的人，對嗎？」說著，她往後退開看著他。

「我是。我喜歡一切按部就班。」

「我們要不要去櫃檯報到了？」她提議道。

西奧點點頭，重新拿起行李，在此同時，有人從他身邊匆匆走過，一把撞掉了他肩膀上的袋子。

「抱歉。」那名年輕的男子說。

西奧打量著他：綁成馬尾的長髮，美國人。那名旅者蹲下來，將手上的書放在地上，然後空出手來撿起袋子，遞給西奧。他重新拾起那本厚重的書，夾在手臂底下。基礎解剖學。

毫無疑問是個醫學系學生。

「沒關係。」西奧把行李袋重新掛在肩膀上，隨即看著羅絲。她已經戴上了她的太陽眼鏡，緊緊地握住他的手。他把她拉近，不過並沒有多說什麼，兩人只是繼續往前走。

「如果你不打算寫我的故事，那你要寫什麼？」她終於問他，然而，她的聲音破裂了；每當蘇菲提起艾略特的時候，她的語氣也總是如此。

他們朝著報到櫃檯走去。「我的編輯說，根據The Bookseller[15]的報導，目前，在每一場大型採購會裡銷售最好的都是長篇愛情故事。」他說。「你覺得呢？」

「真實犯罪故事沒有被納入？」

「本週沒有，幸好。」他咧嘴笑道。

「你會寫出一個美麗的愛情故事的。」

「我已經寫好了。我的編輯也讀過了。他說他很喜歡。我希望它能減緩你的……我的另一個計畫所造成的打擊。」

「那是個好消息，西奧。」她說，不過，她的臉上露出與生俱來的那股憂傷，西奧不確定自己能否將它永遠地根除。

他們同時把護照放在櫃檯上。

「兩位都到舊金山嗎？」那名櫃檯助理問。

回答的人是西奧。「我們兩個，對的。一起。」

當他們走向海關的時候，他突然停下腳步，打開他的背包，抽出那份報紙，將它們扔進最靠近的垃圾桶。

羅絲抓住他的手臂。「西奧，有件事我必須告訴你。凱西的故事——」

[15] The Bookseller是英國雜誌暨網站，專門報導有關出版業的新聞。

他轉過身。「沒有什麼需要告訴我的，羅絲。」他摟住她，一抹邁爾斯的影像燃燒了起來。羅絲不知道他在兩天前曾經到獄中探視過她的前夫。她將永遠不會知道。

他試著要讓邁爾斯改變心意。然而，邁爾斯很堅決，他說，這是他對羅絲的道歉，因為他一直沒有告知她關於艾比蓋兒的事，也因為他在亞伯死的那天並沒有插手介入。我希望她能多了解她的孫女，西奧。好好照顧她。

65

羅絲

皇后醫院，德比郡，二〇一五年五月

艾比蓋兒今天來晚了。特別加護病房的探視時間不同於一般正常的病房。我轉頭查看護理站後面那面牆上的時鐘：晚上九點。我的同事們剛剛離開，暫時去喝咖啡休息了；今晚，我們並不太忙。我轉過身，看著艾比蓋兒握著她兒子的手。他們看起來確實很像，而我和艾比蓋兒看起來很相像的事實也讓我感到困擾；也許比二十五年前還要困擾。由於我長得和艾比蓋兒很像，所以，亞伯也很像我。他有可能是我兒子。但是，他不是。我沒有兒子。也沒有女兒。

自從診斷出罹患癌症之後，見到艾比蓋兒對我而言就越像是在懲罰我，而每天在我值班時看到丹尼爾的兒子也讓我備感煎熬，一如正在緩緩吞噬我的乳癌一樣。在西班牙的時候，我怎麼會沒有發現呢？我不停地自問。又或者在薩蜜拉出生前的那個聖誕節？所有的跡象都在那裡等著我去發現，然而，當時二十二歲的羅絲卻選擇了視而不見。

我深切而持續的哀傷和憤怒正在啃噬著我；自從認出艾比蓋兒之後——也是我發現艾比蓋兒

和丹尼爾．迪恩這顆癌細胞正在我體內緩慢成長的那一天——這份悲傷和憤怒就一直潛伏在我體內，它們雖然成長得很緩慢，但是卻從未消失。

我對迪恩夫婦的憤怒一直在擴大。

我不再是過去的羅絲。我不是我想要成為的那個醫生，也不是我渴望成為的那個母親。艾比蓋兒擁有一切。我想要從她身上奪走些什麼，因為她和丹尼爾從我身上奪走了太多太多。我恨他們兩人。丹尼爾的表裡不一和他那張充滿謊言的木床。他們那張充滿謊言的床。他們床上的那些雕刻正在嘲笑著我。想要從他們身上奪走些什麼的衝動是如此強烈，那股欲望彷彿存在我的身體之外，在那份憎恨之外。就像一個獨立的、和我無關的存在。

我一直都想要像對待其他病人一樣地對待亞伯，然而，他並不只是另一個病人。

終於，我走向那張病床，艾比蓋兒也轉過身來。她很不自在，而我知道那是因為我，雖然，我偶爾也會感覺到她在她兒子面前同樣也感到不安。一個星期以前，當亞伯還在加護病房裡陷於昏迷和插管之下，當加護病房的醫護都認為他撐不過去時，我看到艾比蓋兒在對他說話，彷彿在為他講述一個故事一樣。在我的護士生涯裡，我經常認為大腦額葉的某個部分在人類昏迷期間依然活躍地在運作。在艾比蓋兒低聲對她兒子說故事的那天，他的心跳從七十八竄升到了一百五十，導致監視器發出了嗶嗶的警告聲。有的時候，我也會看到她坐在他的病床邊，完全不發一語。不過，那天她是刻意的，她的嘴唇很靠近他的臉，幾乎就要貼上了他的臉頰。

她抬起頭。「他父親在接下來幾天會來看他。」

「丹尼爾？」

「是的，瑪洛護士，丹尼爾。」她從她一直坐著的那張椅子的椅背上拿起她的LV手提包，然後調整著她合身的絲質襯衫。「我們可以到隱密一點的地方談話嗎？」

我示意我們可以挪到半面牆大小的隔屏之外，這樣就不至於和亞伯的病床靠得太近。

我靠在刷著油漆的石膏板上，深深地吸了一口氣。「你們為什麼要那麼做？」她站在我正前方。猖狂又無情。「你和丹尼爾。在西班牙的時候。還有在那之後。為什麼？那是一場遊戲，你假裝是他的姊姊。然後，當我在醫院的時候……和薩蜜拉在一起的時候，你就在那裡，不是嗎？你們兩個都是變態。在那之後不久，亞伯就出生了。」

「八個月之後，羅絲。丹尼爾永遠也不會和你在一起，即便你那個小畜生當時活了下來。他很快就覺悟了。」她暫停了一下。「他以為他愛你。但是，在你的子宮被拿掉之後……你就變得和我一樣了。一個漂亮的空殼。他也失去了興趣。他向來都在一段時間之後就會失去興趣，就會轉移他的注意力。」

我恨她。我恨丹尼爾。我恨他們的兒子。然而，尤有甚者的是，我恨我自己。自從布魯菲爾德事件之後，自從無法挽救我自己的女兒之後，我就一直憎恨著自己。艾比蓋兒激發了我所有的不安全感，那讓我幾乎被摧毀了。她為什麼要這麼做？一股邪惡填滿了我的內心。我感覺自己不像自己了。那股硫酸在沸騰，就像沸騰的牛奶在一只沒人看管的鍋子裡一樣，它猛烈地噴出了鍋子邊緣。

「你為什麼那麼做？」我又問了一次。我需要知道。一定有什麼原因。她看著我，而我也試著要解讀我在她的表情裡所看到的。我想，那是嫉妒。她為什麼嫉妒我？

「你以為你很特別，因為你的身體、你的聰明，但是，你什麼都看不見，」她說。「你很容易上當，很愚蠢。就像所有被丹尼爾睡過的其他女人一樣。」她的笑容很薄弱、很勉強。「他的床上功夫很了得，不是嗎，丹尼爾？你記得那間餐廳的領班，那個金髮的女孩嗎？我想她的名字叫做黛安娜。你記得羅培茲太太嗎？還有你的助產士，卡姆？她們也都認為他的床上功夫很厲害。他和誰都可以上床；我是說，他搞了你。他真的把你給搞了，羅絲。」她停下來喘了一口氣。然後繼續沒完沒了地說下去。她說得太過分了。「我丈夫是個床上高手，但是——」

「為什麼？你們為什麼那麼做？」我問，雖然，我的理性正在逐漸遠離，但是，我腦子裡那個務實、邏輯的部分知道，他們一定有什麼目的。有果必有因。難道，迪恩夫婦真的扭曲到令人無法理解的程度嗎？

她開始走開。「丹尼爾明天會來這裡看我們的兒子。你也許會想要請一天假。」

她走回到亞伯的床邊，摸了摸他赤裸的手臂，他的手臂就安放在我最近才幫他換過的白色床單上，然後，她離開了特別加護病房。她在離開之前並沒有親吻他。

她會為此後悔的。

我檢查了亞伯的中央導管，然後把點滴的輪架往他的病床推得更近。他的眼皮眨得宛如盛夏的蝴蝶一般，於是，我打算要做我該做的事。我覺得自己不像羅絲，不過，話說回來，我已經有很長一段時間都覺得自己不像羅絲了。

我到臨床儲藏室取出我需要的一切，然後把東西帶回到亞伯的床畔。我確定緊急警報已經設置成了靜音，然後將監視器完全關掉。並且確保一切都準備就續，沒有任何遺漏。我不希望我的同事心生警覺。空氣栓塞發生作用的時間可能會比我預想的還要久。我不會離開。這不會是個謎團。入獄將會是一個解脫。

我把含有兩百多毫升空氣的注射器插入他的靜脈注射管裡，然後緩緩地推著那根塑膠柱塞。這麼多的空氣，以這麼快的速度注入，這足以令人致命。「對不起。」

我等待著。給予它時間。半個小時應該夠了。我站在那裡，彷彿凍僵了一樣，但是，我並沒有看著亞伯；我轉開了。最後，我看了看我的手錶。超過半個小時了。特別加護病房區依舊空無一人，這段休息時間很長。我原本就知道會這麼長，因為今天是我們初級醫生的生日。

我轉過身來，終於把我的手指放在亞伯的手腕上。沒有脈動。什麼也沒有。我摸了摸他的臉頰。我曾經摸過他很多次——幫他換導管、清潔他的腋下、幫他刮鬍子——然而，儘管他已經停止了呼吸，他身上這股溫暖卻是我之前從來未曾感受過的。那股暖流彷彿一股強烈的震動，從他的身體散發而出，很快地流過我的手臂，鑽進了我的核心，進入到我空蕩蕩的下腹。

我踉蹌地往後退。

我做了什麼？我瘋了。失去了理智。我記起艾比蓋兒的話，當我意識到一直以來都很明顯的一個事實時，一股莫名的清澈感讓我喘不過氣來，讓我彷彿突然甦醒了。他是個床上高手，但是……但是什麼？她原本要說什麼？

一股恐懼深深地沉入了我的胃裡。

但是，他不能讓我懷孕。

就在此時，我看到了邁爾斯，他帶著飽受折磨的表情打量著他面前的一切。他來到亞伯床邊，找到他的手，舉起來，檢查他的脈搏，當他這麼做的時候，我想起了多年前，當我還是醫學系學生時曾經玩過的那個恐怖的惡作劇。

「你在這裡多久了，邁爾斯？」

「一直都在。我聽到你和艾比蓋兒的對話，我全聽到了。」他搖搖頭。「亞伯死了。」他撫摸著那個年輕人的頭髮，將他額頭上彷彿螺絲起子般的捲髮往後撫順。死後的亞伯看起來和我是如此相像。

「回家吧，羅絲，」邁爾斯說。「我會告訴其他工作人員你的偏頭痛發作。」他停了一下。咳了幾聲。然後，彷彿呼吸不過來似地喘息。「我會收拾這裡。」

我看著亞伯的屍體。我做了什麼？然後，我和我的丈夫四目相對，我的心撕裂得更厲害了。

「我聽到了艾比蓋兒所說的一切，」他繼續說。「我從來都不知道。我不知道迪恩在介紹你們認識時說她是他的姊姊。你沒有告訴過我。在艾比蓋兒前來探視的這幾個星期裡，你也沒有提到過。」

當我和艾比蓋兒起衝突的時候、當我關掉亞伯的監視器、換掉中央導管的注射物時，他一直都在這裡。他沒有阻止我。

我凝視著他，我的胃痙攣得更厲害了，我的思緒跳回到很久以前在布魯菲爾德醫院的那一天。我和馬克．史蒂芬斯第一次約診的那天，我先見到了邁爾斯，還和他一起坐在了他的辦公室裡。

「那天，在布魯菲爾德，」我說，「當我告訴你丹尼爾去見他姊姊的時候。你當時知道嗎，邁爾斯？你當時知道丹尼爾沒有姊姊嗎？」

「他姊姊在很多年以前死了。」他向我靠近。「我很抱歉。」

「在這些年裡，你大可告訴我。」如果你有告訴我的話，我也許會猜到。

他點點頭。「我很懦弱，羅絲。回家吧。我會收拾這裡的。」

「有件事我得告訴你。」我需要告訴他關於亞伯的那股暖流。然而，已經發生的事情是無法挽回的。

「晚點吧，稍後回到家再告訴我。」他摸著我滿是淚水的臉頰。

稍後，我不會在家的。

邁爾斯的鬍碴被他自己的眼淚浸濕了。「我原本可以阻止你的，」他說。「回去吧，羅絲。」

就在那個時候，我把我的診斷結果告訴了他。

「羅絲——」

我注視著我丈夫的眼睛。我變成了什麼？他變成了什麼？我們都變得空洞了。「你走吧，邁爾斯。求求你。我不希望你涉及此事。你需要繼續工作。」我環顧著特別加護病房。「這是你的一切。」

我轉過身，當我終於回頭時，邁爾斯已經離開了。我親吻了亞伯的額頭，我腹腔裡那股悲涼的空虛感吞噬了我。我也離開了。永遠不會再回來。

我拉下緊急呼叫的繩索，等待我的同事衝進特別加護病房。

來自J.A. Corrigan的一封信

非常感謝你閱讀《護士》。我希望你享受閱讀的程度，就像我享受撰寫它一樣！如果你有時間可以在亞馬遜、Goodreads，或者其他你購買這本書的地方，為我留下一份簡短、誠實的讀後心得，我會非常感激你的。我很希望知道你的想法，你的評論有助於我拓展新的讀者——那能讓我為你寫下更多的書！如果你認識的朋友或家人當中，有人會喜歡這本書的話，我也很感激你的幫忙。幫忙推薦這本書給他們！

如果你想及時了解我新書出版的最新消息，請到jacorrigan.com/mailing-list訂閱我的新聞郵件。你的郵件絕對不會被分享出去，我只會在發布新書出版的消息時聯繫你。

你可以透過我的網站、臉書、Goodreads、Instagram和推特聯絡我。我會很樂意收到你的消息。

我帶著無限的熱情開始撰寫這本小說——羅絲立刻就在我的腦海裡鮮活了起來，西奧也是。不過，這個故事的主題和氛圍則花了比較長的時間才變得更明確。有人曾經這麼說：「寫作就是一再重寫的過程。」從來都沒有任何一句老生常談是如此的……正確。

我很高興塑造了羅絲這個角色，也很高興我能借鑑自己在醫界的經驗。創造西奧這個角色也讓我很享受，雖然我冒著風險將他塑造成了一名作家、一位小說家，然而，當他以第一人稱說出他的第一句話時，他栩栩如生的形象讓我覺得自己立刻就進入了他的內心世界。在創造出我的兩個主角之後，這個故事以及故事的基礎也變得更加明確了。

讀者經常問我，我如何能寫出本質上如此陰暗的故事。我想答案是，身為懸疑小說的作者，我總是會問「如果？」。就是這樣的一個問題驅動了我的小說。此外，我雖然具有活躍和豐富的想像力，但是，在我每一天的實際生活裡，我是很接地氣、穩定而快樂的！這點也很有幫助。通常，我會設定一名主角，然後賦予他們一個完全正常的生活，接著，某些不尋常的事發生在了他們身上。他們會如何反應？他們會怎麼做？他們會有什麼感覺？這些問題會推動故事的發展，而這些角色在故事最後和他們在故事一開始的時候再也不同了。竅門在於確保他們一路走來的旅程是有趣而引人入勝的。我真的希望我有為你們做到這點，我的讀者們。

JA

XXXXXXXXXX

P.S. 再度謝謝你們，非常感謝你們支持我的作品。這真的對我意義非凡。

Wedsite: jacorrigan.com

Facebook: @jacorrigan

Twitter: @juliannwriter
Instagram: @corriganjulieann
Goodreads: JA Corrigan

感謝

在我的感謝名單中，首先，我要衷心感謝我才華洋溢的編輯，李奧朵拉・達靈頓，她充滿熱情和活力地收下我的手稿，並且迅速付諸行動。我同樣也要對我觀察敏銳的文案編輯珍・賽利，以及我的校對、銷售、市場和Canelo這個優秀團隊裡的其他成員表達極大的謝意。特別感謝封面設計艾朗・慕岱，他絕對成功地設計出了一個藝術作品。這一路走來的經歷十分愉快，我會永遠感謝我的出版社。

我也要感謝我的經紀人卡蜜拉・薛絲塔帕，她立刻就支持了我的作品。出版界是一個嚴厲的行業，因此，能找到一位這麼好相處的經紀人，真的是一個意外，也令人感到安慰。在這個行業裡，經紀人和作者之間需要很大的兼容性和信任，而這點也是我大為感激的。

一如既往地，十分感謝我值得信賴的讀者們，包括早期和近期的讀者——感謝你們：艾瑪・荷頓、蜜雪兒・弗萊德、卡特麗娜・戴門、大衛・伊凡斯、珍・貝里斯佛德、莎拉・瓦德、丹尼爾・卡維爾，以及勞拉・威金森。

我也要向艾祖・塔辛說聲謝謝，他在很早的時候，曾經就這個故事給了我建議，而那真的對這個故事的成形帶來了影響。

在研究和調查上，我要感謝精神健康審查庭的法官暨律師保羅・巴肯，他一直都慷慨地提供了他的建言和幫助。我也要感謝資深助產士茱蒂・伊凡斯；我的朋友和全科醫生蘇・查理博士；還有出色的艾希・法克斯——當我提出問題時（有時候是一些可笑的問題），他們全都撥空為我解答。這本小說裡的任何缺失全都要歸咎於我個人。

我要對我所有的摯友表達我的愛和感激，他們是一個小圈子，不過卻是一個完美的圈子：崔西・多倫、提格・威爾森、安德魯・強生、尼克拉・柯瑞根、卡姆・察哈爾、莎拉・康尼利、法利達・索托、卡勞蒂亞・卡拉特維爾、薛爾——也就是蜜雪兒・弗萊德——以及莎拉・法克斯。

還有我的母親和父親。

同時要感謝在我接受物理治療師訓練時所遇到的那些護理和醫學系的學生、我昔日的老師，以及在我早年的職業生涯裡，曾經和我共事過的那些出色的加護病房工作人員——他們給了我如此精采的題材，讓我得以編織成我的故事。

一如往常地，我要獻上我最大的感謝給我的丈夫和女兒，我對他們的愛無法言喻，直到永遠。

Storytella 206

護士

The Nurse

護士 / J.A.柯瑞根作 ; 李麗珉譯. -- 初版. -- 臺北市 : 春天出版國際文化有限公司, 2024.07
面 ; 公分. -- (Storytella ; 206)
譯自 : The Nurse
ISBN 978-957-741-871-5(平裝)

873.57 113006523

ISBN 978-957-741-871-5
Printed in Taiwan

作　者　J. A: 柯瑞根
譯　者　李麗珉
總編輯　莊宜勳
主　編　鍾靈

出版者　春天出版國際文化有限公司
地　址　台北市大安區忠孝東路四段303號4樓之1
電　話　02-7733-4070
傳　眞　02-7733-4069
E-mail　bookspring@bookspring.com.tw
網　址　http://www.bookspring.com.tw
部落格　http://blog.pixnet.net/bookspring
郵政帳號　19705538
戶　名　春天出版國際文化有限公司
法律顧問　蕭顯忠律師事務所
出版日期　二〇二四年七月初版

定　價　490元

總經銷　楨德圖書事業有限公司
地　址　新北市新店區中興路二段196號8樓
電　話　02-8919-3186
傳　眞　02-8914-5524
香港總代理　一代匯集
地　址　九龍旺角塘尾道64號 龍駒企業大廈10 B&D室
電　話　852-2783-8102
傳　眞　852-2396-0050